HUBEN

王春★著

**虎贲之师，国之利刃，
犯我中华，虽远必诛！**

一支虎贲之师，一群虎贲之士。在烽火硝烟中，
用血与火的代价演绎了一个又一个悲壮的传奇故事……

重庆出版集团 重庆出版社

虎贲 Ⅱ/下

目录

第六篇 血捍长沙
第十九章　战前态势 / 001
第二十章　脱离包围圈 / 009
第二十一章　林师长阵亡 / 023
第二十二章　战争的残酷 / 039
第二十三章　军部遭袭 / 053
第二十四章　猛虎之师 / 066
第二十五章　突出重围 / 078
第二十六章　反攻 / 092
第二十七章　生死恋 / 103

第七篇 终成眷属
第二十八章　婚礼 / 111
第二十九章　桂林的蜜月 / 128

第八篇 世界风云
第三十章　美国参战 / 139
第三十一章　湘北再燃烽火 / 145

第九篇 决胜长沙
第三十二章　雪夜奔袭 / 157
第三十三章　全歼横川大队 / 167
第三十四章　狭路相逢 / 181
第三十五章　围攻 / 190
第三十六章　野兽的覆灭 / 200
第三十七章　最后的决战 / 212

第十篇 泪水欢歌
第三十八章　辉煌的胜利 / 223
第三十九章　泪与笑 / 229

第六篇 血捍长沙

第十九章 战前态势

  1941年9月,张一鸣和白曼琳计划回重庆结婚,婚礼就在中秋节举行。张一鸣盼着结婚的那一天,已经盼了四年,抗战以来的戎马倥偬固然是一个原因,但更重要的是他当初求婚心切,对白曼琳所作的那一句承诺约束了他,使他不得不按捺住急切的心情,耐心等待。如今终于要梦想成真,他自然高兴万分。白少飞夫妇帮他承担了婚礼的前期准备工作,预订饭店、布置新房,他和白曼琳的结婚礼服则由叶寒枫的妹妹帮忙在香港定做。

  可是临到出发前夕,张一鸣却不得不给白少飞发去电报,告诉他婚礼必须推迟。他没有说明推迟的原因,但白少飞猜测可能他又要打仗了。

  白少飞没有猜错,由于国际局势的变化,日本大本营重新调整了战略部署,准备在第9战区发动一场大的战役,平静了两年的湖南战场再次战云密布。这一场战役产生的背景颇为复杂,因为早在6月的时候,希特勒按照"巴巴罗萨"计划,命令德军大举进攻苏联,之前并没有通知日本。日本方面对苏德战争的爆发不仅感到突然,也感到有些不高兴,德日是军事同盟国,如此之大的军事行动居然不事先通气,简直不把日本当做盟友,并且日本的将领们对德国进攻苏联感到难以理解,认为德国这样做将把自己置于两面作战的不利境地。

不过恼火归恼火,毕竟苏德战争已经爆发了,希特勒要求日本出兵,和德军夹击苏联,日本方面得对希特勒的要求做出反应。可是这个时候日本军方内部就乘此机会进攻苏联还是南下开辟太平洋战场却有着严重的分歧。

日本陆军一直觊觎着辽阔而富饶的西伯利亚,苏联为了保护自己的后门,一直在东部布置着重兵,也向中国提供了一些援助,让中国能够尽量拖住日本。苏德战争爆发以后,苏军一败涂地,成建制成兵团地被德军歼灭,德军一路攻城略地,势如破竹,一直打到了莫斯科。为了保卫首都,斯大林不得不把驻扎在东部的苏联部队一半调往西部,见此情景,日本陆军蠢蠢欲动,极力主张北上进攻苏联,配合德国东西夹击,等打败了苏联再南下进攻太平洋。

但是日本海军反对北进,主张南下进攻太平洋,认为占领资源丰富尤其是具有大量石油的太平洋才是日本的根本利益所在,其重要性远远超过去占领荒凉的冰雪之地西伯利亚。而且德国进攻苏联,正好牵制了苏联的力量,排除了南下进攻的后顾之忧,等到德国把苏联的大部分军事力量消灭掉的时候,再掉头进攻苏联可谓轻而易举。

其实,日本军方出现的这两种进攻方向完全相反的争执,早在苏德战争爆发之前就已经存在,陆军海军各自据理力争,谁也不肯让谁。在日本,陆军和海军完全分立,没有一个最高统帅能够真正同时控制住两方。日本的天皇虽然被神话,但那是针对中下层阶级的,对于那些真正掌握军权的高级将领来说天皇只是个象征,是虚的,天皇没法控制这些人,首相只是行政官员,对军队也没有真正的实权,只有陆军参谋总长和海军军令部长才真正掌握着军队的指挥权,但两者的权力完全相等,前者只在参谋本部行使职权,后者则直接指挥联合舰队,谁也管不了对方,更指挥不动对方。双方从明治天皇统治时期就一直开始明争暗斗,越到后来竞争得越厉害。到苏德战争爆发,双方竞争尤为激烈,陆军主张北进,海军主张南进,双方的最终目标虽然都是称霸世界，但各有各的办法，各有各的理由，说也说不服谁。

除了陆军和海军争执不下的原因，当时的日本还面临着其他的严酷现实，使日本统帅部不敢轻易作出决定。1939年5月，日军与苏军在蒙古的诺门坎发生了一场战争，双方交战历时五个多月，日本损失惨重，关东军六万人在苏军机械化部队的反击下，几乎全军覆没，最后不得不向苏联请求停战，这一战让日军看到了苏军强大的战斗力，认识到如果没有强大的兵力和优势装备根本不可能战胜苏联，而此时日本的陆军大部分深陷在中国战场上，中国虽然丧失了半壁河山，但是没有投降，仍然在坚持抵抗，使得日本无力大规模抽兵北上进攻苏联。

同时，日本还陷入了燃料危机。由于日本对中国的战争并没有像最初预想的那样速战速决，而是陷入了长期战争的泥潭，使得日本的石油储备逐渐减少。而在1940年7月，美国总统富兰克林·罗斯福下令对日本实行燃料禁运，这个措施对于日本来说，是一个不得不面对的残酷现实。日本缺乏石油，缺乏钢铁，缺乏很多维持长期战争的必需品。鉴于这些原因，使得日本陆军的北上战略地位下降，海军的南下计划占了上风。1941年4月，日本和苏联签署了《日苏中立条约》，日军试图将苏联稳住之后，集中全力执行南进战略，并着手开始制定计划。

可是6月苏德战争爆发，尤其在战争初期，德军的闪电战术取得了巨大的胜利，苏联几乎面临亡国之虞，刺激得"北进派"拼命主张对苏作战，与德军会攻莫斯科，可是苏军顽强地抵抗德军，逐渐稳住了阵脚，虽然德军还占着上风，但已经可以看出不可能在短时期内结束战争了。于是，"南进派"又抬起头来，主张南下太平洋，实现"大东亚共荣圈"的战略构想。这一次，"南进派"获胜了，陆海军结束了争斗，日本军方开始付诸实施南进计划，并加紧了准备工作。

此时日本陆军绝大部分已经部署在了中国，留下来保卫本土的兵力极少，日军统帅部只能从中国抽调兵力向南方集结，其中包括从武汉第11军抽调两个半师团、第4师团、第6师团和第33师团的一部。由于担心抽走两个半师团之后，武汉兵力空虚，中国军队会趁机反攻，日军统帅部决定在把部队调走之前先解决掉潜在的威胁。日军新任的中国派遣军司令畑俊六，8月到任的第一件事就是策划对长沙进行攻击，并拟定了夏季攻势，采取以进为退的策略,在夏末秋初的时候,第11军主动打击第9战区的中国军队,把第9战区的主力部队消灭在汨水以南到长沙以北地区,解除了南进之忧以后,再把这两个半师团调走。

此时武汉的第11军司令官已由阿南惟几出任,他将此夏季攻势命名为"加号计划",积极着手准备进攻第9战区。鉴于上一次长沙会战的失败,这一次,他不敢小觑对手,谨慎从事,经过反复的空中侦察,阿南惟几认为上一次长沙作战之所以没有取得成功,原因在于冈村宁次将部队从赣北、鄂南、湘北三个方向进攻长沙,兵力过于分散,没有突出主攻方向,无法形成强大的杀伤力,给对手以致命的打击。这一次,他吸取了教训,决定把所有的兵力全部集中在湘北,形成湘北方面对中国军队的压倒性优势,再像一只紧握的铁拳一样快速地、狠狠地砸向长沙,歼灭第九战区主力部队,解决掉心腹之患,进攻时间定于9月18日,那一天正好是"九一八"事变十周年。

这一次进攻,阿南一共调动了4个师团、4个支队、一个坦克联队、两个重炮联队、两个工兵联队、两个飞行团180架飞机、30多艘军舰200多艘汽艇参加作战。9月,这些部队陆续向岳阳地区集结,开始为18日的进攻作准备。

日军第11军的动态引起了中国第9战区司令官薛岳的注意,8月以来,关于第11军的各种情报源源不断地送到他面前,各种迹象让薛岳认识到:日军又要对长沙动手了。

得知了日军的意图后,薛岳并不担忧,反而十分高兴,从第一次长沙会战到现在,已经有两年时间了,两年时间已让第9战区对日军可能发起的进攻做了比较充分的防御准备,各部队不仅进行了整训,武器、兵员也得到了补充,战斗力有所提高,而且经过两年的准备时间,阵地工事的构筑也比较坚固,他早就想再打一次大胜仗了。

经过一番认真的分析研究之后,薛岳认为日军的兵力部署、可能采取的进攻方式以及进攻的路线,仍然和上一次大致相同,他根据这一分析制定了相应的反击作战计划,自信他的部队不仅能大获全胜,还能乘胜前进,收复岳阳、九江,甚至收复武汉。满怀胜利信心的时候,薛岳忽略了一点,他的对手已经不是与他打了多年交道、非常熟悉的冈村宁次,而是性格与作战指挥风格都与冈村完全不同的阿南惟几。

9月7日拂晓,日军第6师团到达了大云山,重炮与担任空中支援的大批轰炸机开始轮番向山上的中国守军阵地轰炸,经过一番猛烈的轰炸之后,中国守军阵地遭到严重破坏,这时第6师团的步兵像潮水一般开始往山上发动冲锋。

大云山位于湘鄂边境,在新墙河的上游,方圆30多公里,海拔1000余米,是湘北的一道天然屏障,由东北可通羊楼司,由东南可到通城,由西北可逼近岳阳,地理位置十分重要。另外,大云山的地势也很险要,峰岭峭拔,道路崎岖狭窄,山上又覆盖着茂密的原始森林,除了步兵之外,其他兵种难以在此运动,属于易守难攻之地,因此它被划为第9战区的游击区,第9战区的部队经常通过这里前出对日军进行袭扰。日军把它视作钉在自家门口的一根钉子,一直就想把它拔掉,所以薛岳接到第6师团进攻大云山的报告时,也无法立刻判断出日军的目的究竟是什么。

在日军精锐师团的猛烈攻势下,中国军队的两个师坚持不住,不断败退,由于侦察报告显示,这两天日军在湘北没有大的集结行动,薛岳便放心大胆地调了湘北正面防线上的两个师增援大云山,想探一探日军的底,摸清日军的进攻目的究竟是什么。

没等增援部队赶到,大云山的两个师因为打不过兵力、装备都远远超过自己的第6师团,为了避免被敌人围歼,只得撤出阵地。第6师团攻占大云山后,在山上大量伐树构筑工事,一副要留在此地迎击中国军队反攻的态度,得到这个情报,薛岳判断日军派出主力师团攻击大云山的部队,纯粹是为了清除身边的威胁,于是命令撤出阵地的两个师和增援过去的两个师一起,反击第6师团,收复阵地。此后他又调了一个师过去,加大筹码,决心重重打击第6师团。

薛岳这一次中了阿南的瞒天过海之计,因为第6师团攻下大云山后,阿南立即命令其秘密撤离,迅速前往新墙河以北集结,阵地换由装备和训练都比较差的新建第40师团接手,由第40师团留在大云山,继续把中国指挥官的注意力吸引在那里,把中国军队5个师的兵力牵制住。

阿南惟几这个诡计完全见效了,薛岳的5个主力师被吸引在了大云山,与40师团混战在一起,40师团根据阿南的指示,牢牢地把这5个师缠住,让他们无法抽身回防,以使防守在新墙河一线的中国守军只剩下90师和102

师一部,一共还不到 2 个师的兵力。而日军却在湘北集结了 4 个师团,9 月 18 日拂晓,阿南惟几下达了攻击命令,日军飞机首先飞临新墙河南岸中国守军的阵地,投下重磅炸弹,进行了密集轰炸,将中国阵地上的工事摧毁殆尽,轰炸之后,地面部队分头向南岸发起了攻击,每一处都是用数十辆坦克开路,步兵紧跟在坦克后面,同时向前推进,4 个师团犹如四只凶狠的饿兽,气势汹汹地向中国守军猛扑了上来。

薛岳得知日军在新墙河发动大规模的攻击之后,这才猛然醒悟过来,自己上了阿南惟几的当了,急令大云山各师迅速回防,支援新墙河,可是大云山的 5 个师在短时间内根本无法赶到,而此时新墙河的中国守军兵力还不到两个师,如何抵挡得住既有空中支援、炮火又占绝对优势的日军 4 个主力师团?日军只用了两个小时的时间就突破了 102 师的防线,然后迅速向 90 师包围过去。为了避免两个师被日军全歼,薛岳无奈,只得下令 2 个师向后撤退,退至第二道防线,新墙河遂告失守。

日军突破新墙河一线之后,迅速向二线推进,此时在二线的中国军队没有主力部队,只有少数警戒部队,根本不可能抵御如此集中的日军。薛岳一面急令大云山的回防部队全速前进,超越到日军之前进行拦截或者侧击,以争取时间,一面急调战区其他部队赶往湘北,重新组织防御。可是这一次不同于上次长沙会战,日军兵力集中,速度又很快,如同猛砸过来的一只铁拳一般势不可挡,可怜那 5 个师撒开两条腿拼了命同日军赛跑,可两只脚无论怎么努力也跑不过汽车轮子,他们根本无法追上日军,更不用说侧击、拦截了。

对于薛岳来说,被阿南打了个措手不及已经处于被动,更要命的是,他现在还不知道日军的情报部门已经破译了他的密码,他和阿南的这一局对弈,他下的是明棋。

9 月 20 日早上,张一鸣接到薛岳电报,命令他立即率 117 军开赴湘北战场,前往汨罗江以南布防。他是喜欢打仗的,接近两年时间没有出征,早就等得心急了,接到电报,立刻兴奋起来,连婚礼得因此推迟都不在乎了。他毫不掩饰自己的激动,对白曼琳说道:"又要打仗了,我一定打一个扎扎实实的胜仗,仗打完了我们就结婚,这一仗就当是小鬼子送给我们的结婚贺礼。"

可是三万多人的部队,不是说出征就能马上出征的,光准备粮秣弹药就

忙碌了整整两天。由于时间过于紧迫,张一鸣无法进行充分的作战准备工作,只能对从各地匆忙集结到祁阳的官兵进行简单的战前动员。

22日凌晨,在军部的大操场上,张一鸣精神抖擞地登上阅兵台,放眼望去,只见将士们整齐地排列着,一个个精神饱满,意气风发,士气十分高昂。他的心里甚是满意,对整装待发的官兵们作了一番充满激情的讲话,鼓励官兵们努力杀敌,报效国家。讲到最后,他用力地挥舞着拳头,慷慨激昂地说道:"弟兄们,我相信,在这次战斗中,我们还会用辉煌的战绩向第9战区,向军委会,向全国的老百姓证明,我117军仍然是一支威武雄壮、让敌人闻风丧胆的王牌军!"

官兵们也是热情高涨,振臂高呼:"努力杀敌!打出117军军威!"

"消灭日本鬼子,让敌人有来无回!"

这些口号不仅让人热血澎湃,也真实地反映了官兵们的心态。因为在这两年的时间里,117军没有参加战斗,得到了充分的修整和补充,今年新年之后,张一鸣见各部队的基本训练已经全部完成,下令进行高强度的强化训练,尤其对射击、投弹和刺杀这三项基本技术的要求远远超出了军委会下达的训练指标,他对这些近乎苛刻的训练要求只用了一句标语来解释:"平时多流汗,战时少流血"。基本训练之后,就是在不同的气候条件下对市镇、田野、山地和树林进行模拟防御和模拟攻击。经过长达半年的艰苦训练,官兵们的汗水没白流,在9战区进行的考核中,他们的成绩全部达到了训练指标的"最优等"。按军委会的要求,只要部队里占四分之一的人有这个成绩,这个部队就算达标了,他们的优异成绩让薛岳大为高兴,下令嘉奖。所以,整个117军从军长到普通士兵,都是斗志昂扬,充满了必胜的信心,决心在随后的战斗中取得最佳战绩。

作完战前动员,张一鸣下达了出发命令,将士们列着队,井然有序地穿过城区前往火车站,登上开往前方的军列。市民们得知军队开赴前方,纷纷涌上街头,在路边夹道相送。白曼琳走过街道的时候,一个八九岁的小女孩看见她,跑过来拉着她的袖子叫道:"阿姨。"

她停住了脚,小女孩递给她一包点心,说道:"给你,这是绿豆糕。"

白曼琳不接,微笑道:"谢谢你,小妹妹,阿姨不要,你留着自己吃。"

"不嘛,我要送给你,你吃了,好打鬼子。"

小女孩的母亲过来了,拿过点心塞到她手里,说道:"小姐,你收下吧,这是孩子的一片心,你不要,她会难过的。"

小女孩点点头,作了一个哭的样子:"对的,你不要,我会哭,哭很久很久。"

白曼琳笑了,收下了点心,向母女二人道了谢,又抱住小女孩,在她脸上吻了一下,然后继续前行。出城到了车站,只见军部文工团的队员们站在火车站门口,正在唱《思乡曲》:

秋风吹起江水浪,家乡已是血战场。

白发老母倚门望,望那征儿回故乡!

故乡故乡在何方,想起娘亲泪满眶。

本要回家见亲娘,怎奈孩儿在沙场。

不还乡我不还乡,孩儿本该赴战场。

若不赶走鬼子兵,宁死沙场不还乡。

拿起锄头拿起枪,要想回家就打东洋。

打走鬼子回家乡,合家欢笑喜洋洋!

进了车站,不少军属等候在月台上,等着给自己的亲人送行,谭珮瑶也挺着个大肚子,由她家的老妈子扶着站在那里,她已经怀孕九个月,就要到预产期了。白曼琳看到她,说道:"你怎么也来了?没在家里和赵副官道别吗?你现在这个样子,也该当心点,人这么多,万一碰着了可不得了。"

"我想给我哥哥送行,我只有他一个亲人了,不给他道个平安我不放心。"

白曼琳知道她哥哥是新25师513团2营营长谭佩昕,说道:"新25师在后面,马上就过来了。"

赵义伟走过来了,见她在那里,埋怨道:"你怎么回事?我不是说了叫你不要来吗?车站人多,不要碰到了我儿子。"

"我想给我哥道个别。"

"你见到他以后马上回去,不要等火车开,知道了吗?"

"知道了。"

赵义伟又对白曼琳说:"白小姐,军长让我来接你,请跟我来。"

"义伟,"谭珮瑶抓着赵义伟的袖子,眼泪夺眶而出,"上了战场,你可一

定要当心,我和孩子等你平安回来。"

"我会的,你不要担心。倒是你不要忘了我的话,这几天小心点,千万不要出问题,我还等着回来抱儿子呢。"

白曼琳说道:"赵副官,你和珮瑶再说会儿话吧,军长在哪里?我自己去找他。"

"不用了,该说的早都已经说了。白小姐,我们走吧,军长在等你。"

白曼琳拉住谭珮瑶的手说道:"你放心,赵副官会平安回来。"

"谢谢你,白小姐,也祝你平安。"

赵义伟领着白曼琳来到头等车厢,替她打开门,张一鸣正坐在沙发上,埋头看着一张纸,听到开门的声音也没有抬头。

她走过去,问道:"看什么呢?"

"决心书。"

"谁写的?"

"谢清,105师的营长。"

"他说了些什么?"

他把纸递给她,"你看吧。"

她接过纸,纸上一个个红字映入她的眼帘,还隐隐带着一股血腥味,她惊讶道:"这是用血写的?"

"是的,这里还有很多。"他指着茶几上的一大堆信封和纸片,"这些都是请愿书或者决心书,大部分是咬破手指写的。"

她随意看了几封,当她抬起头来的时候,脸上已经有了两行泪水,但眼睛里闪耀着一种激动而近乎狂热的光芒,"我真感动,太感动了,他们,我是说这些战士,他们太伟大了。"她擦了擦眼泪,"所以忍不住哭了。"

这些血书同样让张一鸣为之动容。"是的,我也为他们感到骄傲,只要中国还有这样的热血男儿,日本就绝不可能灭亡中国。"

第二十章　脱离包围圈

三个师的官兵,铁路部门一共动用了七列火车才完成运输。火车到达株洲,部队不做停留,立即匆匆步行前往汨罗江。为了赶时间,抢在日军之前布防,张一鸣命令部队不分昼夜急行军,走了一天一夜,还没赶到目的地,日军已经突破了汨罗江,快速向长沙推进。薛岳只得重新调整计划,电令张一鸣迅速掉头往南撤回,到长沙以北拦阻日军。

这一封电报被日军情报机关截获了,破译出来的内容让阿南惟几大为高兴,他对117军早有耳闻,已把它列为此次进攻的重要打击目标之一,得到它的行踪,阿南惟几立即设下机关,恭候它的来临。张一鸣当然不知道阿南已经给他精心准备了一张大网,他还踌躇满志,预想着打一场漂亮的阻击战,在自己的军服上再增添一枚军功章。

由于日军已经突破了汨罗江,张一鸣不敢有丝毫耽误,严令各师以最快的速度前进,24日,他亲自率领着新25师到达长沙市北面大约80公里的小青山地区,准备由西向东穿越山区。下午,担任新25师先头部队的512团到了小青山西北面,走在最前面的是1营,此时的1营已经完全恢复了战斗力,孙富贵憋足了劲,要在这一仗中狠打鬼子,打出辉煌的战绩,打出1营昔日的威风。

离小青山5公里时,派出的尖兵班飞快地回来汇报:"报告营长,前面发现了鬼子,看样子是敌人的搜索部队,有100多人,正朝着我营方向过来,据我们不到2公里了。"

孙富贵说道:"好啊,老子正想吃肉呢,这就兔子叫门,自己送上来了。"

他一面派人向团部汇报,一面派1连快速迂回到这一小股日军的后面,截断他们的退路,由2连向日军正面发起攻击。

那一带是连绵起伏的低矮小山丘,山丘之间有水田也有旱地。接到命令后,2连立刻埋伏在道路两边的小山丘上,做好战斗准备。等到日军接近,2连长黄泰北一声令下,2连官兵同时开火,日军猝不及防,当场被撂倒20多人,剩下的赶紧躲到沟渠里或者小山丘上,拼命还击。黄泰北命令2排从右侧包抄敌人,1排和3排从正面强行攻过旱田,接近敌人固守着的山丘。快冲到敌人阵地时,四五十个敌人哇哇叫喊着冲下山坡,向3排反扑过来,3排长韦造金大喊一声"手榴弹",前面的战士迅速扔出手榴弹,爆炸声响过,敌人扔下了10多具尸体,掉头向山上退却。韦造金喊着"冲啊",领着战士们冲了上去,右侧的2排也跟着展开了冲锋。

这些鬼子是日军的搜索部队,发现对方人多势众,无心恋战,开始往后撤退，没跑多远就被1连挡住了去路。两个连齐心协力，打了一个漂亮的包围战。100多个鬼子经过一番困兽之斗，大半被消灭，只有小部分突围，拼命往小青山方向逃跑。1营首战告捷，孙富贵大为兴奋，紧追日军不放，一直追到小青山的虎头岭下，遭到山上一个日军大队的阻击，伤亡了一些官兵。很快，耿秋林也领着512团另外两个营赶到了，得知山上的日军只有一个大队，他下令强攻，消灭山上的鬼子。本来宁静优美的山区炮吼枪响，热闹起来。

在2营机枪、迫击炮的集中掩护下，1营和3营配合着向敌人发起了攻击。1营奉命由正面进攻，战士们弯腰通过一片灌木地带时，遭到敌人猛烈的火力拦阻，走在最前面的是3连2排，在敌人机枪密集的扫射下，伤亡了10来个士兵，2排长被子弹击中胸部，负了重伤。两个士兵将他抬回来时，他已经深度昏迷，孙富贵命令担架兵立即将他抬到团部包扎所救治。敌人火力凶猛，加上居高临下，抵抗极为顽强，2个营几次进攻无果，耿秋林将2营1连也投入了战斗，命令1连从1营右侧攻击，接到命令后，1连连长陈士元亲自带着连队，穿过右侧的乱石和杂草地向敌人进攻。

1营还在向敌人猛攻，敌人拼命抵抗，激烈的枪声中，不断有人被子弹击中倒下，但战斗没有停止，战士们依然前赴后继地向前冲锋。陈士元率领1连冲上来，敌人发现了右侧的情况，机枪掉转枪口猛烈扫射，子弹呼啸着在官兵中穿行。连副苏诚是去年从中央军校毕业到新25师的，第一次上战场，他满怀着热血青年杀敌报国的壮志，充分发挥了黄埔精神，冲在全连的最前头，一名鬼子射手发现了他，对准他开了一枪，子弹正中他的腹部，他觉得一件尖利的东西刺进了肚子，随着撕裂般的剧痛，站立不住，倒在了草丛里。后面的士兵试图将他救下来，但他冲得过于靠前，距离拉得太远，在敌人的火力压制下，后面的人靠不上去，所以很长时间无法将他抬下来。耿秋林知道后，命令陈士元："赶快给我把苏连副抬下来，不然的话，我撤你的职。"

他命令全团所有的机枪、迫击炮同时向着敌人猛打，竭尽全力压制住敌人火力，趁此机会，1连的几个士兵迅速上前，连拖带抬地将苏诚抬了下来。耿秋林上前察看，只见苏诚双目紧闭，面如白纸，腹部满是鲜血，肠子已经流到了外面。

耿秋林连声呼唤他，见他睁开了眼睛，问道："怎么样，你还行吗？"

他的嘴唇动了动，声音非常微弱，耿秋林听不清楚，弯下腰，把耳朵凑到他嘴边,说道:"你说什么?再说一遍,我没听清楚。"

"我恐怕不行了,团长,我的衣袋里有一封家书,请你帮我寄回去。"

他的手颤抖着去摸胸口的衣袋,刚伸到胸部就无力地垂落了下去,耿秋林帮他摸出信,说道:"放心,你的伤会好,信我暂时给你保管,等你好了自己寄。"

耿秋林把信放进自己衣袋,命令担架兵把他送走,此时天已完全黑了下来,耿秋林决定趁着夜色,加强攻势。这一带山坡灌木和杂草密布,敌人不易发现山下的活动,耿秋林命令全团展开战斗队形,跑步向山顶进攻。

在夜色掩护下,全团官兵奋力向山顶猛冲,日军见势不妙,请求支援,很快又来了一个大队,从旁侧击512团,耿秋林只得下令撤了回来。见日军又增加了一个大队的兵力,这两个大队的鬼子火力都很凶猛,战斗力极为强悍,他估计是敌人的野战部队,小青山肯定已经完全被日军占领,他不敢掉以轻心,迅速向师部作了汇报。

张一鸣此时正好在师部,得知小青山出现了大量的日军主力,顿时精神一振,为了麻痹日军,争取主动,他下令512团后撤到5公里以外,同时命令513团迅速前往增援,两团会合之后,于深夜向小青山发起进攻,务必占领山头,将敌人全歼。凌晨2时许,部队悄悄摸上去,与半山上的敌人相遇,一场夜战后,敌人抵挡不住,往山顶退却,两个团的官兵奋起直追,山顶上的敌人打出了两颗照明弹,霎时间空中如同挂了两轮满月,照得犹如白昼,敌人随即展开反击,将官兵们阻在了山腰。将士们一次又一次向敌人发起强攻,树丛间不时爆发激烈的战斗。整个晚上,山上枪炮声、喊杀声不绝于耳,子弹流星般地上下穿梭,炮弹也不时地发出绚丽的火光,如果不去想象这些东西所给人带来的残酷,倒是一幅黑夜美景。两个团与日军这一夜血战,日军死伤200余人,2个团的伤亡也不小。

到了凌晨4点过,514团也跟上来了,张一鸣立即将其投入战斗,眼看着天快亮了,他命令全力一击,务必在天亮前结束战斗。激越的冲锋号声又响了,三个团的官兵竭尽全力向日军发动了猛烈进攻,陈子宽也亲临一线指挥,挥手大喊冲锋,鼓舞士气。混战中,一颗子弹飞来,正好打中他的右手,打断了无名指,顿时血流如注,手枪把握不住,落在了地上,警卫们忙把他护送下来。他草草裹了一下伤口,忍着十指连心的剧痛,仍旧上前高喊冲锋。

这次进攻打死了日军的一个中队长，敌人的士气顿挫，在中国军队的全力攻击下，日军这两个大队抵挡不住了，狼狈地撤出了阵地。

占领虎头岭后，陈子宽分配好阵地，各团进入自己的防御区域。512团1营的阵地正对着鹿跑岭，退到对面山岭的敌人看到这面的人，用轻机枪扫射，官兵们也不客气，用机枪回击敌人。孙富贵的战场经验丰富，听了一会儿，对机枪手说道："不要打了，给老子节约点子弹。没听出来敌人这是在乱打枪吗？他们打枪只是想给自己壮壮胆，不是想发动进攻。"

战斗结束后，张一鸣往山顶上爬去。此时天已经亮了，一轮红日爬上了对面的山岭，日光照耀下，他清晰地见到山坡上、道路旁到处躺着尸体，经过一处小溪的时候，只见溪水边倒着几个被迫击炮炸得血肉模糊的士兵，流出的鲜血把溪水都染成了红色。一个士兵的腿被炸断了，白生生的骨头从血肉里露了出来，他还活着，痛得不住惨叫，叫得声音都嘶哑了，卫生兵给他打了一针吗啡，指挥担架兵把他抬上担架。

到了山顶，他见陈子宽手指包着纱布，血已经浸透了出来，他关心地问道："手怎么啦？"

"挨了一枪，小指头被打掉了一截。"

"要不要吗啡？我这里有一支。"

"不用了，这点痛还忍得住。"

张一鸣又在各团转了转，察看情况。到了512团1营阵地，他发现敌人正在对面山林中构筑工事，他决定不给敌人站稳脚跟的时间，下令展开攻击，拿下对面山岭。官兵们经过没日没夜的急行军和一夜血战，已经疲惫了，都东倒西歪地闭着眼睛休息，有的已经睡着了，发出了沉重的鼾声，但是接到进攻命令后，还是抖擞起精神，向对面山上猛冲。他又命令全师迫击炮、轻重机枪一齐开火掩护，战士们直向对面扑去。日军奋力还击，双方又展开了激烈的战斗。

很快，日军的增援部队赶来了，两个大队现在已经变成了一个联队，新25师越打越猛，步步紧逼，日军拼命阻击，双方打得难解难分，但日军的后续部队仍在源源不断地到来，很快就变成了两个联队。中日两军纠缠在方圆不足十公里的范围内，战斗益发激烈。得知小青山的战况，薛岳电令张一鸣，新25师继续在小青山一线作战，吸引更多日军。43师前往石鱼镇，105

师到玉娘关,拦击前来支援小青山的日军。

随着电波滴滴答答地在空中传播,信息也被日军的情报部门截获了,电报的译文很快就放到了阿南惟几的办公桌上。小青山的日军,是阿南设下的诱饵,用来吸引117军的,见中国人上了钩,阿南欣喜不已,立即根据薛岳的电文调动了两个师团的兵力,悄悄地向着117军逼了过来。两个师团形成了钳形之势,试图像一把大钳子一样,把117军当做一颗核桃夹个粉碎。

左凌峰接到命令后,立刻率领部队赶往玉娘关。25日傍晚,105师到达预定地点,各团进入阵地,开始连夜赶筑工事,挖掘壕沟,一直干到深夜,官兵们才终于得以横七竖八地倒在阵地上休息。

第二天凌晨,第3师团师团长丰岛房太郎中将亲自率领先头部队到达了玉娘关,丰岛虽然从没与117军交过手,但知道这是一支能打硬仗的队伍,不敢轻视,所以接到阿南围歼105师的命令后,亲自赶到一线察看地形。到达之后,搜索队的指挥官本间小队长向他报告:"师团长阁下,105师已经在这里布防。"

丰岛来到作战前沿阵地,爬到一株高大的樟树上,举着12倍望远镜,透过树叶往105师的阵地上观察。他这是第一次和117军交手,为了充分了解对手,他决定在大部队到来之前,让先头部队对中国守军进行一次试探性的进攻,查探一下105师的实力。

7点钟左右,丰岛房太郎命令先头部队先用携带的所有山炮、迫击炮一起轰炸105师阵地,然后骑兵、步兵分头向玉娘关一线阵地进攻。战斗开始后,他又爬到了一座农家的屋顶上,用望远镜仔细观察中国守军的情况,试图找出105师在防守中的破绽。他指挥数千日军轮番着从各个方向向中国军队发起冲锋,他不时爬上屋顶去观看。

一直进攻到上午10点,对玉娘关的战事非常关心的阿南惟几亲自打电话来询问战况了,"丰岛君,玉娘关目前战况如何?"

丰岛回答:"报告司令官阁下,我的大部队还没赶到,我正命令先头部队进攻,以便察看敌人的防守情况。"

"情况怎么样?"

"敌人防守严密,到目前为止我还没有找到任何破绽,敌人作战素质良好,战斗意志也很顽强,我的官兵很努力,但始终无法接近前沿阵地。和支

那人交战以来,这还是首次遇到,这确实是一支精锐之师。"

"所以不要轻视它。"

"请司令官阁下放心,我师团从日俄战争开始,还不知道什么叫失败,我们决不会在支那人面前丢脸。我虽然没有找到敌人防守方面的任何破绽,但我观察到玉娘关一带的地形并不复杂,又没有可供防御的制高点,适合坦克协同作战。我已经命令后续部队加速前进,尽快赶到玉娘关。"

"既然如此,为了速战速决,尽快打垮敌人,我会命令空军全力配合你们。"

为了彻底消灭这支一直令人头疼的中国部队,阿南不惜血本,一共派出了48架轰炸机,由4架战斗机护航,飞到了玉娘关上空,令人生厌的日本轰炸机,活像一只只凶恶的秃鹫,在高空集结之后,按编队对着105师阵地俯冲过来,一架接一架,一队接一队,轮番地进行轰炸。一颗颗炸弹伴随着刺耳的尖叫从天而降,接连不断地同时爆炸,腾起一团团黑色的烟柱。整个105师阵地火光冲天,硝烟弥漫,五米之外已经看不见人。敌机一队接一队地俯冲投弹,不停地发出震天动地的巨响,无数锋利的弹片在地上横飞。爆炸形成的气浪犹如威力无比的龙卷风在阵地上肆虐,将石块、树木、人、枪支从地面卷起,飞到半空中,又狠狠地摔下来。担任掩护的日本战斗机驾驶员见没有中国空军出现,也心痒难挠,忍不住降低高度,对着中国守军低空扫射。

飞机还没轰炸完,第3师团直属的炮兵联队和一个旅团已经赶到了,其大口径榴弹炮和山炮、野炮也紧跟着加入了攻击,不停地狂轰滥炸,一排排的炸弹像飞蝗一样,密密麻麻地落在105师阵地上。不一会儿,一队坦克也冒了出来,隆隆地向前狂奔,每一辆坦克的炮管还在冒着恶毒的火焰。

轰炸机的炸弹、大炮和坦克的炮弹如雨点般落下,汇成的轰炸声震耳欲聋,整个大地如同遭到强烈地震一般在不停地颤抖。

疯狂的轰炸,整整持续了两个小时。战壕被炮火夷平了,工事也被炸飞了。每一颗炸弹落下,都有士兵受伤或者阵亡,伤员有的从此不能够走路了,有的能走路,但再也看不到自己走路的方向了;每一排炸弹落下,甚至有整班的官兵流尽了最后一滴血,永远地闭上了壮志未酬的双眼。

轰炸结束后,丰岛从望远镜里望去,只见105师阵地上一片狼藉,几乎成了由枯木、死尸组成的焦土。

丰岛大声叫好,随即命令部队从东、西、北三个方向同时开始进攻,日军以坦克开路,向 105 师阵地冲了过来。105 师官兵们从工事掩体的废墟中爬出来,抖抖身上的泥土,把死去的战友拖到旁边,拿起武器瞄准前方,严阵以待。

在坦克的掩护下,成群的日军步兵疯狂地压了过来,105 师的战士们用机枪和手榴弹拼命阻击日军,但缺乏对付坦克的有效武器,躲在坦克后的步兵伤亡并不大,依然靠着坦克掩护,一步一步地向中国军队逼近。

丰岛不停地转动着望远镜观看,他看到日军坦克离中国守军的前沿阵地越来越近,中国人似乎已经无力抵挡时,脸上终于露出了胜利在望的笑容,对参谋长山本清卫大佐说道:"看来,重庆军已经挡不住了,我们赢定了!哈哈!"

笑声未落,他的眼睛一下子睁大了,只见一个中国士兵从战壕里跳了出来,胸前挂满了手榴弹,迅速在地上翻滚、爬动,然后消失在了一个弹坑里,弹坑后面的那辆坦克显然没有发现他,仍旧朝着弹坑方向开了过去。丰岛心里一紧:不好,这辆坦克完了。果然,随着爆炸的火光闪过,那辆坦克不动了,车身燃起了熊熊烈焰。

丰岛的笑容僵在了脸上。

这是 268 团 1 营 3 连的阵地,董云鹏伏在战壕里,也把这一切看得清清楚楚。他并没有下命令,那名战士是自动冲出去的,如今坦克已经肆无忌惮地压过来,除了靠人冲上去炸,已经没有别的办法了。他也来不及去查看那战士是否还活着,对着官兵们大喊道:"弟兄们,黄青山已经炸了一辆坦克车了,大伙儿上啊,用我们的手榴弹去炸,炸掉那些乌龟王八壳子!"

刷的一下,十几名勇士毫不犹豫地挺身而出,抱着炸药包或集束手榴弹迅速爬出了战壕,分头向敌坦克冲过去。敌人已经有了准备,机枪拼命扫射,好几个冲上去的战士还没有接近坦克就被日军机枪扫倒了,剩下的通过各种方法总算靠了上去,不一会儿,只见火光一闪,一辆坦克变成了火团,然后又是一辆,二辆……随着轰隆轰隆的巨响,三辆坦克被炸趴了。其中一辆燃起大火的坦克舱盖打开了,一个浑身着火的日军坦克手爬了出来,立刻被子弹击中,扑倒在坦克上,继续燃烧着。随着一阵风刮过来,董云鹏闻到了一股燃烧的油烟味,还有一股火烧橡胶皮的焦臭味和烤糊了的人肉味,他一阵恶心,差点呕了出来。

剩下的坦克仍然一边开炮,一边气势汹汹地驶过来。

"魏永生,你带人上去,打掉敌人的坦克!"董云鹏命令1排长魏永生:"快去炸他,敌人就要上来了,动作要快!"

"是!1排,跟我上!"魏永生抱了一束手榴弹,冲了出去,1排的战士也跟了上去,日军机枪还在扫射,不断有人被扫倒。魏永生冲了十多米,一辆日军坦克的炮手发现了他,对准他开了一炮,"咚"的一声巨响,炮弹在他的身后爆炸了,他的左腿被炸断,衣裤也着火燃烧起来。他拼命在地上打滚,总算将火压熄了。

"排长,你负伤了。"一个士兵过来了,拼命将他拖进一个弹坑里,试图给他包扎。

"别管我,快上,去把敌人的坦克车炸了,快!"魏永生忍着剧痛下着命令。

那名战士只得丢下他,爬出弹坑冲向一辆坦克,刚冲出几米就被击中倒下了。

敌坦克加足马力,继续疯狂地冲了过来,魏永生忍着剧痛,费力地爬出弹坑。敌坦克已经接近了,隆隆的声音震得地皮都在抖动,他抱着集束手榴弹,拉开引线,大吼一声:"我们一起死吧!"然后就地一滚,滚在了坦克的履带下。

"轰隆!"坦克爆炸起火了,一股黑色的浓烟冲上了天空。

丰岛看着这悲壮的一幕,感慨道:"他们虽然是我们的敌人,但我不能不说,他们确实是非常优秀的军人。"

坦克一辆接一辆的被炸毁,躲在后面的日本步兵失去了掩护,遭到中国守军的机枪、手榴弹一阵猛打,不敢再冲,退回去了。

战斗结束后,董云鹏来到了魏永生牺牲的坦克前。日军的坦克还在熊熊燃烧着,大火烤得他的身子热烘烘的。坦克边散着残缺的肢体,不远处还躺着三具中国官兵的遗体。

半小时后,敌人的重炮又响了,新一轮的攻击开始,官兵们顽强抵抗,日军也很强悍,不顾一切地往前冲锋,冲过了268团迫击炮连的炮火,试图冲上前沿阵地,遭到中国官兵的轻重机枪和手榴弹组成的密集火网拦阻,经过一番激烈的战斗后,不得不再次收兵。日军又组织起三次进攻,但268团均一一予以击退。

数番进攻均告失败,立功心切的18联队联队长高野直满急了,他走出指挥所,爬到一棵大树上,拿着望远镜仔细观察前方的情况。在两军阵地之间,几辆被打坏的日军坦克瘫在那里,还在冒着浓浓的黑烟。中国守军的阵地上,满脸烟尘的官兵们正在忙碌着,有的在用铲子挖土,修补被炸坏的战壕,加固掩体,有的在壕沟里跑动,运送弹药。

指挥部内响起了电话铃声,不一会儿,一个参谋走了出来,喊道:"联队长,师团长阁下要你接电话。"

高野赶紧下了树,走进指挥所,拿起话筒,毕恭毕敬地说道:"师团长阁下,我是高野直满,请指示。"

话筒里传来丰岛的声音,"高野君,你目前的情况如何?"

"报告师团长阁下,我部遇到了重庆军顽强的抵抗,部队有些伤亡,但是请阁下放心,我的官兵们斗志仍然旺盛,正在准备再次进攻!"

"很好!告诉你的官兵们,我第3师团自成立以来,一向战无不胜,攻无不克,你们一定要拿出我大和民族的武士道精神来,彻底打垮这些支那人,摧毁他们的战斗意志。我们要让这些乌合之众看到,什么才是真正的军人,要让他们知道,我大日本帝国的军队是不可战胜的!"

"是!请师团长阁下放心,我们决不丢第3师团的脸,不丢帝国军人的脸。"

"好,我会命令炮兵全力配合你们,高野君,我等候你的佳音。"

放下电话,高野立即命令一个参谋:"马上打电话,叫久协大队长和鸠山大队长到我这里来一下。"

两个大队长很快来了:"联队长有什么命令?"

"刚才师团长打来了电话,要求我们赶快打垮这些支那人,扬我第3师团军威。我要你们立即把人组织起来,向支那军队发起猛攻,攻破他们的阵地,把他们统统消灭掉!"

两人齐声答应:"是!我们将亲自带队冲锋,消灭他们。"

高野和两人分别握手,说道:"那就拜托了,请久协君、鸠山君多多努力!"

"哈咿!"

丰岛没有食言,日军很快集中火力,对着268团阵地展开轰炸,榴弹炮、山炮、坦克炮、迫击炮疯狂地发射,各种炮弹的声音交汇在一起,形成了一曲恐怖的炮弹交响乐。

炮声刚停,鸠山拔出战刀,挥舞着大声喊道:"大日本帝国的武士们,为了天皇陛下,为了我大日本皇军,为了我第3师团的荣誉,勇敢地冲锋,冲上去,消灭支那军队!"

久协更加狂热,他脱掉衣服,赤着上身,把军刀往前一指,冲了出去。"为了天皇陛下,为了圣战,冲啊!"

一队队日本士兵如同凶恶的狼群,嗷嗷狂叫着"天皇万岁",向268团阵地冲了过来。

268团阵地毁坏严重,在轰炸中幸存的官兵们隐蔽在壕沟、掩体和弹坑内,警惕地注视着前方。看到冲锋过来的鬼子兵,他们也不用军官下命令,纷纷拉开枪栓,熟练地将子弹推上膛,又把手榴弹拿出来,拧开盖子,一一摆在顺手的地方,静等着日军到来。

游龙紧盯着前方,见日军到了100米以内,对着冲在前面的一个鬼子开了一枪,然后高声喊道:"打!给我狠狠地打!"

中国守军的枪声顿时响成一片,冲在前面的日军像割麦子一样,一排排地倒下。日本兵拿着枪,一边开枪,一边继续往前冲锋。一个机枪手端着轻机枪,也是边跑边冲锋,可是没冲出多远就被268团的机枪手发现,掉过枪口对准他一扫,他立刻仰面朝天倒在地上,再也不动了。

日军继续蜂拥而来,268团官兵见敌人进入了手榴弹的攻击距离,纷纷放下枪,开始扔手榴弹,在一连串的爆炸中,日本兵们成片地倒下。由于缺乏重武器,机枪数量也不够,而手榴弹可以自己生产,相比之下更容易补给,因此抗战期间,中国军队手榴弹的使用率非常高,特别是在敌人冲锋时密集使用,效果极好,所以日本兵最怕的就是中国人的手榴弹阵。见手榴弹密集,一些日本兵不敢再往前冲了,鸠山见状,举着指挥刀将他们向前驱赶着,拼命喊叫:"冲!快冲!身为大日本帝国的军人,只能战死,不能后退!谁敢后退,立即处决!"

游龙发现了疯狂叫嚣的鸠山,因为距离太远,手枪射程不够,就对身边的一个士兵说道:"把你的枪给我!"

士兵把步枪交给他,游龙接过去,将子弹推上膛,瞄准鸠山就是一枪,枪声过后,鲜血顿时从鸠山胸前狂喷出来,鸠山直挺挺地倒了下去,手里还举着那把战刀。

见鸠山倒地,他的手下慌了神,纷纷掉头往后退,久协见军心已乱,进攻无望,也只得把自己的队伍撤了回去。

冲锋再次被打退,高野暴跳如雷,将久协骂了个狗血淋头。因为担心丰岛问起来无法交代,他决定亲自带队冲锋,尽快攻下守军阵地,挽回面子。在榴弹炮和山炮的紧密支援下,他命令大部队依然从正面大规模攻击,自己亲自带领两个中队向268团西侧阵地发起了突然冲锋,试图在猛烈的火力掩护下,楔入敌阵的间隙,配合正面部队一齐进攻,当即占领该阵地。面对日军的大举进攻,游龙沉着应战,他看出了高野的企图,决心先发制人,等高野带队冲过来,他命令官兵们以猛烈的手榴弹打击,趁日军阵脚未稳,立刻冲出战壕展开反冲锋,他亲自挥舞着大刀,带头冲入敌群,进行了残酷的肉搏,高野本想打中国人一个措手不及,这一来出乎他的意料,被中国人占了先机,自己反被冲乱了阵脚,经过激烈的肉搏战后,眼看伤亡太重,连一个中队长也被大刀砍伤,计谋已不奏效,只得下令后撤。

得知战况,丰岛又调了一个联队过来,并且改变了进攻战术,他将两个联队分成三个梯队,冲锋时,三个梯队分批出去,每个梯队之间相隔100米,第一个梯队垮了,第二个梯队补上去,第二个梯队不行,第三个梯队再上,不给中国人以丝毫喘息的机会。他还请求空军给予支援,在冲锋之前对中国军队进行毁灭性打击。

飞机按他的要求飞临105师上空,怪叫着俯冲下来,炸弹像雨点般纷纷落下,着地之后,火焰四起,日机投下的竟然是燃烧弹。熊熊燃烧的大火向着四周蔓延,把整个阵地变成一片火海,一些来不及躲避的战士以及重伤动弹不得的官兵被烈焰吞没,有的被活活烧成了焦炭,其惨状令人目不忍睹。

丰岛用望远镜看着他的杰作,看到对面阵地上那些身上着火的官兵在地上拼命打滚,他的脸上露出了残忍的狞笑,随即命令两个联队长:"按原定攻击方案,出击!"

268团此时伤亡惨重,面对两个联队的攻击,游龙咬着牙苦苦支撑,防守极为困难,形势十分危急!

在一所盖着三层圆木的掩蔽部里,这里相比外面枪炮轰鸣的战场要安静得多,各种声音透过厚实的土层和圆木,已经明显减弱了。虽说是白天,这里还像夜晚一样昏暗,顶上的木头上钉着一个铁钩,挂着一盏马灯,随着爆炸的震动,马灯不停地摇来晃去,昏黄的光线照着下面的一张桌子,桌子上面放着电话机和地图,105师师长左凌峰站在桌边,弯腰看着地图,手指在上面划着。

灯光照着他的脸,他的脸色有点紧张,现在已是下午,第3师团其余部队也陆续赶到,他现在已经知道当面的敌人是日军精锐第3师团,以105师一个师的兵力与日军一个师团对抗,他心里的压力是非常大的。

不仅师长的压力大,105师的一些官兵听说敌人还在源源不断地到来,兵力已经远远超过自己,信心也不免动摇起来,出现畏缩情绪,左凌峰知道这种情绪如果不及时遏制,将会像瘟疫一样在队伍中蔓延,到时就没有士气了。为了稳定军心,他亲自前往第一线给基层官兵们打气。105师的官兵们见师长沉着冷静,指挥得当,也安下心来继续与日军激战,死死守卫自己的阵地。

5点刚过,一个侦察小分队队长飞奔到师部,向左凌峰汇报:"报告师长,鬼子的一个支队已经迂回到了玉娘关以南,正向我师背后靠拢。"

左凌峰听了大吃一惊,日军已对105师形成了包围之势,自己当面已经是一个师团,背后再来一个支队,这仗不用打胜败就已定了。

他又仔细看了看地图,对副师长芮炳煊愤然说道:"第9战区长官部这是在干什么?把我师孤零零地摆在这里抵挡日军的一个师团,背后既没有纵深,两翼也没有友军掩护,这不是把我们当羊往虎口里送吗?"

芮炳煊也很紧张,说道:"我也搞不懂长官部的意图是什么,事情到了这一步,我们还要坚守吗?"

"我们担任的是阻击任务,既然日军已经可以绕到我们背后,我们继续阻击还有何意义?"

"师座的意思是?"

"我们得后撤,继续在此坚守,结果恐怕只有一个,就是被日军包围起来全歼。"

"可是，没有上头的命令，我们只能坚守。"

"我马上给军部和长官部发电说明情况，请求撤离。"

还没等左凌峰发电报，电话铃响了，芮炳煊接了电话，告诉他："是游龙的电话，敌人用飞机、大炮和坦克掩护，对我东面又发起了一次猛烈攻势，已经把268团防线冲开了一道缺口，268团已经挡不住了，游龙请求后撤到回龙坡一带。"

"他撤了，267团的侧翼就暴露了，也得往后撤，我们还打什么阻击？"

"师座打算怎么办？"

左凌峰有点犹豫，他知道最好是马上撤退，但未经第9战区长官部同意擅自撤离，上头不追究则已，追究起来可是死罪，这让他不敢轻易下撤退命令。

他背着手在指挥所里来回转了两圈，想到手下那一万余名官兵的命运，他终于不再踌躇，一咬牙说道："撤，马上撤，全师撤离玉娘关。"

芮炳煊问道："不向上面报告吗？"

"来不及了，眼下形势这么危急，就算长官部同意撤退，等他们研究好，我们已经被困死了。我们必须抢在背后的敌人赶到，把我们完全包围之前撤出阵地。长官部如果要追究责任就让他们追究好了，为了弟兄们，我承担这个责任。"

"师座，这可不是你一个人的决定，"芮炳煊知道这个责任非同小可，不能让师长一个人去承担，毅然说道，"这是我105师师部的共同决定。"

在场的步兵指挥官和参谋主任也说道："是呀，师座，这也是我们的决定。"

"好，谢谢诸位，让我们携手共同努力。"左凌峰感激地说，随即命令："传令下去，各团马上撤退，视情况自行组织，冲出包围后到马王镇集结。"

安排完毕，左凌峰率师部人员向南从日军还未完全合拢的包围圈的间隙穿出，安全撤离战场。其他各团只有268团因为与日军呈胶着状态，在撤退时被日军发现，遭到炮击，不少官兵倒在农田里，河沟中，伤亡惨重，好在天色逐渐变黑，靠着黑夜的掩护，大部分官兵终于抢在日军合围之前撤了下来，撤得最漂亮的是267团，不仅各种轻重装备一件没有落下，连阵亡官兵的遗体也运了出来。

中国人竟然从自己即将收拢的大口袋中逃脱，丰岛气急败坏，怒骂他的部下："蠢猪！一群蠢猪！整整一个师团的兵力竟然不能歼灭支那人的一个师，你们简直丢尽了第3师团的脸！丢尽了大日本帝国军人的脸！"

左凌峰突围到马王镇后，各团也陆续到达，经过收容，损失让他心痛不已，全师共损失了2000多人，剩下7000多人。他一面重新编组，一面分别向军部和长官部作了汇报，忐忑不安地等候上峰表态。张一鸣给他回了电，认为他处理得对，这让左凌峰放心了不少，他知道军长为人，既然认同他的做法，如果将来长官部追究下来，一定会帮自己说话。

但他不能完全安心，长官部一直没有表态。此刻整个湘北战场各个中国军队都处于被动挨打的局面，长官部穷于应付，还来不及考虑他的事。不仅长官部穷于应付，张一鸣也是焦头烂额，此时43师的处境也不妙，遭到了日军第4师团的围攻。

第二十一章　林师长阵亡

与105师相比，43师没能及时撤离，被敌人完全包围。从长沙出发后，作为前卫的43师刚要到达汨罗江南岸便接到军长命令，全师撤往长沙以北布防，9月24日，师长林松柏率领部队到达华荣镇附近，又接到第9战区长官部电令，速赶往石龙桥攻击日军的一个支队，解98师之围，还没赶到石龙桥，98师已经突围，林松柏又接到军长命令，立即赶往观音铺组织防御，阻敌南进，以配合新25师，于是官兵们又是一场急行军，而且为了加快速度，尽早赶到观音铺布防，林松柏命令部队扔下辎重，轻装前进。官兵们一路跑步前进，半路与日军一个支队遭遇，双方立刻摆好队形展开战斗，这就是为什么105师孤零零地暴露在玉娘关的原因。43师不愿久战，对方似乎也不想纠缠不休，一场战斗之后便各自悄悄撤走。经过反反复复的几番折腾和连续的行军，43师的官兵们全都疲惫不堪，到了后来，许多人连走路都在打瞌睡，中途休息的时候，有些人一停下来便倒在地上睡着了。紧赶慢赶，部队终于在26日晚到达了指定位置。

林松柏将师部设在观音铺附近的两家鲞，这是一个只有十几户人家的小山村，把部队安排好，林松柏给张一鸣发了电报，汇报了自己的情况，他万万没有想到,这封电报竟给他带来了灭顶之灾。

第二天天一亮,林松柏已经起来了,匆忙吃下两个馒头,喝了一碗粥,然后带着一个排的警卫准备到阵地上去转转,看看各团的情况。刚走出村子不到1公里,到了一座小山前面,他听到了飞机的轰鸣声,循着声音的方向抬头望去,却被小山挡住了,没看到飞机。他停住了脚步,很快,从小山后面飞来了一群日本轰炸机,他和警卫们赶紧跳到路旁的深沟里躲藏。他仰头看着,机群呈人字形,一共有12架,而且全是轰炸机,没有战斗机护航,心想这些日本人好大胆,吃准了我们没有战斗机拦截。

机群飞过山头之后便开始变换队形,各机之间拉开了距离,然后一架接一架地在村子上空形成了一个大圆圈,把整个村子紧紧地封锁住,村子里的人此刻即使发现了日机,但无论往哪个方向跑也冲不出去了。林松柏大惊失色,日军的轰炸目标已经很明显,就是冲着他的师部来的。村里的人肯定也发现敌机来者不善,他清楚地听到有人在拼命叫喊"空袭!日本飞机来了!"也有人大吼"是日本飞机!大家快隐蔽!"他站起身就往外爬,想回去采取点措施,可是马上被警卫拉住了,随即把他按在地上,"师长,太危险了,你不能去。"

其实,他就算能跑回去也来不及了,领头的敌机已经开始俯冲了,一架架飞机从村子上面低空掠过,肚子下面落出一连串黑色的东西,尖声怪叫着掉到地面,然后是接连不断的巨响,地皮都震动起来。每架轰炸机都携带有十几枚炸弹,它们并不会一次就把炸弹全部扔下去,而是分二次或者三次轰炸,以增加威慑力,也对地面上的人造成更大的恐惧感。12架敌机并不轰炸部队阵地,只对准这个村子投弹,村子太小,炸弹更显密集,一次俯冲轰炸,掠过之后绕一圈又飞回去继续投弹,有几架敌机正好从林松柏的上方低空掠过,沉重的马达声好像就在他的头顶上怒吼,压住了其他的声音,震得他的耳鼓似乎都在跟着跳动。最后一次掠过的那架敌机飞得极低,马达声吼叫得更响更恐怖,日本飞行员大概看出了什么,从他们上空飞过的时候,突然投下了一颗炸弹。

听到炸弹的尖啸声,一名警卫叫声"不好",跃身一扑,将林松柏压在了身下,那名警卫身材高大魁梧,身体沉重不堪,压得林松柏气都喘不过来。炸弹落下来了,偏了一些,在深沟附近爆炸了,炽热的气浪夹着弹片从他们头顶呼啸而过,随即炸起的泥土哗哗地落了下来。

泥土落过以后,那名警卫赶紧爬起身让师长起来,林松柏起来贴着沟壁坐着,问道:"有没有人受伤?"

警卫排长看了一下,回答:"没有。"

敌机轰炸了一阵,终于满意地飞走了。林松柏赶快爬出深沟,飞奔回去。小村庄经不起这么多飞机的轰炸,几乎被夷为平地,整个村子已经找不到一幢完整的房屋,很多房子只剩下几堵垮塌的土墙,官兵被炸死炸伤的很多,他立刻指挥活着的人在断壁残垣间搜寻幸存者,然后凭记忆前往司令部,司令部是一个小四合院,此时已经看不出来了,整个司令部挨了两枚炸弹,一枚炸弹正落在院子当中,炸出了一个深坑,焦黑的弹坑中还在冒着余烟,另一枚落在正屋里,将房子完全炸垮,废墟里散落着纸片、电台零件和人的碎肉残肢。参谋长于理聪正在那里大声指挥警卫:"快!快把那根横梁抬开!抬的时候小心点!"

林松柏问道:"谁在下面?"

"曾副师长。"

听说是副师长曾有为被压在下面,林松柏也跟着大家一起抬开横梁,拿掉被炸断的各种木板,终于发现了废墟里的曾有为,大家小心地把他抬出来,他身上多处受伤,人已经昏迷了,林松柏命令警卫把他抬到一块门板上,立即送到野战医院去。

他把幸存的人召集起来,一面继续搜寻伤员,一面收拾东西准备将师部转移,还没收拾完毕,哨兵飞快地跑来报告:"师长,不好了,来了很多鬼子,起码有一个大队。"

"什么?鬼子怎么来得这么快?"林松柏难以置信,"他们从哪儿来的?"

"不知道他们从哪里来的,一下子就冒了出来,是冲着师部来的。"

外面传来了枪声,看样子警卫连已经和日军交上了火,此时已经来不及抽调阵地上的部队支援,林松柏当即发布命令:"直属分队前往应战,师部其他人员马上把该销毁的东西销毁掉,带着伤员撤离。没有受伤的负责掩护,随时作好战斗准备。轻伤员负责照顾重伤员,重伤员不管伤有多重,只要还有一口气,都得想办法给我带走,一个也不能落下!"

但日军来得太快了,很快四面八方都传来了枪声,显然敌人已把村子整个包围了。

情况十万火急，林松柏下令："立即从村东撤离！"

说完，他亲自拿着一把冲锋枪，率众突围。出去不远，他们和200多名日军迎面相遇，双方展开了一场殊死搏斗。林松柏下令集中火力，边打边往外冲锋，日军火力更加凶猛，机枪、迫击炮、掷弹筒疯狂地向这边打来，混战中，一枚迫击炮弹在林松柏左侧爆炸，十几枚弹片打在他身上，其中一枚刺中颈部动脉，当即阵亡。

其他人员见师长阵亡，都吓住了。群龙无首，不少士兵惊慌之下，开始盲目地四处奔逃，战场一片混乱，许多人死在了日军的枪炮之下。

于理聪见势不妙，急中生智，立即大声喊道："大家镇定，师长只是昏迷了，没有死，他还活着，现在由我代理师长，大家听我指挥！"

听到他的喊话，大家不再乱跑，军心总算稳定下来，几个警卫已把林松柏血淋淋的遗体抬了下来。于理聪清点了一下人数，已经只有40多个人了，而能够参加作战的，加上轻伤员在内也不过30多人，他心里黯然，知道硬性突围的希望渺茫，便指挥大家退到一片树林里，恰好遇到躲在那里的一个老乡，那老乡领着他们从一条被密密的树丛遮挡、外人根本无法看出的一条小路绕出两家瓷，突出了日军的包围圈。

在师部被袭击的同时，43师各团也遭到日军的包围攻打。各团一到目的地便开始连夜构筑工事，官兵们干了一个通宵，黎明时分才建好阵地，还没等喘口气休息一下，日军第4师团的榴弹炮、山炮便铺天盖地开始轰炸，十几架轰炸机也飞临上空投弹。炮弹、炸弹齐声轰鸣，从各个方位向着地面倾泻。霎时间，43师阵地上炮声隆隆，各种口径的炮弹脱膛而出，划着不同的弧线呼啸而来。立刻就有好些阵地被击中，爆炸产生的气浪把一些中国士兵掀到了空中。持续不断的爆炸声中，连大地都在颤抖。地上大炮接连不断地轰击和天上日军轰炸机一波又一波地反复盘旋轰炸，整个43师阵地上弹片横飞，浓烟滚滚，火光冲天，烈焰同朝霞连接在一起，把整个天空染得血红，浓烈的硝烟味呛得人嗓子眼里辣乎乎的，炸起的石块冲上半空然后落下来，打在官兵的钢盔上，噼啪作响。43师伤亡惨重，临时赶筑的工事经不起这样密集的轰炸，几乎摧毁殆尽。随后日军步兵在坦克的掩护下，紧紧逼了上来。

各团阵地上，奔波了几昼夜的官兵们强忍着疲惫，顽强地抵抗一个日军的主力师团。日军是有备而来，地上的大炮、坦克和天上的飞机形成了立体攻击，43师成立才一年多，大部分士兵还是第一次参加作战，他们扛着步枪、背着大刀雄心勃勃地走向战场，年轻的、充满血气的胸膛里满怀着杀敌的壮志，可是在敌人的现代化装备面前，步枪和大刀组成的壮志很快就变成了一种未酬的悲怆，不少人还没看到敌人的影子就已经葬身在炮火之中，无法闭上的双眼里留下了难以置信的遗憾。

担任正面防守的是292团，面对着轰隆而来的坦克，团长刘深谋大声道："弟兄们，我们是军人，军人就要有血性，就要把我们的血流在打鬼子的战场上。我们要让日本鬼子看看，我们中国军人是什么？是英雄！是好汉！现在鬼子的坦克上来了，我要组织敢死队去炸坦克，愿意加入敢死队的，到我这里来！"

他的话音刚落，立刻有70多人站在了他面前，刘深谋没想到竟然会有这么多人，心里一热，说道："好！弟兄们，你们都是好样的！都是英雄好汉！可是我要不了这么多人，我先挑选一些，剩下的做预备队吧。"

他看了看，右手不断地指点着："你！你！你！还有你！"

挑好之后，他对队员们说道："弟兄们！我292团的生死就全靠你们了！时间紧迫，我也不想多说什么，我只讲一句话：我祝你们顺利完成任务，活着回来！"

话虽如此说，但他知道他们这一去，生还的机会极小，看着一张张年轻的面孔，他的心里涌起一种悲壮之情，忍不住问了一句："你们有什么要说的没有？"

沉默了一会儿，一个叫路飞的战士开口了，"团长，我也没什么说的，我只希望死了以后，能够在我的家乡给我立块碑，我就满足了。"

"好，我记着。弟兄们，我就在这里等着你们的好消息了！"

刘深谋说完，缓缓举起手来，庄严地对着队员们敬了一个军礼。队员们一起向他回敬了礼，然后义无反顾地出发了。刘深谋举起望远镜，眼睛一眨不眨地看着，只见队员们连滚带爬，冒着日军步兵的枪击，拼死接近坦克，不少人倒在了途中。终于，伴随着接二连三的爆炸声，三辆坦克冒起了浓浓的黑烟。

日军还在继续向前冲锋,他沉住气,下令开火,292团所有的武器一起打响了。敌人的机枪也在疯狂还击,战斗十分激烈,枪炮声震耳欲聋,阵地上空烟雾弥漫,刘深谋紧张地注视着战场,不断地使出浑身力气呼喊着:

"西面的敌人上来了,快打!把他们给我收拾掉!"

"瞿银生,看到东面的重机枪没有?快拿你的迫击炮把它炸掉!快!"

"通知3营长,注意他的左翼!"

"机枪连!机枪连到右面去,那边又增加了不少敌人,快过去加强火力!打烂这些狗娘养的!"

机枪连迅速赶到右面阵地,机枪手们各自找好位置,架起机枪对着冲锋过来的日军猛打。冲在前面的日军应声而倒。跟在队伍最后面的联队长郯泽尚信见此情景,慌忙趴下,飞快地匍匐着爬到一块石头后面,仔细观察守军的火力,见对方火力并不像自己想象的那样已被炸得所剩无几,下令停止攻击,后退300米待命。

敌人退走后,刘深谋紧张地看着战场,搜寻幸存的敢死队员,他看到不少灰色的身影,都是一动不动趴着,终于,他看到一个弹坑里爬出了一个灰色身影,向着这边爬过来,那身影爬得很慢,似乎非常吃力,他明白那人一定受了伤。有几个人爬出了阵地,迅速赶到那人身边,把他拖了回来。他立刻赶过去看,那人就是路飞,他的胸部受了伤,正痉挛地用手指按住伤口,但鲜血依然不停地从手指缝里流出,他的脸色已经变得惨白,额头上冒着黄豆大的汗珠,他用牙齿紧紧地咬着嘴唇,竭力忍着疼痛,没有发出一声呻吟。

"团长,我要死了,你记得给我……"看到团长,路飞挣扎着艰难地说。

"我记得的,立碑。你不要想得太多了,你会活下去。"

"我恐怕不行……"他的呼吸越来越困难,已经说不下去了。他把头往后一仰,急促地喘着气。

刘深谋大吼道:"卫生兵呢?跑哪儿去了,怎么还不来?"

卫生兵飞奔而来,他说道:"快,处理一下马上送医院。"

卫生员拉开路飞一直捂着胸部的双手,急切地撕开军衣查看伤口,随着这一拉,路飞痛得脸上的肌肉痉挛了几下。过了一会儿,他微微地颤动着嘴唇,好像说了什么,但刘深谋没有听清楚。然后,他的嘴唇不再颤动了,全身抽搐起来,卫生兵停住了手,抬起头望着刘深谋悲哀地摇了摇。

郯泽退回到自己的指挥所后,立刻打电话给师团长北野宪造,请求炮火支援。北野同意了,按郯泽说的在地图上标明了所要轰炸的位置,然后打电话给炮兵联队长,让他把这些火力点全部给炸掉。

炮兵联队长接到命令,迅速指挥炮手们按照北野所说的位置设定好,然后一挥旗子:"发射!"

半小时的轰炸一结束,郯泽率领手下再次发起攻击。鬼子兵们一开始还弯着腰,小心翼翼地向前走,但一直进入到292团一线防御阵地50米以内后,还不见守军开火,以为中国人在火力点被摧毁之后,失去了斗志,已经放弃阵地,悄悄逃跑了,警惕性顿时放松了不少。再走近些,仍然没有丝毫动静,一些人干脆直起了腰,大摇大摆地往前走。

当日军进入到距离阵地只有二十多米的地方时,从阵地上突然同时飞出无数颗手榴弹,鬼子官兵被这突如其来的手榴弹惊呆了,好一会才反应过来,急忙想躲时,手榴弹已经落了下来,一些鬼子随着爆炸惨叫着倒在地上。

这时,刘深谋把大刀一举,大吼一声:"弟兄们!跟我上!"纵身跳出了战壕。

292团官兵们也高喊着:"冲啊!""杀死小鬼子!"纷纷跳出战壕,端着早已上好刺刀的步枪,对准自己的目标冲了过去。

日本人如梦初醒,赶紧端起枪应战。整个292团阵地前喊杀声、金属碰击声、惨呼声响成一片。经过一番激烈战斗,日军终于抛下一百余具尸体,退回去了。

一个波次又一个波次的轰炸,一个波次又一个波次的日军坦克掩护着步兵冲锋,43师以疲惫之师应战,山炮、迫击炮、机枪吼叫着阻挡敌人,打死打伤敌人无数,各阵地前日军尸横遍野,被敢死队炸毁的坦克在起火燃烧。43师阵地上,到处都是爆炸的闪光,硝烟汇成的黑雾绵延了十几里,机枪更是不停地吼叫,打得好像发了疯。43师官兵们用子弹和手榴弹织成了一张张死亡之网,但敌人太多了,打退一股又来一股,而43师当初为了抢时间,将辎重部队甩在了后面,致使主力部队与辎重部队被敌人隔开,各团得不到弹药补给,火力逐渐减弱。从清晨一直到下午,日军经过数次大规模的冲锋以后,终于在下午3点半,突破了桃花山的293团防线,293团已经伤亡过半,只能退守易家塘一线。日军紧随而至,继续进攻易家塘,防守左侧的2营受到的攻击最为猛烈，官兵们咬紧牙关，奋勇战斗。优势的日军冲破了火网，他们也不后退，等敌人冲近了就用手榴弹炸，再近了就拼刺刀。这样和敌人肉搏了四五次，日军一直未能得逞。

到了5点钟，日军又先后突破了43师的几处防线，将几个团的阵地完全分割开了。各团团长都在设法与师部取得联系，但始终联络不上。到此43师已经完全失去主动，官兵们全凭一腔热血抵抗敌人，连团长、营长都统统到了第一线参加作战，拼死抵御比自己多出数倍的日军。

捣毁了43师师部，又把43师阵地分割开来，北野宪造自觉胜利在望，亲自来到前沿指挥所，从望远镜里，他看到了被炸得面目全非的中国军队阵地，想象着尸积如山、血流成河的情景，得意洋洋地叫嚣："进攻！继续进攻！不停地进攻！给我彻底摧毁它，让支那人看看反抗大日本帝国的下场！"

在他的命令下，一群群的日军端着枪，轮番地往中国军队阵地上冲锋，43师的官兵们继续勇敢地打击冲上来的敌人，竭尽全力抵挡敌人的冲锋。

293团阵地，正率部激战的团长甄子曰突然觉得似乎很久没听到自己重机枪的声音了，立即打电话质问机枪连连长高丰文："怎么回事？重机枪呢，重机枪怎么都不响了，干什么去了？"

"团长，我们的重机枪不是被敌人的炮弹炸坏了，就是出了故障，不能再用了。"

"为什么不修？"

"零件坏了，我们没有备用零件，修不了。"

"什么？没有备用零件？"甄子曰额上青筋直跳，这一气非同小可："你这个白痴、混蛋！出来打仗居然不带一些零件备用，你这个连长是怎么当的？这么重要的事你都给忘了？老子撤你的职！"

"这不能怪我呀，团长。这些零件早就用完了，我到军需处去领过好几次，他们说买是买了，可还在缅甸没运过来。"

"妈的！"甄子曰咒骂了一句，也不知道自己到底该骂谁。

不久，2营营长齐家孝焦急地打来了电话："报告团长，我们的机枪子弹打光了，手榴弹也要用完了，敌人快要冲到我们阵地了，我们是不是往后退一下？"

甄子曰大吼一声："胡说八道！我们不能再往后退了！再退就被鬼子压

死了！你顶住，我马上带人过来。"

他对团副谢森林说道："我带人去增援2营。"

"可是团长，我们哪里还有人啊？"

"我把团部的人带点过去。"

"就这点人也太少了，"谢森林担忧地劝道，"你可不能去。"

"不去怎么行，难道就不管2营了？"

"那也不能让你去，我去就行了，你得留在这里……"

"不要啰唆了，部队都快打光了，我留不留下来又有什么区别？"

他亲自提着一挺轻机枪，带着警卫和一些后勤人员到了2营，情势确实很不利，日军人多势众，像狂潮一般席卷而来，官兵们没有机枪，仅靠步枪和为数不多的手榴弹根本不能形成有效的阻击。他找了一个隐蔽点架起机枪，冷静地射击。警卫们也拿着冲锋枪或者驳壳枪加入了战团。后勤人员没有枪，便捡起死人的枪，也跟着射击。甄子曰曾经当过机枪手，操作非常熟练，警卫们的枪法又极准，一枪一个，弹无虚发，冲在前面的敌人很快就倒下一片，日军被这突如其来的打击弄蒙了，以为来了多少援军，顿时慌乱起来，掉头退回去了。

正在这里观战的北野宪造见日军功亏一篑，瞪眼质问带队的森田春次大佐："为什么退回来？"

"报告师团长，敌人的援军来了。"

北野怒不可遏，大骂道："你这个白痴，亏你打了这么多年仗，敌人并没有多少援军，你听不出来吗？"

森田想解释他也听出来了，只是因为前面的人被打了个措手不及，匆忙后退，带动后面的人也跟着后退，他试图稳住阵脚，但没有成功。可是他一看北野气得脸都变了形，决定还是不说，让师团长骂一顿，出出气比较好。

北野骂够了，又命令森田："给我再攻！如果再攻不下，你就不要回来了，自己向天皇陛下谢罪吧！"

"哈咿！"

甄子曰率领大家竭尽全力打退了敌人的进攻，官兵们这时都已疲惫不堪，或者躺着或者靠着什么休息，准备着下一次的攻击。突然，甄子曰听到从左侧3营阵地方向响起了刺耳的呼啸声，抬头一看，一排迫击炮弹正朝着这个方向飞来,他立刻大叫:"隐蔽!快隐蔽!"

他喊叫着,一边将一个不知所措的新兵一拉,拉进掩体里,随即,爆炸声轰隆轰隆响了起来,炸起的泥土哗啦啦落了一身。

轰炸过去,齐家孝从一个土坑里爬出来,一边呸呸地吐着嘴里的泥土,一边破口大骂:"他妈的,3营这是往哪儿打炮?徐根才这小子,脑袋让鬼子打晕了吗?怎么向我这边开炮?"

"不对,"甄子曰双眉紧锁,心知不妙,"不是打晕了头,恐怕3营阵地已经失守了!"

他拿起话筒摇3营的电话,电话通了,这让他放了心,等找到营长徐根才,他大声质问:"徐根才,你他娘的怎么回事?脑袋让驴给踢了,怎么往自己阵地上打炮?"

"团长,我们2连的阵地已经失守了,那是鬼子在打炮。"

"什么,2连失守了,为什么不向我报告?"

"我也是刚刚才知道,据退回来的人说,2连长宋澜平阵亡了,连副周世旺下落不明。2连的人说周世旺声称到营部求援,一去就没了影,到处找也找不到,怀疑他当了逃兵,所以人心不稳,阵地才丢了。"

"这个混蛋!老子要是捉到了他,非扒了他的皮不可!"甄子曰狠狠地骂了一句,又命令徐根才:"你马上组织人,给我把阵地夺回来!"

"团长,我们营现在没有多少人了,防守都很吃力,已经没有力量反攻了,你能派点人过来吗?"

"我把自己都派出来了,还能派谁?"甄子曰焦躁地说道,但他知道徐根才说的是实话,要他反攻确实难以办到,只得说道:"你给我坚守住阵地,再出差错我饶不了你!"

齐家孝听说3营2连阵地失守,心中焦急,等甄子曰放下电话,立刻问道:"团长,3营2连失守,那我们的侧翼不是暴露在鬼子的面前了吗?我们该怎么办?要不要联系一下师部?"

"我已经派人去联系了,还没有回音。"甄子曰联系了好几次,但电话根本打不通,派了人去联络也不见回来,心里有种不祥的预感,但他不敢说,怕说出来影响军心,而且他也不会想到师部已被彻底捣毁,师长阵亡,副师长重伤,还盼着师长会设法与自己联系。

"那我们怎么办?"

"怎么办?这还要问我吗?"甄子曰狠声狠气地说道,"给我继续坚守!能守多久守多久!"

话音未落,敌人的轰炸又开始了,他赶紧伏在壕沟里,一发炮弹就在他的战壕前方爆炸,震起来的小石块和泥土落了他一身。他咒骂了一句:"他妈的!又来了!小鬼子的炮弹还真他娘的多!"

这一阵轰炸过后,整个阵地完全面目全非,官兵们的手脸和衣服被熏得漆黑,就像刚从煤窑里爬出来的一样,伤员已经超过半数,除了重伤动弹不得的,其余的人都在抢修阵地,准备即将到来的进攻。

重新组织起队伍的森田,亲自率队又冲了上来,他知道对手已经没有多少人,也就肆无忌惮地往前冲锋。

甄子曰吼道:"弟兄们!给老子狠狠地打,能多打死一个就多打死一个!子弹打完了,就给我拿刀砍!"

"小鬼子尽管来吧,"阵地上有人接着高声喊道,"老子就是死也要多杀死你几个再死!"

"对!老子杀他一个够本,杀他两个老子就赚一个,死了也不亏!"

眼看着敌人越逼越近,甄子曰将已经没有子弹的机枪往旁边一扔,捡起一支步枪,又把一名阵亡士兵身上的刺刀拿出来上好,然后喝道:"全体上刺刀,准备迎接敌人!"

敌人接近阵地了,甄子曰大声命令号兵:"吹冲锋号!"

军号响了,全营官兵一起猛喊,有的端着刺刀,有的举起大刀,纷纷跃出壕沟,冲着日军迎了上去。一直冲进敌群,对着敌人猛劈狠砍,日军也挺着刺刀,拼命和战士们厮杀,双方混战在一起。甄子曰也端着枪和敌人拼搏,鬼子兵一看是个大官,马上向他围攻过来。他身高1米80,膀阔腰圆,与矮小的鬼子兵一比,更显得高大。他的身体看起来虽显沉重,但并不笨拙,动作非常灵活,拼刺也熟练,一连刺死了五个敌人,勇不可挡,鬼子兵们见这个大汉如此勇猛,不禁心生畏惧。一个鬼子军官见此情景,躲在一旁悄悄向他的右腿开了一枪。他正在奋力拼搏,突然觉得右腿剧痛,一个趔趄,差点倒地,一股热乎乎的液体从伤口冒了出来,顺着大腿往下流。他看也不看伤口,咬着牙站稳身子,试图继续拼杀,刚把枪端起来,只觉得腿一软,再也站立不住,一头栽倒在地。

日本兵围了过来,端着刺刀在他身边站了一圈,一双双像狼一样凶狠的眼睛死死地盯在他的身上。他们叽咕了几句,有两个便走上来,伸手就要拉他。

"孙子,想活捉你爷爷,白日做梦!"

他也不知道从哪里来的力量,大吼一声翻身跃起,挺着刺刀向一个日本兵捅去,但右腿受伤后不灵活,被那日本兵闪开了。其余的鬼子纷纷端着枪向他刺来,他身中十二刀,洒尽了一腔热血。

团长阵亡,余下的官兵们面对人数超过自己几倍的敌人,已经不存求生的念头,只想多拉几个敌人陪死。他们用刺刀拼,大刀砍,刺刀拼断了,大刀砍飞了就用拳头打,用脚踢,甚至抱着敌人用牙咬,直到全部阵亡,伤员也全部自杀,宁死不做俘虏。

北野和几个高级军官来了,在这块硝烟还没有散尽的阵地上,到处横陈着双方的尸体,一些日军收尸兵正在将一个个日军的尸体抬往等候的卡车上。

走不多远,他突然发现一处弹坑里还趴着一个敌人,端着步枪好像要开枪射击。他吃了一惊,连忙拔出手枪,他前面的警卫已经开枪了,子弹打在那中国士兵的头上,对方却一动不动,什么反应都没有。一个警卫小心翼翼地走上前,弯下腰看了看,并将手伸到他的鼻子下试探了一会儿,这才站起身,说道:"是个死人,早就死了。"

一行人继续往前走,到了甄子曰阵亡的地方,森田向北野说这是支那兵的指挥官,北野低头看了看,只见甄子曰双目圆睁,身上满是刺刀的刀眼,手里还死死握着一把步枪。北野看了一会儿,对森田说道:"好好把他埋了,再给他立块牌子,就写支那勇士之墓吧。"

43师官兵苦战到傍晚,日军的包围圈越来越小,很多营连也被分隔开了,和自己的团部失去了联系,官兵们对着敌人强大的攻势,只能步步后退,缩在越来越小的阵地里,毫无掩护地挨着日军轰炸机和大炮的轰炸,一群一群地被炸死。不少营连长阵亡,残存的士兵们没了指挥,自行四处溃退,躲藏在草丛里、深沟中,等待天黑尽了再设法逃脱,一些营连长见大势已去,只得带着残余官兵往外突围,突围途中也有不少人倒在了敌人的枪炮下。

再说突围之后，代理师长于理聪听到各团方向都传来激烈的枪炮声，眼下敌人的情况不明，他只能领着师部人员在偏僻小路上行走，一路上看到了不少来往的日军，人数众多，他带着这点人也不敢硬拼，只能隐蔽起来，等敌人过去了再继续往前走。这样走走停停，直到傍晚才不再碰到日军，他们到了一个小庙，于理聪派了一个警卫进去查探，不一会儿，庙里出来了一个老和尚和一个中年的和尚，于理聪问他们可有日军来过。

老和尚说道："上午来过几批，还敲了钟，拜了佛主，下午就没来了。"

于理聪说道："老师父，我们一天没吃东西了，你能给我们一点吃的吗？"

"施主请进去坐吧，我们这就给你们做饭。"

于理聪让大家到庙里休息，两个和尚忙着烧火做饭。官兵们则坐的坐，躺的躺，都在闭着眼睛休息。

不久，外面传来了马蹄声，庙里的人立刻警惕起来，纷纷抓枪冲到门后和窗户后面，做好战斗准备。于理聪也跳起身，拔出手枪，躲到窗口后面往外看。从一条小路上过来了两匹马，马上的人穿着自己人的军服，守在外面的哨兵上前和他们说了几句话，用手指了指小庙，他们便骑着马过来了。等两人走近了，于理聪认出一个是293团团副谢森林，一个是293团的参谋卫韬。

于理聪急于知道情况，赶快走出庙门，两人看到他，忙翻身下马。于理聪看到两匹马身上热汗直冒，张着鼻孔呼呼喘气，看样子经过一番急驰。谢森林没有戴帽子，头上包着纱布，一侧已被染成了红色，一张脸被弄得乌黑，卫韬的面颊上也有一道伤痕，血已经干在了脸上。两人的嘴唇均是又脏又黑，而且干燥得裂开了口子。

见到于理聪，谢森林迫不及待地问道："于参谋长，有水吗？"

于理聪取下军用水壶递给他，他接过去，飞快地拧开盖子，仰着头咕嘟咕嘟地直往嘴里灌，一股水从嘴角流出来，顺着下巴和脖子往下流，冲掉了烟尘，留下一条白沟。他喝够了，抹了抹嘴巴，把水壶递给了卫韬。

他环顾了一下，对站在门口的一名警卫说道："兄弟，麻烦你，弄一桶水来，也让马喝一点，它们也口渴了。"

警卫转身进去了。谢森林走到那匹高大的黑马身边，从自己的衬衣上撕下一块布，给它包扎左前腿，于理聪这才发现那马的左前腿被子弹打中了,还在往外流血。

包完了,谢森林用手摸了摸马背,抚慰它。于理聪开口了:"你们怎么会在这里,293团现在怎么样了?"

"完了,我们团全完了,"谢森林机械地说着,"团长阵亡了,2营全没了,3营也剩下不多了,1营现在还不知道在哪里,迫击炮连也没有了下落,总之,我们293团完了……"说到这里,他哽噎了一下,用牙齿咬着下唇,停住了话头。于理聪没有说话,明白情况比自己预想的还要糟糕。

沉默了一阵,谢森林又开了口:"于参谋长,有烟吗?有的话给我一支。"

于理聪摸出烟盒,递了一支给他,又递了一支给卫韬,一边问道:"你们的参谋长呢?他现在怎么样,也牺牲了吗?"

"我不知道他现在的情况,他下午就受了伤,大腿和肚子中弹了,我们派人把他送到团包扎所去,后来听担架兵说包扎所挨了日本飞机的炸弹,伤亡情况具体如何我们没有得到汇报,也来不及去问。参谋长可能活着,也可能死了,我不知道。"

"连团包扎所也被炸了?"

"是的,团部和整个后勤机关都挨了炸。"

"你们团现在还剩多少人?"

"我不清楚,团部下午的时候就和各营连失去联系了,我只知道四面八方都出现了敌人,我作为代理团长下了突围命令,突围的时候团部还有百来个人,是连伙夫、马夫、勤务兵这些非战斗员统统算在一起的。突围的时候遇到了鬼子,这点人也被打散了,我和卫韬还有两个卫兵一起冲出来,鬼子一路追我们,有一个卫兵被打死,另外一个失散了,我和卫韬马快,甩掉了鬼子。出来也不知道该往哪里走,随便找了一条小路就跑来了,希望路上能够碰到自己的队伍,不想还真遇到了参谋长。师部现在怎么样,一大早就听见日本飞机在师部一带轰炸,电话打不通,派出去的联络员也没回来,我们都很着急。"

"师部遭到敌人毁灭性打击,师长牺牲了,副师长也受了重伤,我现在是代师长。"于理聪叹了口气,阴郁地说道:"看来也没有多少人需要我指挥了。"

听说师长牺牲了,谢森林和卫韬神色黯然,谢森林擦了一下眼睛,说道:

"我不明白,这仗究竟是怎么打的?我们一个师就这么完了,真他妈窝囊!"

于理聪什么也没说,只觉得心里堵得慌,他拿出火柴,卫韬接过去,把三人的烟一一点燃,大家都不说话,只闷闷地抽烟。

于理聪抽了两口,问道:"其他团的情况你们了解吗?"

谢森林说道:"恐怕比我们团好不到哪里去,292团刘团长曾经打电话向我团求救,说292团被日本人突破了,我团自顾不暇,没法支援他,后来就联系不上了。"他捏住烟递到嘴里,然后深深地吸了一口,吐出一团浓烟。

至此于理聪明白,43师已经完全丧失了战斗力了。

天完全黑了,老和尚点亮了油灯,请大家吃饭,因为庙里只有两个和尚,存粮不多,所以煮了一大锅稀饭外,还煮了些山药、花生和豆子充饥,两个和尚把庙里能吃的东西都拿出来了,但也只能让这四十多人吃个半饱。

吃过晚饭,于理聪下令出发,趁夜前进,临走时他给了老和尚一些钱作香火费,老和尚坚决不收,说"佛主要怪罪的"。

一路上,他们不断遇到被击散的官兵,到后来收留的各团残部已达300多人。天快亮时,他们到了一个大村庄,村里的人发现有兵来,都躲进了村外的树林子里,等弄明白了是自己人后,才又陆续回返村子。

看到这些官兵们,一些村民忍不住落下了眼泪。官兵们的脸被硝烟弄得黑糊糊的,身上的衣服不仅破烂,还沾着污泥或者血迹,乍一看完全是一群叫花子。他们全都又饿又累,脸色憔悴而疲惫,几天来没日没夜的行军和战斗把他们拖得精疲力竭,已经快要挪不动腿了。村民们把他们接到村里的祠堂里休息,然后张家宰一只鸡,李家煮一块腊肉,赵家蒸一条干鱼,大家自发凑着做了一顿丰盛的早饭,招待官兵们饱餐了一顿。庄上一个80多岁的老秀才听说他们的师长牺牲,把自己准备了十几年的棺材献了出来,这才把林松柏的遗体装殓了。

在整理林松柏身上的遗物时,一名警卫在师长的口袋里发现了一封信,递给于理聪,他打开一看,原来是一封遗书,遗书上面已经浸着血痕,但还可以勉强辨认出字迹:

素琴吾妻:余奉命防守观音铺,任务艰巨,此战乃43师成立后与日寇之首战,余欲与全师官兵浴血奋战,歼灭倭贼,以保国土。余自抗战以来,早持成仁决心,以报国家民族。为国战死,事极光荣,余倘于此战中得以成仁,则无遗恨,望勿以余为念。余治军廉洁,未留产业,惟望吾妻艰苦持家,节俭度日。时间紧迫,不能多言,望珍重,并善待翁姑,爱护儿女。孝文、孝武两儿,俱极聪慧,定可教育成才,吾妻将来必能享福,余于九泉,也当含笑!

              松柏
            民国30年9月26日

  看完,于理聪泪流满面,又当众念了一遍,官兵们听了,无不失声痛哭。村民们也感叹不已,一些人拿来香烛和酒,到林松柏棺木前祭奠。

  吃过饭,官兵们告别了村民,抬着重伤员和师长的棺木,继续朝着长沙方向走去。

  得知43师被击溃,张一鸣惊怒交集,但一口闷气憋在胸口却又无从发作。对敌人发作吗?不可能。对上司发作吗?不能够。对下属发作吗?没道理,谁不是在流血拼命。他只能憋着气,一面派出收容队收容43师官兵,一面打听林松柏等人的下落。

  此时,新25师已经和日军在小青山一带缠斗了3天,张一鸣密切关注着每天的战况:24日晚上,新25师攻上虎头岭,在山上设置阵地。25日凌晨,新25师向鹿跑岭的日军主力森田联队发起突然袭击,两军激战一个早晨,该联队未能抵御住攻击,狼狈撤出鹿跑岭,后退到青枫岗,在佐佐木联队接应下,才稳住了阵脚。26日上午,市川联队赶到,袭击新25师左翼,又被击退。27日拂晓,第3师团击败105师后,立即掉头向新25师反攻,两支军队都是各自国家的精锐之师,以敢打、善打硬仗自负,双方在群山中拼命厮杀起来。新25师遭到数倍于己的日军一个主力师团的猛烈攻击,依然毫无惧色,沉着应战。

  为了更多地消灭日军,新25师充分地利用小青山的地理特点,巧妙地在山洞中、战壕里设置火力点,将火炮、迫击炮、重机枪伪装隐藏,避免被日军侦察机发现。当日军的轰炸机、重炮铺天盖地地轰炸时,官兵们躲藏在壕沟、山洞和各种掩体内,静悄悄地毫无动静,等到轰炸机和重炮停止轰炸,敌人的步兵开始发动冲锋时,隐藏在山洞中的火炮,随即开始发射复仇的炮弹,一颗颗炮弹发出愤怒的吼叫,直飞向冲来的日军。日军越冲越近,在岭上伪装设置好的各迫击炮连也开始居高临下地发射,火炮和迫击炮共同打击,打得日军尸横遍地。炮兵战斗时,步兵们拿着武器等候,等到躲过了炮弹轰击的敌人好不容易冲近,立即开始射击,各种轻重机枪、步枪喷射出来的弹雨形成了一道严密的火网,步兵与炮兵的协同作战,打得敌军心惊胆战,只得狼狈地退了回去,撤退途中,又遭到火炮打击,扔下了一路尸体。3天来,双方天天都在发生激战,经过无数次轰炸,许多山头几乎被炸弹和炮弹削平,新25师的战壕炸平了又挖,挖了又被炸平。而在一次又一次反反复复的拉锯战中,日军付出的代价也不小,阿南砸向新25师的这一拳,就像砸在了钢铁铸就的墙壁上,碰得皮开肉绽,血流如注。

击败43师以后,阿南惟几对着巨大的棋盘,又开始挪动了军棋,屠刀刀锋所指之处,正对着新25师,他已经下了决心,一定要将这支部队彻底从棋盘上抹掉。

第二十二章 战争的残酷

军部野战医院设在一个乡村小学中,在一间用教室改成的临时病房里,挤满了各种伤势的伤员,大多数伤情严重,濒临死亡,正凄惨而无助地呻吟着。特别是刚送来的那一批,不少人是被敌机投下的燃烧弹烧伤的,有几个被烧得面目全非,看起来极为吓人。

几个医护人员正在忙碌着,伤员太多,他们无法同时处理所有的伤员,只能尽最大的努力,一个接一个地救治,竭力与死神争夺生命。白曼琳也在那里,正在抢救一个严重烧伤的士兵,这个士兵烧伤面积达到了百分之七十,脸上的皮肤烧得差不多要掉下来了,手上和腿上也一样,看上去令人惨不忍睹。她给他打吗啡止痛,打消炎针避免感染,然后给他的伤口抹烧伤油。他的神志还清醒,由于气管被烟火灼伤了,无法出声,只能用一双充满了绝望和痛苦的眼睛哀求地看着她。

白曼琳现在无论见到什么样的伤口都不会感到害怕,但伤员凄惨的呻吟却使她很难受,特别是这个士兵望着她的那种无助的眼神,更让她感到痛苦,一种无能为力的痛苦,她清楚她无法帮助他,他活下来的希望渺茫。果然,伤口还没有处理完他就昏迷了,并且开始间断性地抽搐,她知道他活不了多久了。

她救治的第二个伤员乍看好像伤情并不特别重,他的脸和四肢烧伤了,但都不严重,他坐在旁边,一直使劲地咬一根木棒,像吃甘蔗那样不停地吐着木屑,一边看着她忙碌。她忙完了他也不吱声,直到她过去看他的伤情时才吃了一惊,他的背上有条几寸长的大口子,从裂开的地方可以清楚地看到里面的肺,难怪他不敢躺着,而且拼命咬木头来阻止呻吟。她赶紧给他处理伤口,敷上药,然后包扎起来。

接下来的是一个十七八岁的小伙子,他躺在一张桌子上,已经完全昏迷了,他的双腿被炸伤,特别是右腿血肉模糊,看起来非常惨。她检查了一下,他的大腿腿骨被炸碎了,只剩几根筋把腿勉强连在身体上,已经没有别的办法可想,只能截腿了。看着那张惨白的、尚有几分稚气的年轻面孔,白曼琳心里非常难受,实在下不了手截他的腿,把他交给了徐泽远。

下一个伤员是一名年轻上尉,他的胸部被严重烧伤,皮肤烧得快要和身体剥离了,并且腿和腹部多处被炸弹的弹片所伤。当她给他治疗时,他痛得脸都变了形,却咬着牙一声不吭。他的右脸颊上也有一处烫伤,当她擦掉他脸上的烟尘时,发现他的相貌相当英俊,他似乎也在乎自己的容貌,她往他脸上涂药时,他担心地问:"医生,我的脸伤得重吗?会不会毁容?"

她理解他的心情,很肯定地回答:"不会。"

他长长地松了口气,脸上的表情轻松了不少。

最后一名伤员是一个小兵,看上去也就16岁左右,他的腿被炸伤,受伤后又被炮弹掀起的泥土埋了,伤口上糊着泥土、草叶,甚至还有一只死掉的大黑蚂蚁。白曼琳倒了一盆水,用纱布仔细清洗伤口上的污物,盆里的清水很快就变成了酱油一样的颜色。

那个小兵看着盆里的水,担忧地问道:"医生,我的腿会不会跛?"

"当然不会。"

"你说的是真的,不是哄我?"

"当然不是,你会恢复得跟以前一样,相信我。"

小兵看着她,她的脸上戴着大口罩,他看不到她的表情,但看出她的眼神是真诚的,他点了点头:"我相信你。"

处理完伤口,她收拾好东西正准备走,小兵迟疑着开了口:"医生,我能不能,能不能看看你?"

"怎么?"

他不好意思地笑了笑,"没怎么,我就是想看一看,没有别的意思。当了几年兵,我还没见过女医生。回去弟兄们问起来,我也好说。"

白曼琳伸手拉下口罩,说道:"你说你当了几年兵,我不信,你多大了?"

那小兵看着她的脸,呆了一下才回答:"16。"

她笑了:"16岁,你恐怕只当了几个月的兵吧?"

"我真的已经当了几年兵,我13岁就当兵了。"

"这么小就当兵,你爸爸妈妈舍得吗?"

"有啥舍不得的,我兄弟姐妹有十个,他们养不活这么多,把后面的两个弟弟都送人了,我走了,正好少一张嘴吃饭。"

"他们送你当兵的?"

"那倒不是,是我自己来的。我13岁的时候,我爹送我到镇上张木匠家当学徒。当学徒那是给人家当牛使,每天从早到晚干不完的活,张木匠两口子心又狠,总是拿些剩菜剩饭给我吃,有时候还是馊的,就这还吃不饱。我熬了几个月,实在熬不下去了,偷偷跑回了家,我爹骂我没出息,让我回去,说学徒都是这么过来的。我不干,他就打我,我就跑到我二伯那里去,他在游团长的老太爷家当厨子。我在那里待了一段时间,在厨房里帮忙,后来游团长回家探亲,那时候他还是营长,骑着高头大马,带着护兵,可威风了。我一看,还是当兵好,不愁吃不愁穿,在队伍上好好干几年,没准儿也能混个官当当,到时候我也骑着马回家去,看我爹还骂不骂我没出息。我找到游团长,要跟他当兵,他嫌我年纪小,不肯要。我骗他说我15了,他还是不要,我就天天跟着他,帮他喂马,给马刷洗,有一天他终于跟我说了'好吧,看你小子还挺机灵,就跟我当个勤务兵吧',我就这样当了兵。"

"回家去过吗?"

"没有。不过这一回我跟着游团长上阵地,打死了两个鬼子,游团长说我干得不错,要升我当班长,我再努点力,争取早日当个排长,那时候我就可以回去了,让我爹看看我是不是没出息。"

"我想你爹不会在乎你是不是排长。"

"我知道,不过我发过誓,我不混出点名堂来,我就不回去。"

正说着,日军的炮击又开始了,随着轰隆的爆炸声,地皮震动起来,震得金属盘子里的医疗器械哐啷作响。白曼琳立刻将身子一伏,伏在了小兵身上,将他护住。

轰炸一结束,她跑出病房去看,有一间手术室被炸了,将正在动手术的医生和护士炸死,伤员被那个医生保护着,奇迹般地活了下来,还有一间病房被炸,炸死了两个伤员和一个抬担架的民夫。

她回到病房,正在收拾震落在地上的东西,两个担架兵抬着一个伤员来了,一进门就大喊:"快救救他,他不行了。"

她飞跑过去,帮着担架兵把伤员放到一张桌子上。伤员的胸部正中有两个弹孔,鲜血正从弹孔里汩汩地往外冒,她拼命按住弹孔,但鲜血仍旧从她的指缝里涌出来,她大叫道:"快来个人帮忙。"

钱兰芬听到喊声急忙过来了,她现在已是护士长。一看到伤员的脸,她立刻惊得倒抽了一口气,想叫一声却没有叫出来,只是呆呆地站着一动也不动,好像突然变成了木头人。白曼琳看到过来的是她,也不禁暗叫了一声"糟糕"。原来这个伤员是钱兰芬的丈夫,105师工兵连连长黄海,两人在这次战役前刚刚结婚,一共还不到半个月。看到自己的丈夫像个血人一样,钱兰芬心里泛起一阵剧痛,痛得连呼吸都不顺畅了。她很快回过神来,赶紧帮助止血。白曼琳试图找到打破的血管,但是太晚了,黄海的嘴里已经在冒血泡,双眼也开始往上翻。她停住了手,对着钱兰芬悲哀地摇了摇头,一句话也说不出来。

钱兰芬当了这么多年的野战医院外科护士,丈夫的状况她还有什么不明白。看着白曼琳同情而又难过的目光,她拼命地摇头,似乎不肯接受这个事实。突然,她凄厉地叫了一声"不!"然后拔出黄海腰间的手枪,转身冲了出去。

白曼琳急忙追出去,边追边喊:"兰芬,你要干什么?"

钱兰芬尖叫道:"我要去杀鬼子!我要杀光日本鬼子!"

"你疯了吗?快回来!"

钱兰芬不理她,继续往外跑,白曼琳追不上她,眼看前面来了三个人,急忙对他们喊道:"拦住她!快拦住她!"

那三个人都是伤员,两个轻伤的扶着一个重伤的,听到她的喊声,那个头部负伤的伤员走过去,伸手想拦住钱兰芬,钱兰芬举枪对着他,疯了似的喊道:"让开!快让开!我要去杀日本鬼子!谁拦着我我就杀了谁!"

白曼琳叫道:"兰芬,快把枪放下,不能拿枪对着自己人!"

她跑过来,朝钱兰芬伸出手,温和地劝道:"兰芬,你冷静一点好吗?我知道你心里难受,可难受也不能这样啊,你把枪放下好吗?"

钱兰芬拼命摇头:"不,我不要活了,我要和鬼子拼命,请你不要阻拦我。"

那伤员趁钱兰芬说话的时候,突然抓住她的手迅速朝上一举,随即夺下枪,一看之后,不由得笑了起来:"我说小姐,这保险还没开哪,你连枪都不会用,还杀什么鬼子,那不是去送死吗?"

钱兰芬听了他的话,顿时失声痛哭。白曼琳抱住她,轻轻拍着她的背,柔声说道:"哭吧,哭了你会好受些。"

她又对那伤员解释说:"请你原谅她刚才的行为。她的丈夫刚刚牺牲了,就在她面前牺牲,他们结婚才两个礼拜。"

那伤员同情地看着她,说道:"刚结婚就成了寡妇,这也太不幸了,小鬼子真他妈不是东西。"

钱兰芬听了他的话,越发放声大哭。白曼琳一边安慰着她,一边打量着那个重伤员。那重伤员胸部中弹,鲜血顺着他的衣服、裤子浸下去,连布鞋都浸湿了。他的脸色苍白,脑袋耷拉着,已经站立不稳,全靠身边的人把他架着。白曼琳一看这情景不能耽误,必须马上抢救,也顾不得安慰钱兰芬,决定把她交给丁香照看,对着病房大喊:"丁香,快来。"

听到喊声,丁香过来了,她的面孔雪白,神色就像一只惊吓过度的兔子。她确实吓坏了,当第一颗炮弹落在屋子外面的时候,那震耳欲聋的爆炸声吓得她差点昏死过去,然后接连而至的伤员的惨状更是吓得她魂不附体。当战斗开始之后,伤兵就络绎不绝地来了,有的是自己挣扎着来的,有的是三五成群、由轻伤者搀扶着重伤者来的,也有的是担架兵用担架抬来的,更多的则是用救护卡车、马车、牛车载来的。随着战斗的不利,伤员急剧增加,卡车、马车和牛车一批接一批地来,每一辆车里面都满载着重伤和濒死的人,不少人还没到医院就断了气。车子颠簸着、滴着鲜血而来,留下了一路的血迹,淋漓的鲜血吸引了大群的苍蝇,一直追随着伤兵,簇拥在他们身上大开盛宴,吃得几乎都要飞不动了。

这些伤兵有的少了胳膊,有的少了腿,有的少了眼睛,有的什么都没少,反而多出了一个或者几个洞，一个个都痛得脸色发白，大部分熬忍不住剧烈的疼痛，大声惨呼。她被这番残酷的景象吓得魂不附体，连哭都不敢哭，特别是听到从手术室传来的狂喊"不，医生，我不锯腿！不要锯我的腿！"她更是几乎要崩溃了。她从来没有见过这么凄惨的场景，觉得简直就是人间地狱了。她吓得六神无主，只紧跟在白曼琳身边，像一个吓坏了的小孩子寻求保护，但白曼琳太忙了，根本无暇顾及她，有时候看见她在旁边，就叫她帮忙拿东西或者照看伤员，她也很听话，叫她做什么她就做什么，只是迷迷糊糊的，像个梦游人一般。

白曼琳把钱兰芬交给她，叮嘱道："我要处理这几个伤员，你扶她去休息室躺一会儿，好好陪着她，千万不要让她离开。"

丁香答应了，她很乐意去陪一个健康人。

处理完这几个伤员，白曼琳觉得腰酸背痛，头脑昏昏沉沉的，几乎站不住了。两天来，她没日没夜地奔忙着，几乎没有得到休息，实在是支持不住了。徐泽远见她这个样子，叫她回去休息一下。她回到办公室，本想就趴在桌上养一会儿神，不想一趴上去，立刻就睡着了。

不知道睡了多久，她迷迷糊糊地听到外面有人大喊"医生！医生快来！"立刻条件反射似的跳了起来，飞快地跑到窗边去看。从大门外飞跑进来一个中尉军官，身后跟着一副担架。中尉看到一个穿着白大褂的男子经过，立刻跑过去拉住他，说道，"医生，快救救我们团长，他受了重伤。"

这个男子是药剂师易同德，他见担架上的伤员伤势确实严重，不敢耽误，忙说道："我不是医生，你等着，我去帮你找。"

他往办公室跑过来，见白曼琳出来了，忙说道："快来，有重伤员。"

两人跑过去，那中尉问道："医生呢？"

易同德指着白曼琳说："她就是。"

"什么？"那中尉大怒，一把揪住易同德胸前的衣服，吼道，"你他妈什么意思？弄个黄毛丫头来糊弄老子，你当老子是傻瓜啊？你快去把医生给老子找来，不然的话，老子毙了你！"

那中尉当真说到做到，放开易同德的衣服，拔出手枪顶在他的额头上，吓得那药剂师话都说不出来了。白曼琳又气又急，一张脸涨得通红，说道："谁是黄毛丫头了？我是这里的中尉医官，你们团长伤得这么重，你不赶快抬到手术室去做手术,还在这里闹,想让你们团长死啊?"

"老子不跟女人拌嘴。"中尉说道,"你快去把医生找来,不然的话,老子真的毙了他!"

说来也巧,张一鸣从一线视察回来,特地到医院来慰问伤员,正好看到这一幕,顿时大怒,冲上前举起手里的马鞭在那中尉背上刷地就是一鞭,中尉骤然吃痛,狂怒地转过身子,一看是军长,先前的凶狠劲儿一下子吓了回去,慌忙立正。张一鸣将马鞭指着他骂道:"你胆子不小啊,敢到医院来撒野,想造反吗?你是哪个单位的?叫什么名字?"

"我是43师的,我叫童辉,这是我们团长,他受了重伤,可他们不给我找医生,弄个护士来敷衍我。"

"放屁!谁跟你说她是护士的?她是医生,是我从国立医学院聘请来的医生,谁跟她过不去,那就是跟我张一鸣过不去!"

童辉身上直冒冷汗,知道自己闯了祸了,赶紧给白曼琳道歉:"对不起,医生,刚才多有冒犯,请你原谅。"

白曼琳宽宏地笑了笑:"没什么,不知者无罪。你快把你们团长抬到左面第二间房,我马上给他做手术。"

童辉松了口气,赶快帮着把担架抬进手术室。张一鸣对白曼琳说道:"刚从火线上下来的兵都是这样,粗暴无礼,你不要跟他们一般见识。"

"我不会,这已经不是第一次了,我早就习惯了。"

她进去,童辉出来了,见军长还没走,他也只得站着不动,忐忑不安地等候发落。张一鸣说道:"不用在那儿挺尸了,白医生既然原谅了你,我也不追究了,快滚吧!"

童辉如释重负,带着手下赶快溜之大吉。离开医院走了一段路后,他才说道:"真倒霉,谁会想到有女人当军医。不过别说,这个女医生长得还真漂亮,我还从来没见过这么漂亮的女人,她一跟我说话,那声音好听极了,简直就像,就像小鸟叫一样,听得我,我也不知道怎么地,脾气一下子全没了。"

他身后有人接过话头说道:"你就别发痴了,要是让军长听到了,不毙了你才怪。"

他回过身,见来人是个卫生兵,便问道:"你认识她?难道她是军长的……"他谨慎地止住了后面的话。

"她是军长的未婚夫人。"

童辉惊得目瞪口呆,这才明白自己冒犯了军长的未婚妻,而军长只给了他一马鞭,实在是手下留情了。

到了晚上,各处的枪炮声逐渐弱了下来,在小青山视察的武天雄离开新25师师部,带着警卫们返回军部。下了山,司机把藏在树林子里的一辆吉普车和一辆卡车开出来,警卫们坐上卡车,武天雄带着副官苏云良和警卫连长潘大发坐上了吉普车,两辆车一前一后向着军部方向驶去。

开了几公里路,吉普车突然慢了下来,坐在副驾驶座位上的潘大发立刻问司机:"怎么回事,为什么减速?"作为警卫连长,他的责任是快速安全地把长官送回军部,他最怕中途出事。

武天雄也问道:"汽车出问题了吗?"

"不是,你们看前面,"司机迟疑地说,"前面好像有人,我看不清楚,不会是日本人吧?"

潘大发说道:"不可能,这里哪来的日本人?你不要疑神疑鬼的。"

武天雄也觉得这一带不应该出现日本人,说道:"继续开,大家注意一点。"

此时,前面的卡车已经和吉普车拉开了一段距离,司机加快了速度,马达沉闷地响着,飞快地往前追赶。昏暗中,只见前面的卡车突然飞快地调过头,疯了似的往回开。卡车驾驶室右侧的车门打开了,警卫连副连长鲁冬寒伸出半个身子,一面挥舞着手,一面拼命地喊道:"鬼子!快退!有鬼子!"

司机急踩刹车,车子猛然停下,武天雄身不由己地往前一栽,胸口重重地撞在前面的椅背上,撞痛了他的肋骨。

"快往回开!快点!"潘大发稳住身子,大声对司机吼着:"快调头!快!马上开回去!"

武天雄紧紧注视着前方,透过朦胧的夜色,他发现了不少黑影正在向着这边迅速移动。突然,一个火球从地面腾空而起,拖着一条发亮的尾巴,武天雄认出是迫击炮弹,炮弹在空中划了一道弧形,准确地落到了卡车的车厢里。武天雄心里一紧:那些人完了。

随着轰的一声炸响,卡车车厢里升起了一股火焰,车子冲出公路,一头撞在一棵大树上不动了。

"快调头啊！"潘大发用力拍着司机的肩膀，急切地说道："你愣着干什么？等着给小鬼子炸呀？赶快掉头！"

武天雄看见从卡车驾驶室里跳了一个人出来，正是鲁冬寒，他迂回曲折地朝着这边奔跑，日本人也发现了他，开始朝他开枪射击，他不时卧倒在地，或就地一滚，或匍匐前进，武天雄不愿扔下他不管，立刻说道："开过去接他！快！开足马力！"

司机一踩油门，汽车像炮弹似的射了出去，弯弯曲曲地向前开，躲避着日本人打过来的子弹。忽然哗的一声脆响，车子的挡风玻璃被打碎了，武天雄问道："有人受伤吗？"

潘大发说道："没有。"

汽车终于靠近了鲁冬寒，潘大发大喊道："老鲁，快上来！快！"

吉普车减低了速度，鲁冬寒双手抓住车厢，武天雄拉住他的胳膊，将他拖了上来。

司机飞快地开始将车子掉头，武天雄听见轮胎在地面擦得吱吱作响。就在这个时候，前面又腾起了第二个火球，火球正对着自己飞来。他本能地想往外跳，然而鲁冬寒还压在他身上，他根本不能动，他看到前面的潘大发跳出去了，那枚炮弹落在了左前方，然后一声巨响，顿时震得耳朵里嗡嗡直响，耀眼的火光让他两眼发黑，随后一股猛烈的热浪罩住了他，令他感到窒息。还没等他反应过来，车子往旁边一倒，侧翻在地，他跟着倒下去，脑袋重重地撞在硬邦邦的地上，虽然戴着钢盔，也撞得他一阵发昏。

苏云良正好倒在他身上，所以毫发无伤，马上爬起身，见武天雄一动也不动，吓得连声呼唤："武副军长，你没受伤吧？武副军长！"

武天雄迷迷糊糊地睁开了眼睛，他的脑袋还在发昏，一时还没清醒过来。苏云良立刻把手伸进了他的腋下，抱着他使劲拖了出来。

潘大发也过来了，低声急促地说道："武副军长！你怎么样？没受伤吧？我们得马上离开这里！"

"我很好。"武天雄说道，他这时已经清醒多了，"小苏你放手，我自己能走。"

苏云良放开了他，他看了一眼车子，车头变了形，引擎盖翻了起来，司机还倒在车子里。"小杨是不是受伤了？你们怎么不把他弄出来？"

"他死了，"潘大发说道，"脖子上栽进去了一块弹片。"

这时，鲁冬寒来到了武天雄面前，抓住他的胳膊一扯，说道："副军长！快躲到汽车后面去！鬼子向这边来了！我真不明白，这些鬼子是从哪儿钻出来的？难道新25师或者105师的防线被突破了，不然的话，他们怎么能够到这里来？"

鲁冬寒话音未落，伴着"当当当"的声音，一梭机枪子弹打在了车上。几个人迅速卧倒，武天雄发现十几个黑影顺着大路上走过来，他们显然是日本人派出的搜索队，奉命前来搜查汽车，看看还有没有人活着。他们来得很小心，一个机枪手一边走，一边不时地扫射一下。武天雄看了看四周，在离公路右边有一座树林，从那里可以脱身，问题是从汽车到那里是200多米的平地，无遮无拦，从那里经过，很容易被日本人发现，只消一阵机枪扫射就可以把他们全部报销，除非先消灭掉这些鬼子，也许还有机会。拿定了主意，他默默地打开枪套，掏出了手枪，同时扳开了保险。

日本人越来越近了，他们先查看了被炸的卡车，发现上面没有活人，放了心，不再射击，大胆地向着吉普车走过来。

潘大发蹲在车头后面，悄悄把冲锋枪的枪口伸出去，对着走来的日军。武天雄躲在尾部，将左轮手枪对准了手里端着机枪的鬼子射手。

日本人离吉普车只有20米了，潘大发叫了声"打！"同时对着黑影狠狠地扫了一梭子弹，几个日军应声而倒。武天雄也开枪了，他早年是孙中山的警卫员，枪法极准，一颗子弹打过去，那个机枪手立刻仰面倒下。苏云良的手枪和鲁冬寒的驳壳枪也在向着各自的目标射击。没有被打倒的日军赶快趴到了地上，向着这边还击，几条金黄色的火线从地上升起，伴随着刺耳的子弹破空声打了过来，纷纷打在汽车的铁板上，迸出了火花。

鲁冬寒想起自己被炸死的那车战士，咬牙切齿地吼道："打！狠狠地打！打死这些混蛋，打死他们！"

日本人的机枪又响了，一阵弹雨飞来，打破了两个汽车轮胎，哧哧哧地放气声响了好一阵。

潘大发一边射击，一边说道："武副军长，你和苏副官快走！趁现在离开这儿！匍匐到树林那边去！我和老鲁留下来掩护！你们快走！"

"不，"武天雄断然说道，"我哪儿也不去，我和你们一起战斗。"

"那不行,太危险了!"潘大发急了,"武副军长,你必须走,我是警卫连长,我负责你的生命安全,你现在得听我的!"

"不必说了!"武天雄打断了他的话,"我的生命我自己负责!"

这时,枪声中响起了一个怪腔怪调的声音,听起来十分可笑,是日本人在喊话了。"你们被包围了,跑不掉了,投降吧,皇军会优待你们!"

"滚你妈的小鬼子!王八蛋!"鲁冬寒大声骂着粗话,又对着声音连开了两枪。

敌人的轻机枪又打响了,一梭梭子弹疯狂地扫了过来。武天雄咬着嘴唇,举起手枪仔细瞄准机枪手,不想一颗子弹打来,正中他的右臂,他捂住伤口,坐在了地上。

苏云良就在他附近,忙扭头问道:"副军长,你受……"

话还没说完,日军又一梭机枪子弹打过来,一颗从汽车的缝隙中穿过来,打在了他的胸膛上,他感到一个滚烫火热的东西钻进了他的身子,本能地伸手捂住了中弹的左胸,随即一股巨大的冲击力使他猛地朝后一仰,倒在了地上,鲜血像泉水一样从手指缝里涌了出来。

"小苏!"武天雄忍着右臂的伤痛,飞快地爬到苏云良面前,拿开他的手,想撕开军衣察看伤情。刚把他的手拿开,鲜血立刻喷涌出来,看见伤口的位置和出血量,武天雄依然把手放回去,不再去撕军衣,他知道自己已经失去这个副官了。

潘大发见武天雄受伤,苏云良牺牲,知道再耽误下去,谁都不要想活下来,立刻命令鲁冬寒:"武副军长,你得听我的,马上走!老鲁,你护送武副军长到树林那边去!我一甩手榴弹,你们马上走,我随后就来!"

武天雄右臂中弹,已经无法射击,他不愿当俘虏,留下来要么被日本人打死,要么饮弹自杀,心想反正是死,不如试试运气,看能不能冲到树林里去,他对潘大发说:"好吧,我和冬寒先走,到那边等你。"

潘大发拿出两颗手榴弹,拧开盖子,对着机枪的方向扔出了第一颗手榴弹,然后大喊一声:"快走!"

手榴弹轰然爆炸,机枪不响了,武天雄靠着左臂的力量,奋力从汽车旁爬出去,第二颗手榴弹又响了,他迅速跳起来,弯着腰飞奔向树林,鲁冬寒紧跟其后,一鼓作气地冲到了树林。

潘大发连扔两颗手榴弹,又将冲锋枪朝着日军打了一梭子,趁日军埋头躲避的时候,飞快地离开汽车,拼命向树林奔跑,日本人发现了,纷纷朝他开枪,机枪被手榴弹炸坏了,他们只能用步枪射击,潘大发不停地向前爬着、滚着、跑着,一条条子弹线从他身体上空或者左右飞过,看得武天雄和鲁冬寒心都提到了嗓子眼。离树林还有五六米远的时候,他突然打了个趔趄,栽倒在地,鲁冬寒弯腰疾冲出去,抓住他使劲拖了回来。

武天雄问道:"你哪儿受伤了?"

"我的腿,该死的小鬼子,他们打中了我的腿!"

鲁冬寒也来不及察看他的伤口,将他背起来就走。日军不知是害怕树林里会有伏兵呢,还是有什么重要任务在身,并没有追上来。3人在黑暗的树林里穿行了一阵,穿出了树林。鲁冬寒气喘吁吁地把潘大发放下来,找到他左腿上的伤口,给他包扎止血,武天雄也把自己的伤口草草裹了一下。

休息了一会儿,鲁冬寒背起潘大发继续前进,离军部不远时,武天雄说道:"冬寒,你把他送到医院,我回军部去。"

"你不去医院吗?你也受伤了。"

"我的伤是轻伤,不要紧,我得赶回军部去,我们的后方有日军穿插进来,我必须马上把这个情况通知军长。"

军指挥部里,点着一盏马灯,昏黄的光线照着桌子上面的地图和电话机,也照着张一鸣那张缺乏休息而显得发青的脸。他站在桌子旁边,正在电话里听取左凌峰的报告,为了防止电话被敌人窃听,左凌峰在报告时按规定使用了部队的密语,张一鸣一面在心里把他的报告翻译成普通语言,一面根据报告内容用笔在地图上做着标记。听完,他放下话筒,仔细看着地图上的标记。

勤务兵端着一托盘的饭菜走了进来,将饭菜放在桌上,说道:"军长,你快趁热吃了吧,已经热了三次了,这汤要是再热就成浆糊了。"

张一鸣似乎没有听到,仍然一动没动站在地图前。赵义伟走过来,拿起碗一边舀饭,一边劝道:"军座,这仗要打,饭也得吃。俗话说人是铁,饭是钢嘛,不吃饭哪行呢,你就吃一点吧。"

他舀好饭,把碗筷一起递到张一鸣面前,"军座,多少吃一点吧。"

张一鸣这才接过碗筷,坐下来勉强吃了起来,但显然食不甘味。这碗饭

还没吃完,一名警卫扶着武天雄进来了,武天雄的左手紧紧捂着右臂,鲜血还在从手指缝里往外渗着。张一鸣吃了一惊,放下碗筷,迎上前问道:"天雄兄,你怎么受伤了?出了什么事?"

武天雄答道:"我们从新25师回来的时候,半路上和日本人遭遇,我被鬼子的子弹打中了。"

"伤得重不重?"

"军座不用担心,不过是皮肉伤,没打到骨头,不重,就是弹头还在肉里面,得把它取出来。"

张一鸣二话没说,立刻派人去打电话叫军医,又问道:"你在哪里碰到了日本人?"

"在九龙铺附近。"

"大概有多少人?"

"天黑看不清楚,我估计有一个小队。"

张一鸣背着手,在屋子里来回踱了几步,沉吟道:"鬼子到九龙铺去干什么?如果是从背后偷袭新25师,那点兵力也太少了。"

"我怀疑敌人只是路过那里,他们好像并不愿意恋战,没有对我们穷追不舍。"

"不管怎样,还是小心为好。"

他叫警卫把武天雄扶到他的房间,让他躺到床上休息,等军医来给他治伤,自己立即给各个师的师长打电话,要他们密切注意敌人动向,预防夜袭,又派人把军部的警卫营营长赵天来叫来,命令他今天夜里要加强警戒,多安排些暗哨。赵天来说道:"请军长放心,今晚我亲自查岗。"

赵天来走了,他回到地图前,根据武天雄所说在地图上作了标记,默默地思考日军的企图。不一会儿,外面传来了一阵急促的马蹄声,在门口停止了,随即听见有人下马,飞快地奔上台阶,脚步声轻盈,他听出是白曼琳的脚步声,抬头一看,进来的正是她,她的眼圈发黑,满脸倦容,显得极度疲惫,白大褂上满是血迹,尤其是前襟,几乎成了红色的了,张一鸣乍见之下,吓了一跳:"你受伤了?"

"没有,"她低头看了看白大褂,说道,"这是伤员的血。"

"医院里情况怎么样?"

白曼琳脸上的表情是忧伤和焦虑交织的,急切地说道:"很糟糕,伤员太多了,医院里现在缺人手,缺药,什么都缺。表哥,你能不能想想办法,尽快把重伤员送到后方去。"

"我已经增派了一些民工还有马车过去,让他们趁夜把伤员尽量送走,曾院长那里我也通知了,要他派人密切观察周围情况,随时做好准备,发现问题立刻转移。"

"那就好。武副军长现在怎么样?"

丁香也进来了,背着一个简易药箱。张一鸣叫一个警卫带她们来到隔壁房间,房间里亮着一盏马灯,武天雄躺在用门板临时搭成的床上,斜靠着一床行军被,脸色苍白,眉毛紧紧地皱着,显然在竭力熬忍着伤痛。看到白曼琳,他望着她微笑了一下,似乎对她的到来并不感到意外。她揭开浸透了鲜血的纱布,露出伤口,仔细察看,伤口并不复杂,只是弹头深陷在了肉里,她拿小刀割开弹孔,将手指伸进去摸索,把弹头取了出来,然后给伤口消毒缝合,敷好药包上纱布。处理完,她拿了一粒消炎药让他吃下,又留了几粒给他,说道:"你只管放心,你的伤不严重,这是消炎药,你记着每顿饭后吃一粒,一定不要忘了,只要伤口不感染,很快就好了。"

"好的,我会记得的。"

白曼琳回到作战室,张一鸣还在对着地图苦思破敌良策,见她来了,问道:"处理完了?他的伤情怎么样?"

"没什么大碍,就是弹头陷在了肉里,我已经把它取出来了。"

"伤得不重就好。"张一鸣倒了一杯水递给她,说道:"喝口水吧,我已叫人在隔壁给你铺了一张床,你去睡一会儿,我还有很多事要做,就不陪你了。"

白曼琳说道:"你忙你的,不用管我,我这就回去了。"

"你还是睡一会儿,明天一早再回去吧,我看你这个样子很需要休息了。何况现在已经是深夜了,路上太不安全,万一碰到敌人夜袭可不是玩的。所以我现在无论如何也不能让你走,这一次你听我的话。"

他最后一句话说得非常坚决,毫无商量余地,白曼琳还是第一次听他用这种语气和她说话,吃了一惊,抬头看了看他的脸,见他神色不似往日,说道:"表哥,你跟我说实话,部队现在的情况是不是很严重?我在医院里听到不少消息,都很不利。"

"是的,"张一鸣不想瞒她,忧心忡忡地说道,"我们现在的处境很不利,我们不清楚敌情,敌人倒好像对我们的一举一动了如指掌,这场仗我感觉似乎我们在明处,敌人在暗处,处处掣肘,不知道究竟打的是什么仗。我想一定有什么地方出了问题,照目前的情形看来应该不是我们 117 军,恐怕是上面,如果真是这样,那就太危险了。我有一种不祥的预感,具体是什么现在还无法判断,所以你今晚最好不要离开我,万一有什么事情我也好保护你。"

白曼琳这才明白事情有多严重,想起这几天军事上接连失利,他心里的压力一定很大,不愿意再让他为自己担忧,于是嫣然一笑,说道:"好吧,军长,我服从命令就是了。"

她喊军长的时候,就是跟他开玩笑或者撒娇的时候,张一鸣此刻虽然没有心情和她开玩笑,但严峻的脸色还是缓和了不少,说道:"你去睡吧,有什么事我会叫你,你放心。"

她笑道:"当然我不担心你会跟什么女人跑了。"

张一鸣这些天一直处于高度紧张的状态中,此时有心上人笑吟吟地和他开玩笑解闷,心情轻松了不少,终于笑了一笑,说道:"抓紧时间去睡吧,说不定今晚就有恶战。"

"你呢?"

"不用管我了,我还有事情。去吧,你看,丁香都快睡着了。"

"可怜孩子,这几天被吓得不轻,觉都不敢睡,现在熬不住了。"

她把坐在椅子上打瞌睡的丁香拉了起来,张一鸣目送她出去了,才转身回到桌边,继续研究他的地图。看了一阵,他始终找不到敌人的破绽,不知怎的,他的右眼皮老是跳个不停,他虽然并不迷信,但心里还是隐约感到了一丝不安。

第二十三章　军部遭袭

117 军军部设在一个叫高家塘的小村庄,那里距离两个师都比较近,最近的只有十几公里,张一鸣一向把军部靠前设置,表示自己不怕危险,与弟兄们同生共死,以此激励官兵,鼓舞士气,而且也确实起到了很好的效果。

但这一次，军部离前线太近，却给他带来了灾难性的后果，军部电报来往频繁，日军译电员很快就弄清楚了他的具体位置，向阿南汇报，阿南大喜，当即派出两个联队，于深夜从新25师和105师的间隙穿插进来，向军部实施包围，并向两个联队交代，尽可能将张一鸣活捉。

深夜，完全掌握了地形的日军准确地从两个师之间穿过，摸到了高家塘西北面。在西北方担任警戒的是警卫营1连，正在查哨的1连长发现了敌人，立即下令开枪，双方当即大动干戈，打了起来。张一鸣此刻正和江逸涵分析敌情，听到外面密集的枪声，不觉一怔。

他直起腰，抬起头看了看窗外，西北方向不断闪烁着迫击炮弹爆炸产生的火光。白曼琳也被枪炮声惊醒了，因为担心日军夜袭，她只脱了白大褂，和衣而睡，连靴子都没脱，当即跳下床，飞快地跑了过来，问道："出什么事了？"

张一鸣答道："目前还不清楚。"

不一会儿，警卫营营长赵天来派人来汇报情况了："报告军长，村西和村北方向发现日军来袭。"

"有多少人？"

"目前还不清楚人数，但估计不会少，赵营长已下令阻击，他要我转告军长，敌人是有备而来，恐怕军部已经暴露，军长和副军长不能再留在这里，请马上转移。"

江逸涵说道："日本人来得好快，怎么新25师和105师那里都没有报告？"

张一鸣想了一下，说道："敌人从西北方向来，一定是从两个师的结合部穿插进来的，没有惊动他们，看样子日本人是直接冲着我们军部来的。"

"他们怎么会知道我们的位置？"

"我也在想这个问题，这次作战，我军出师就不利，处处被动挨打，好像我们的动态，敌人全知道得一清二楚。"

"难道是我们内部出了奸细？"

"我现在也无法断定，不过鬼子既然知道了这个地方，那就不宜久留，得立即转移。"

双方战斗打响时，隋明杰正躺在村子晒谷场上的一堆稻草里睡觉，枪声

把他惊醒了,他一骨碌爬起来,伸手抓起枪,戴上钢盔。排里的人也都醒了,纷纷跳起身来,问道:"怎么回事?鬼子来了吗?"

隋明杰叫大家做好战斗准备,自己一口气跑到连部,连长对他说道:"你来得正好,鬼子夜袭军部,1连已经和鬼子交上了火,营长命令我们立即去援助1连,无论如何,一定要把敌人挡在村子外面,让军部安全转移。你马上带着你的排到村西口去,没有我的命令,谁也不准撤回来!"

"是!"隋明杰答应了一声,转身飞快地跑回去,带着全排冲到村西头,西面是一片红薯地,1连的2个排正和鬼子打得热闹,机枪声、迫击炮声响成一片。副营长李哲亲自在这里指挥,黑夜里不明敌情,正要派人打探一下,见隋明杰带着人来了,立刻对他说:"从这个方向来的敌人大概有200多,但是不知道其他方向还有没有。你带着你的人从南面迂回过去,看看情况到底怎么样,如果敌人不多就干掉它。"

接到命令,他带着队伍来到村南,那里并没有敌人,他果断地下令向西北方向绕过去包抄敌人。那一带全是玉米地,农民已经把玉米摘了,秸秆还留在地里没有砍,很多叶片已经干枯了,一碰就发出清脆的断裂声。响声惊动了日军,还没等他们钻出玉米地,日军就将几挺机枪掉转枪口向他们打过来。官兵们赶紧趴在地上,继续匍匐前进,快爬出玉米地时,隋明杰下了命令:"准备好手榴弹,听我的号令冲锋。"

他拿出一颗手榴弹握在手里,扭头看着身后,等到后面的人都跟上来了,才爬起身大吼道:"冲啊!"一头冲了出去,直奔一个日军机枪阵地,后面的人也高喊着"冲啊!杀啊!"跟着他冲了上去。日军正全神贯注和1连对打,听到喊声想调过枪口射击,隋明杰把手榴弹引线一拉,对着日军机枪甩过去,立刻扑倒在地,官兵们也纷纷把手榴弹甩向日军,随后卧倒,手榴弹接连爆炸,日军来不及躲避,被炸得鬼哭狼嚎,官兵们又端起枪向慌乱的敌人射击。1连趁此机会,也开始朝日军反冲锋,日军受到两面夹击,不敢恋战,纷纷后撤。

警卫营的任务是保护军部的安全,日军虽然败退,李哲也不敢下令追击,带着战士们撤了回来。隋明杰正打得兴起,遗憾地说道:"李副营长,敌人不多,我们其实可以把他们全部干掉。"

"你又来了!干掉!干掉!"李哲瞪了他一眼:"你还要我说多少遍?我

们是警卫,负责长官安全的!"

回到村里,只见村子里一片忙碌,3连的警卫们正忙着往卡车上搬东西,赵天来在那里指挥,看到他们回来,他着实夸奖了几句,然后命令他们马上收拾好东西,跟着军部转移。隋明杰跑回晒谷场,拿起背包系在背上,又跑到卡车那里,几个警卫正护卫着军长一行人从指挥部里出来,张一鸣拿着手枪,脸色平静,步伐从容。看到军长镇定自若的面容,他像吃了定心丸似的,立刻放下了心。

不一会儿,村外又是枪声大作,而且声音比先前更大,更为猛烈。李哲飞奔过来,向张一鸣报告:"军长,敌人又来了,来得很多,估计有一个联队以上,正对军部实施包围,请军长、副军长立即转移,越快越好!"

听见敌人又来了,而且人数众多,张一鸣下令军部人员立即向南撤离,军直属团留下阻击敌人,掩护军部安全撤退。他不顾军部人员心急如焚地催促,把事情安排完后,才最后上车,随着前面的车辆离开村子,开上了向南的公路,警卫营的官兵跑步跟在后面。

敌人来的是两个联队,人多势众,他们兵分两路,泉川联队从西北方向进攻,荒户联队迂回到东南方向包抄过来,试图将高家塘包围,一举打掉117军军部,最好能活捉张一鸣,将这根令人头疼的眼中钉彻底拔掉。但泉川联队的先头部队刚接近高家塘就被警卫营发现了,一阵激战之后,差点被围歼,剩下的狼狈地逃了回去。联队长泉川右一郎接到报告,立即带着大队人马向村子扑来,与等候他的军预备团在村口展开了激战,泉川心知张一鸣肯定会带着军部人员撤离高家塘,一面下令部队猛攻,试图强行突破军预备团的拦阻,追击张一鸣一行人,一面通知荒户联队加快行动,封锁向南的道路,务必把张一鸣困死在包围圈内。

张一鸣的队伍到达高家塘十公里处的一个三岔路口时,发现了迂回过来的荒户联队,赵天来立刻命令警卫营做好战斗准备,掩护长官撤离,战士们分散到公路两边,各自找好位置,端起枪向敌人瞄准,张一鸣则带着剩下的人员继续撤退。

赵天来躲在一块大石头后面,低声下达命令:"弟兄们,沉住气不要慌,瞄准了再打!把鬼子打退了我们就撤!"

官兵们平心静气,一直等日军到了200米处才开始射击,警卫营的官兵

枪法都很准,枪声中,只见前面的骑兵纷纷中弹,一个个鬼子兵惨叫着从马上栽下来,有一匹马受了伤,痛得大声嘶叫,疯狂地拖着背上的死尸在敌群中乱穿,竟把一个趴在地上射击的鬼子兵踩死,一个鬼子军官对它开了几枪,它又跑了几步远才轰然倒下。后面两辆卡车上的日军也已下车,摆成了战斗队形,一队一队地交替着进攻,赵天来命令营里的两门迫击炮向日军密集的地方和机枪位置轰炸,命令机枪手们用机枪实施火力压制,不要让敌人靠近。官兵们趁着地形对自己有利,大量杀伤敌人,敌骑兵伤亡太大,不敢再战。卡车上下来的80来个日军一共发起了三次冲锋,都被打退,伤亡了20多个人。

还没把这批敌人击退,后面的日军也赶上来了,警卫营势单力薄,寡不敌众,很快就被日本人冲散了,一部分日军留下继续清剿警卫营官兵,一部分则沿着张一鸣撤离的方向,迅速追了上来。警卫营官兵除了小部分人顺利脱险外,大部分阵亡。

张一鸣这一次也似乎在劫难逃,还不到半个小时,他乘坐的卡车不知道出了什么毛病,越开越慢,最后索性停了下来,不走了。司机跳下车,打开引擎盖查找原因,察看了一阵,没发现哪儿出了故障,急得浑身冒汗,可越心急越找不到原因,暗自咒骂这破车什么时候坏不好,偏偏在这节骨眼儿上坏。又鼓捣了一阵,总算找到了原因,还没等他修好,后面已经传来了马蹄声和汽车行驶的声音。

官兵们知道敌人又追上来了,飞快地寻找有利位置做好战斗准备,张一鸣拔出手枪,蹲在卡车后面,准备和大家一起战斗。白曼琳跟在他身边,也拿着手枪,紧张地看着前面。丁香也跟了过去,浑身大抖着,手里死死捏着一颗手榴弹。她在姐夫餐馆里帮忙的时候,听到路过的客人谈起日本人,都说是矮个子,罗圈腿,像地狱里出来的小鬼一样丑,也像恶鬼一样的凶狠,用火烧老年人,拿刺刀捅小孩肚子,强奸女人,而且通常是先奸后杀,残忍到了极点,那时她就对日本人产生了恐惧。上了战场之后,她一直惴惴不安,生怕碰到日本人,如今日本人终于来了,她吓得连哭都哭不出来了。

随车担任掩护的隋明杰爬到路边的小山坡上察看究竟,就着卡车车灯的灯光,他辨认出跟来的确实是日军,领头的是一队骑兵,后面紧跟着三辆大卡车,车上满载着日本兵,他隐约看见车头上架着两挺机枪。

看到如此多的敌人,隋明杰不禁大惊失色,他手下只有十几个人,敌人的兵力比他多出了何止10倍,他根本无法保护军长的安全。他心急如焚,飞快地下了山坡,来到张一鸣身边,急切地说道:"军长,鬼子追上来了,人数很多,趁鬼子还没发现我们,请军长立即从小路离开。"

追兵大概也发现了前面停着的卡车,停止了前进,随后几名骑兵,抡着马刀,慢慢地朝着这边过来了,看样子是来察看敌情的。张一鸣知道自己这点人和人多势众的鬼子战斗,简直就是以卵击石,白白牺牲,立即下令不要惊动敌人,全体人员从小路悄悄离开。

一行人沿着小路,摸黑向南前进。张一鸣一直紧紧地抓着白曼琳的手,以免路上再遇到什么敌情而失散。走不多远,在经过一块水田时,由于天黑路窄,一名战士踩着了路边上的松土,土垮塌下去,他身子一歪,"扑通"一声倒进了田里。在寂静的夜里,这个声音非常响亮,远远地传了出去。张一鸣反应很快,立即拉着白曼琳向前飞奔,敌人听到了响声,开始往声音方向射击。张一鸣知道现在不能停,一旦停下来,被敌人火力压制住就完了,依然拉着她脚不停步地往前飞跑。

奔跑中,只听见白曼琳"啊"地惨叫了一声,向前栽倒在地,张一鸣浑身一冷,心跳都差点停了,忙俯身将她抱起,一边跑,一边急切地低声喊着"琳儿",白曼琳虚弱地答应了。见她还活着,他稍稍放了点心,也来不及察看伤势,继续拼命往前奔跑。

敌人已发现了这些人,骑兵纵马追了上来,将他们牢牢咬住,怎么也甩不掉。敌人越来越近,隋明杰见势不好,他不敢喊军长两个字,怕日本人听懂了,就冲着张一鸣叫了声"快走",自己带着机枪手和另外七名警卫留下来阻击敌人。卫士们利用夜色作掩护,躲在水沟里,田坎下,用机枪、步枪、手榴弹拼命阻击,杀死了十来个鬼子骑兵。敌人的步兵也跟上来了,敌我悬殊过大,警卫们纷纷阵亡,机枪手也中弹牺牲,枪声顿时稀落下来。隋明杰疾冲过去,抓起机枪跳到一条水沟里继续射击,几分钟后,一颗迫击炮弹在他附近爆炸,他身中数枚弹片,顿时昏了过去。

不知道过了多久,他醒了,刚一动,觉得身上好几处地方痛得钻心,这才意识到自己被炸伤了,他在泥泞里静静地躺了一会儿,四周万籁俱寂,一丝动静都没有,看样子鬼子已经走了。他忍着痛,费力地爬出水沟,外面果然一个人影都没有,似乎这里刚才根本就没发生过血战。他看了看周围,勉强辨出方向,往南走去,没走多远,他看到了一名警卫的尸体,尸体惨不忍睹,是被鬼子的骑兵乱刀砍死的,面部血肉模糊,已经无法辨认,看不出是谁。他挣扎着继续往前走,走了十来里路,遇到了营里另一名失散的警卫,两人结伴而行,黑暗中摸索着向南行走。

就在隋明杰带人拼命阻击日军的时候,赵义伟和剩下的几名警卫护送着张一鸣飞快地奔逃,一路上慌不择路,只往草丛、树林里钻,渐渐地,枪声被甩在了后面,既没看到鬼子追上来,路上也没遇到新的情况。一口气往前走了十几里路,来到了一个小村子,张一鸣下令停止前进,暂时在这里休息一下。他挂念着白曼琳的伤情,一路上,他一直背着她,老觉得自己背上湿漉漉的,一定是她在流血,而且跑了一阵之后,他感到她软软地伏在自己背上,轻轻呼唤她也不答应,显然已经昏迷了,这让他非常担心,很想尽快找个安全些的地方给她处理一下伤口,如果让血这样不停地流下去那还得了,即使伤得不重也会失血而死。他们躲在村外的小树林里,派一名警卫悄悄到村里察看了一下,得知里面空无一人,决定进村去休息。

他在村外安排好警戒哨,然后将白曼琳背进了村口的一座茅草房里,那房子低矮,屋子上面垂下来的乱草几乎遮了房子的一半。进了屋,赵义伟打开手电筒照着,这草房只有里外两间屋子,里屋的门半掩着,里面漆黑一片,看不到有什么,外面是堂屋,当中的泥墙上,贴着许多红纸条,上面写着人的名字,大概是这家人家历代祖宗的灵位,屋子里凌乱不堪,一张裂着缝的桌子上堆着碗筷,几条长板凳上也放着东西,四周靠墙到处都摆着锄头、簸箕、箩筐、竹篮子等农家常见的器具,左面的泥墙上,开着一个四方形的窗孔,连窗子都没装,任由风雨袭进屋里。靠外面的墙边有座土灶,灶上放着一盏油灯,里面还有一点菜油,赵义伟叫一个警卫把它点燃,端到里间去。张一鸣跟着进去,里面没有多少东西,正面靠墙摆着一张木床,床上挂的帐子不知道是年代太久呢,还是极少洗过,已经完全变成了深灰色,床的旁边放着一个木柜子,也裂着缝,油漆都快脱尽了。

警卫把油灯放到床边的一个大木箱上,张一鸣走过去,只见床上的被褥也是油腻发黑,他也顾不得什么,在赵义伟的帮助下,将白曼琳轻轻放在了床上,只见从胸口一直向下,她的衣服、裤子直到袜子,都被血水浸透了,简直像一个血人。随着这一动,她醒了,看见他,张开嘴想说话,但立刻就大咳起来,并咳出了不少鲜血。张一鸣战场经验丰富,见她咳血,知道是子弹打中了肺部,这伤可就太重了,她的生命已经危在旦夕,顿时惊得手足冰凉,人都呆住了。

丁香也在旁边,这一路她紧跟着张一鸣没有走散,还算机灵。她看到白曼琳满身是血,还咳血,吓得哭了起来:"琳姐姐,你没有什么事吧?"

白曼琳好容易止住了咳嗽,但咳嗽牵动了她肺上的伤,加重了痛楚,痛得她连话都无法说,只将眉头紧紧地皱着。等疼痛稍为减轻一些,她也醒悟过来,自己肺部受伤了,她是医生,当然知道利害,心头立刻涌上一层恐惧,难道她21岁的生命就此完结了?惊慌之下,她脱口说道:"表哥,救救我,我不想死。"

张一鸣心里一痛,说道:"你放心,我会救你,你不会死,我决不会让你死。"

丁香还在一旁呜呜地哭着,听得他心里更加不安,说道:"把药箱给我,你去烧点水。"

她把药箱给他,哭哭啼啼地出去了。张一鸣定了定神,打开药箱,问白曼琳:"哪个是吗啡?"

"没有了,早就用完了。"

"止痛片呢?"

"给副军长了。"

张一鸣呆着无语,没有吗啡止痛,难以给她处理伤口,那种伤痛就连男人都很难忍受,何况娇怯怯的她,可不处理也不行,他咬了咬牙,对赵义伟说道:"你们先出去一下,叫丁香进来。"

赵义伟知道他要给白曼琳疗伤,带着警卫出去,喊了丁香一声,让她进去。张一鸣叫她把门关上,然后小心翼翼地把白曼琳扶起来,靠在自己臂弯里,对丁香说道:"把衣服给她脱了,轻一点,别动着伤口。"

丁香解开她的衣扣,刚一举起她的右臂,她痛得大叫一声,立刻昏了过去。张一鸣大怒,如果丁香是个男人,他恐怕一巴掌就打过去了,他大骂道:"笨蛋!我不是说了让你轻一点吗?"

丁香吓得直哭,张一鸣听了更加心烦,说道:"算了,别哭了,她昏过去也好,可以少受点罪,那种痛她受不了。"

他们不敢再去动她的右臂,怕引得她伤口剧痛,张一鸣说道:"你找一下,看看有没有剪刀,我们用剪刀把衣服剪开,反正这衣服也得换了。"

赵义伟和一名警卫分别守在门口和窗口,一名警卫在灶下生火烧水。在村口担任警戒的警卫引了一个老太婆进来,那老太婆大概60多岁了,蓬乱的头发已经白了一大半,面孔黑黑的,瘦得有点怕人,一身土布衣服上补丁叠着补丁,衣服的前襟和袖口都是油腻腻、黑糊糊的。

警卫把她领到赵义伟面前,说道:"报告赵副官,我在村口上遇到了几个老乡,都藏在稻草堆里,他们说鬼子曾经来过这里,怕我们也是鬼子,所以藏起来,现在知道我们是国军,都出来了。这个老人家说,她的家就在这里。"

赵义伟问那老太婆:"村里有郎中吗?"

老太婆摇摇头:"我们这穷地方,哪来的郎中,要到镇上才有。你们找郎中干什么?"

"我们有人受伤了。"

"要不要我去看看,我认得很多草药,止血的,跌打损伤的,烧伤的,我都认得。"

"也好,那就麻烦你给她看看。"赵义伟心想让她去帮帮忙也好,有时候一些乡下的土办法还管用,他走到门口,说道:"军长,这家的主人回来了,是个老太太,我让她进来帮你,也许你用得着。"

张一鸣答应了,见那老太婆进来,说道:"老人家,你来得正好,你有剪刀吗?借给我用一下。"

老太婆打开柜子,在一个针线笸箩里面找着了剪刀,递给他。他接过去,剪开白曼琳的军衣,然后是里面的绒线背心、衬衣、胸衣,一层一层地全部剪开,只见这些衣服已经全被鲜血浸透,看不出原来的颜色,把剪开的衣服分开,只见她的胸腹糊满了血液,最早流出的已经凝结,形成了深紫色的血块。张一鸣不看则已,一看之后,心里的那份痛楚,实在非语言所能描述。

丁香不住地抽泣,老太婆看了,惊得"噢哟"一声,这才明白这伤和她想象的差别太远,别说帮忙医治,连看都不敢再看,赶紧扭过头去,嘴里不断地说道:"小鬼子作孽哟! 好好的姑娘,给打成这个样子!"

张一鸣察看了她的伤口,只见她的右胸部中了一枪,子弹由后背进入,从前胸出去,此时弹孔里面已经没有往外流血了。他把她扶起来,靠着自己坐着,让丁香把衣服一件一件剪下来,然后从衣袋里摸出一瓶云南白药递给她,让她将药粉倒在伤口上,敷好药,丁香打开药箱,拿出一卷绷带,小心地裹住伤口。

张一鸣对老人说道:"老人家,麻烦你找件衣服,找条裤子给她。"

老人从柜子里拿了一件花布罩衫,一条本色土布裤子出来,看起来还算干净,说道:"这是我孙女的,拿去给她穿吧。"

张一鸣接过衣物,又说道:"老人家,再麻烦你打点热水进来,给她擦一擦。"

"哎。"老人赶快出去了,不一会儿就用木盆端了一盆热水进来,放到床边。张一鸣叫丁香拿毛巾放到盆里浸湿,拧干后轻轻擦掉白曼琳身上的血迹,白色的毛巾很快就变成了红色,经过几次清洗,盆里的水也变成了红色,只能勉强给她擦掉血块,身上仍旧血痕俨然,不忍目睹。他和丁香小心谨慎地给她穿上衣服,因为害怕再把她弄痛,他们费了不少心才给她穿上。

换好了衣服,张一鸣出去了,虽说为了救她性命,他不拘男女之嫌,替她脱衣疗伤,但他们毕竟还没有结婚,他不便替她换裤子,反正她腿上没有伤,丁香一个人就可以替她换了。

他一走出来,赵义伟问道:"军座,白小姐怎么样?"

"子弹打穿了右肺,眼下又没办法给她医治……"他说不下去了。

"军座别担心,吉人自有天相,老天爷会保佑她平安无事的。"

赵义伟的话并没能给他多大安慰,他说道:"给她做一副担架吧,再过一会我们继续赶路,这里不宜久留。"

"我已经叫人去做了。"

门外传来一阵脚步声,一个警卫进来了,说道:"军座,我们遇到了43师291团的人。"

"多少人?"

"12个,领头的是3营2连长石诚。"

"你让他进来,我有话问他。"

石诚进来了,他的军装破烂,上面满是污泥和血迹,一张脸也是又脏又黑,活像刚从煤窑里出来的挖煤工,他的脚步沉重,神色也显得沮丧而疲惫,

但是一见到张一鸣,他的眼睛里立刻现出了一丝光彩,好像迷途的人突然找到了带路者,重新燃起了希望。他激动得说不出话来。

张一鸣问道:"你是291团的,现在团里还剩下多少人?"

"不清楚。我们营突围出来,没找到我们的部队,也没看到友邻部队,只知道师部到南边去了,但我们没有地图,也找不到……"

"你们营长呢?"

"听说突围的时候阵亡了,但没有得到证实,不知道是真是假。"

"那么,营副呢?"

"也不知道。我们被鬼子冲散了。我们现在一起的就只这十几个人,不知道敌人在哪里,也不知道大部队在哪里,就这样往南走,反正一直走,一直走,然后就到了这里。"

张一鸣沉默了好一会儿才说道:"好吧,从现在起你们就跟着我,你带弟兄们去休息一会儿,有事我会叫你。"

"是。"石诚敬了个礼,出去了。

丁香推开门,伸出头说道:"军长,琳姐姐醒了。"

张一鸣赶快进去,见白曼琳躺在床上,因为失血过多,她的脸色像纸一样的苍白,嘴唇也失去了血色,但表情不如先前那么痛苦,心里一宽,忙叫丁香出去舀点热水进来,他要喂白曼琳吃药,丁香舀了半碗给他,他接过去,将那瓶云南白药剩下的药粉全倒进碗里,然后将碗摇了摇,把药粉充分融化。他对着碗吹了一会儿,等水凉了一些,拿出两颗磺胺药片喂到她嘴里,然后把她扶起来,左手搂住她的肩膀,右手把碗递到她唇边,喂她喝药。她喝了一半,突然喉咙一痒,随即剧烈地咳嗽起来,鲜血跟着喷了出来,张一鸣慌忙拿开碗,把她放下。她不停地咳着,直咳得连气都喘不过来,鲜血不住往外喷溅。

张一鸣看着她,心里又是惶恐,又是难受,一句话也说不出来。白曼琳咳得胸腔里撕裂般的剧痛,痛得浑身颤抖,额上汗珠直冒。张一鸣眼睁睁地看着,心痛欲裂,又无能为力,她胸口有伤,连给她揉一揉都不敢,只能一边喊着她的名字,一边握住她的手。她像溺水的人抓着救命稻草一样紧紧地抓着他的手,把他的手都抓痛了。

好容易停止了咳嗽,她看着张一鸣那张痛苦的脸,心想自己的伤势非常严重,即使马上能够得到治疗,要保住性命也很困难,眼下还没有脱离战场,她得不到救治,活下去的机会更小,周围危机四伏,随时可能再遭遇敌人,他自己突围已经困难重重,带着她就更难了,既然获救的希望渺茫,她又何必拖累他呢。考虑到这一点,她反倒什么都不怕了,等那一阵剧痛过后,她看着他,平静地说道:"表哥,我拖累你了。"

"你跟我用得着说这种话吗?"张一鸣用毛巾擦了擦她唇边的血迹,她喷出的只是血水,还没有血泡,让他稍稍放了一点心,温和地说道:"你不要再说话了,小心引起咳嗽,又要动着伤口。我去找一把勺子来,把剩下的药喂你喝了,云南白药止血的效果很好。"

"你不要去了,没有用的。"她轻轻叹了一口气,"表哥,我很遗憾,我答应过你要陪你一生一世,可是,我恐怕不能够了。"

听了这话,张一鸣心里掠过一阵恐惧,急忙打断了她的话。"你不要说了,你不会离开我的,你的伤一定会好。"

"我也不想离开你,可是,不想又能怎么样呢?"俗话说,夫妻本是同林鸟,大难来时各自飞,他们虽然只是未婚夫妻,却也没有抛下对方各自飞啊。如今死神硬要将他们俩分开,那就没有什么办法可想了。她的心里一阵酸楚,她这只鸟死了,剩下的那一只会怎么样呢?他用情专一,对她又是一片深情,她能想象得出她的死对他的打击有多大。想到这里,她恳切地说道:"表哥,答应我一件事好吗?"

"只要你能好,我什么都可以答应你。"

"如果我好不了,你就不答应了吗?"她微笑了,笑得有点凄楚,"表哥,我就是要你答应我,我死了以后,你千万不要太难过,也不要太想我,你要好好地,一定要好好地生活下去。答应我,将来娶一个好女子照顾你……"

"我不会答应你。"张一鸣毅然决然地打断了她的话,"你不要胡思乱想了,很多人受了伤以为自己会死,最后都活下来了。相信我,我见得太多了。你好好休息,不要再胡思乱想了。"

"我不是胡思乱想,我的伤我很清楚。表哥,我放心不下你,所以,我求你答应我。"

"我不能答应你,琳儿,我不能。"

"表哥……"她还想再说,这时又一阵剧痛袭来了,她闭上眼睛,咬着嘴唇熬忍着,等这一次疼痛过去之后,她睁开了眼睛,看到张一鸣正在替她擦着额上的汗珠,脸上满是焦灼和痛苦的表情。她目不转睛地看着他,眼里充满了依恋和不舍。"表哥,你对我这么好,我真的舍不得离开你。可是,我确实很痛,痛极了,我实在受不了了,你给我一枪吧。"

张一鸣一惊,声音都变粗了:"你别胡说!"

"我没胡说,我知道我的肺受伤了,眼下又没有办法治,反正是一个死,你给我一个痛快吧。"

张一鸣心里一阵绞痛,"你不会死,你再忍一忍,我很快就送你到医院。"

"你不用瞒我,我们被包围了,现在到处都是日本鬼子,带着我你很难突围,不要让我拖累你。"

"你不要说了,"张一鸣呼地站起身,双手握成了拳头,不容置疑地说,"我张一鸣戎马一生,从未抛弃过受伤的袍泽或者下属,更不要说你了。我无论如何都要把你带出去,我们一定会突围出去的。"

"我相信你一定办得到,可是我不行了,我怕是拖不了那么久。"白曼琳伸出手,轻轻地抓住他的手,温柔地说道,"表哥,我也不想死,我也想和你一起突围出去,可是眼下这种情形太难了,而且我很痛,真得很痛,我求求你,别让我这么慢慢地痛死。你要是下不了手,就让其他人来吧。"

张一鸣听了她的话,悲愤难抑,自己为了国家,为了民族,殚精竭虑、舍生忘死,无愧于心,也无愧于苍天,可苍天却为什么对他这样不公平,连他唯一的爱人都想夺走?他深深地吸了口气,说道:"琳儿,我说过你不会死,我也决不让你死。我知道你现在很痛苦,我也恨我不能帮你分担。可是……无论如何你要挺下去,就算为了我你也要挺下去,我不能没有你。"

他重新坐回到床边,紧紧握住她的手,说道:"琳儿,我一生没求过人,可是现在我求你,求你挺下去!你就听我的吧!"

看到他那痛不欲生的模样,白曼琳放弃了速死的念头,觉得即使为了他,自己也该努力支撑到最后一刻。"我答应你,我一定挺下去。"

"好,我们马上就走,争取尽快找到医院。"他叫了声:"义伟!"

赵义伟应声而入,他问道:"担架做好了吗?"

"做好了。"

"拿进来,命令大家准备出发。"

赵义伟吩咐警卫把做好的担架拿进来,张一鸣把白曼琳抱起来,小心地放到担架上。借着微弱的星光,一行人离开了小村庄,轮换着抬担架,继续往南前进。

第二十四章 猛虎之师

在小青山的一道壕沟尽头挖着一个掩蔽部,是512团1营的指挥所,掩蔽部很小加上通风不畅,里面郁集着湿土、稻草和劣质烟卷的味道,左侧的地上铺着厚厚的稻草,官兵戏称为金丝被,此刻金丝被上面正睡着几个人。

最先醒来的是孙富贵,他没有惊动别人,悄悄爬起来,出去观看今天的天色。出去之后,他很失望,这是一个晴朗的早晨,整个山区笼罩在黎明前的雾霭中,雾浅薄而透明,远处的山岭朦朦胧胧,如同水墨画一样,柔和秀美。

他已经看惯了这样的景色,并不感觉它的美,只看到晨雾正在缓慢地消散着,知道今天又将是明朗的好天气。几天来,这一带都是碧空无云、阳光明媚,他讨厌这样的天气,他情愿下雨,哪怕出现一些乌云也好,可这该死的天气依旧晴朗。他吐了一口唾沫,低声骂道:"妈的,又是晴天,老天爷存心跟咱们过不去。"

佟祥元也爬出来了,依然睡眼惺忪,呵欠连连,几天来每天睡觉的时间很少,因为夜里不时有敌人袭击,偶尔还有大炮和迫击炮的轰炸。他很想舒舒服服地伸个懒腰,但是不敢,害怕有狙击手打冷枪,这些鬼东西会抓住一切机会置人于死地。他听到孙富贵后面的话,问道:"营长,一大早你骂老天爷干什么?"

孙富贵指了指天空,"你看,又是晴天,日本飞机又要到老子头上嗡嗡嗡了,下点雨不行吗?"

佟祥元没有开口,谁还能管得了老天爷下不下雨。孙富贵也不再说话,默默地看着眼前起伏的山岭。此刻,整个山区出奇的宁静,听不到人说话的声音,听不到砍树和修筑工事的声音,更没有听惯了的枪炮声,甚至鸟类也不再唧唧啾啾。在这死一般的寂静中,他有一种不祥的预感,这是大战之前才有的景象。

一阵晨风迎面吹来,风里裹着湿润的雾气,还夹着一股难闻的臭气。由于两军阵地相距太近,收尸掩埋是个大问题,这几天天气晴朗,阳光灿烂,温度比较高,早期的尸体已经开始变臭。

孙富贵从裤袋里摸出烟盒,取了一支点燃,开始抽烟。一支烟抽完,太阳已经露出了小半张脸,满天都是绯红的云霞,孙富贵听到东面隐隐约约地传来飞机发动机的声音,他寻着声音望去,因为面对着太阳,眼睛一时看不清楚,直到适应了光线,他才看到红霞中出现了一架侦察机,正向着这个方向飞过来,拐弯时,机身上血红的圆球形标记令人厌恶地出现在了他的眼里,他恨恨地把烟头扔在地上,骂道:"妈的,又要来了。"

侦察机飞到了他们的头上,在空中盘旋了很久,然后继续向着西方飞去。

孙富贵对佟祥元说道:"侦察机一回去,鬼子的轰炸机就要来了。"

佟祥元问道:"营长你怎么知道?"

"我怎么知道?老子跟小鬼子打了四年仗,他们那点招数老子早就看穿了。"

果然,一小时后,敌人的轰炸机群如约而至。听到机群的轰鸣声,副营长戚军也出来了,用手放在额上当遮阳板看着由东而来的机群,说道:"好家伙,来了这么多,怕有三四十架呢。1、2、3、4……"

"我的娘哎!"佟祥元吐了吐舌头,说道,"来了这么多。"

"有啥大惊小怪的?"孙富贵说道,"鬼子打了这么久,增加了这么多兵,拿我们新25师一点办法没有,我看哪,今天鬼子的飞机比以前多得多,等轰炸完了,一定要发动猛烈攻击。"

"47、48,一共48架,来者不善哪。"戚军终于数完,松了口气,扭头看见佟祥元仰着脸看着机群,脸上露出畏惧、紧张的神色,一双眼睛大大地睁着。他拍了拍佟祥元的肩膀,说道:"你怎么啦,小伙子,是不是害怕啦?"

"有一点,"佟祥元老老实实地承认了,脸色带了一点羞愧,说道,"我想不怕,就是忍不住,我从来没有见过这么多飞机。"

"多经历几次就好了,老实说,你害怕也没有用,炸弹一落下来,一切听天由命。你想开了,也就不怕了……"

"来了!"孙富贵喊道,"朝我们来的,快进去!快!"

三个人迅速钻进掩蔽部里,孙富贵继续通过观察孔望着天空,敌人的飞机还在源源不绝地飞来,犹如蝗虫一般,已经不止48架,他估计有七八十架。敌机遮天蔽日地飞临,在小青山上空围绕盘旋,侦察一番之后,敌机开始向着中国守军阵地俯冲投弹,伴随着一阵阵刺耳的尖叫声,许多黑糊糊的、光滑的圆柱形东西落了下来,这些丑恶的钢铁怪物肆无忌惮、无遮无拦地往下掉,无情地扑向地面的目标,很快,山崩地裂般的爆炸声响了起来,整个新25师防线被炸得地动山摇,阵地上浓烟滚滚,好像位于一片火海之中。

此刻,日军第6师团师团长神田正种正站在一个山岭上,用望远镜观察着中方阵地。只见70多架轰炸机在守军阵地上空盘旋着,不停地投下炸弹。一个个刚才还青翠碧绿的山冈已完全被火焰和硝烟所笼罩,连轮廓都看不出来了。

他看了一会儿,满意地放下望远镜,对身边的旅团长竹原三郎少将说道:"炸得真猛,阿南将军对这支重庆军可是出了重拳啊!"

竹原迫不及待地说道:"师团长,请下达进攻命令吧,我不相信,就凭这些蠢笨的支那人,还能挡得住我英勇的第6师团?我们会像捏死蚂蚁那样轻松地消灭他们。"

神田笑了,说道:"竹原君,你急什么?空军表演了,也得让我们炮兵部队上场表演一下,炮兵们大老远的把大炮拉来,光让他们看热闹,不让他们出场,他们会有意见的。"

他转过身来,问野炮联队长:"你们已经准备好了吗?"

"早就准备好了,就等着师团长您的命令了。"

"很好。你立即集中所有炮火,向敌人的阵地发射!"

"是!"野炮联队长立即跑回自己的阵地,挥着旗帜,大声发布命令:"预备!目标虎头岭!"

"开炮!"

"目标童子峰!"

"开炮!"

随着一声声命令,各种炮弹雨点般飞向新25阵地,炮弹和着飞机的炸弹,整个阵地硝烟尘土遮天蔽日,什么都看不见了。

佟祥元第一次经历如此大规模的轰炸,持续的巨大爆炸声震得山岭都

在抖动,炮弹似乎就在他的头顶或者身边爆炸,震得他的耳膜发痛,脑袋里嗡嗡直响,硝烟和泥土不断地钻进掩蔽部,呛得他呼吸困难,难受得连恐惧都忘掉了。他第一次产生了死亡近在咫尺的感觉,感到每一秒钟都是那么难熬,好像时间已经停滞了。

孙富贵也觉得今天的轰炸特别厉害,日军不仅派出了大量的飞机,而且一个波次接着一个波次,连续不断,好像日军把用于整个9战区的轰炸机都派到了这里。他还听出有大口径榴弹炮的声音,而且数量众多,因为此时进攻小青山的日军部队已经不仅仅是第6师团,还有第4师团以及另外几支日军部队,都将自己的重炮对着新25师阵地猛轰。各种口径的大炮汇总起来,打得像机枪一样密集,炸得漫山都是火光,将天空映得通红。孙富贵感到整个小青山都在剧烈地抖动,仿佛在狂风巨浪中颠簸的孤舟,随时都会舟覆人亡。

不知过了多少时间,炮击终于停止了。佟祥元已经被震得昏昏沉沉,人几乎死去了半个,很长时间内他都觉得头脑里仍旧还在回响着轰隆的爆炸声。

轰炸结束后,孙富贵走出掩蔽部,只见那些匆匆忙忙构筑起来的简易工事很多被炸毁,壕沟已经面目全非,不少树木被炸断,横七竖八地倒着,没有倒的,树叶也被烟火灼落,只剩下光秃秃的树干和树枝。他到阵地上察看,各阵地已经变得像蜂窝一样,到处是深深的弹坑,一路上,倒着不少将士的遗体,有的已经无法辨认了,血淋淋的残肢断臂随处可见,人的肚肠挂在树枝上,颤颤巍巍地晃动,炸碎的衣带和破布随风飘舞,像为英灵招魂的幡布。活着的士兵们满脸都是烟尘和鲜血,不顾一切地把被埋在虚土下的战友们挖出来,可是许多人已经变成了尸体,另外一些根本找不到了,已经被炸得尸骨无存,怎么找得到?抢救了战友,他们还得忙着在这片被血肉混合、渗透了的土地上抢修战壕和掩体。孙富贵逐个查看各连,阵地损毁严重,各连伤亡都很大。

看完,他咬牙切齿地对身边的人说道:"老子以后碰到日本人,有多少杀多少,老子绝不留一个活口!"

轰炸停止后,山区又恢复了宁静,硝烟逐渐散去,露出了山岭。神田举起望远镜再看,见到中国守军阵地一片狼藉,好像各种工事全被摧毁了,他乐得开怀大笑。笑了一阵,他扭头对竹原说道:"竹原君,现在该你们上场了,你负责攻下虎头岭,我就等着看你们的演技啦。"

"是!"竹原赶回自己的部队,把攻击任务向23联队联队长佐野虎太大佐和45联队联队长池田纯久大佐做了分派。两个联队长接受命令后,佐野对池田说道:"池田君,我们来打个赌怎么样?"

池田心领神会:"佐野君是不是想赌我们谁先攻上支那军队的阵地?"

"不错,池田君愿意跟我打这个赌吗?"

池田哈哈一笑:"佐野君既然有这个兴致,我当然奉陪。我先冲上去了,佐野君可得请我喝酒。"

佐野摇摇头,信心十足地说道:"池田君,还是你准备好请客吧,我知道你带的清酒还没喝完。"

"到底谁请客,一会就知道啦。"

两人说说笑笑,仿佛中国守军的阵地已经完全处在他们的掌控之中,冲锋就像参加一场田径比赛,不过比比谁跑得快而已。池田回到自己阵地,向手下交代清楚进攻目标,然后从腰间抽出指挥刀,向着虎头岭一指,使出全身力气叫喊道:"勇士们!为了天皇,为了大日本帝国,冲啊!"

佐野负责从左面进攻,他一面督促着手下冲锋,一面大喊着给他们鼓劲:"支那军队大部分被我们的炮火消灭了,我们就要胜利啦!快!快跑步冲锋!我们一定要抢在45联队前面占领山头!"

鬼子们在他的激励下,犹如一群饿慌了的恶狼嗅到了猎物的味道,疯狂地向山上爬了上来。

佐野攻击方向是512团1营阵地,佟祥元看见山脚下出现了大批日军,急忙回头对孙富贵说:"营长,鬼子来了。"

孙富贵正蹲在战壕里吸烟,听了他的话,不慌不忙地吐了一口烟雾,说道:"还远着呢,你慌个啥。"

日军一步一步接近阵地,300米,250米,200米,佟祥元已经可以清楚地看见走在前面的一些鬼子兵的长相了,回头见营长还在抽烟,有点着急了,低声对他说道:"营长,鬼子已经上来了!"

孙富贵往下看了看,回头瞪了佟祥元一眼,说道:"还有200米,你小子大呼小叫地干啥,让老子好好抽支烟不行吗?等他们近一点再跟老子说!"

又过了一会儿,佟祥元再次向他汇报:"营长,还有100米了。"

孙富贵这才心疼地把还有一小截没有抽完的烟往地上一扔,骂道:"狗日的小鬼子,来得还真快,连一根烟也不让老子抽完,活得不耐烦了,这么急着想死,老子成全你们。"

他骂骂咧咧地拔出手枪,起身趴到战壕边,望着山坡上的敌人。1营官兵们早就已经将子弹推上了膛,手榴弹也拉出了引线,看着鬼子向着自己阵地的方向爬上来,一点一点地靠近,便开始悄悄地瞄准选中的目标,只等营长开火的命令一下,手指就立刻扣动扳机。

孙富贵一直等到前面的鬼子离阵地只有50来米了,这才把手枪一挥,扣动了扳机,大喊一声:"打!给我狠狠地打!"

官兵们听见命令,立即打响了手里的武器,机枪、步枪、手枪一齐向冲上来的日军倾泻下去,冲在最前面的日军不断被子弹击中倒下,顺着山坡骨碌碌地往下滚。但后面的日军依然喊叫着,毫不犹豫地跨过甚至踩过前面日军的尸体,不要命地继续往上冲。

耿秋林一直密切关注着战况,见日军冲锋得如此亡命,怕1营抵挡不住,立刻命令团迫击炮连连长刘义山:"快!快开炮!目标1营前方!给我狠狠地炸!"

"是!目标1营前方!"

接到命令,刘义山观察了一下,见冲在前面的日军已经接近1营阵地,他怕伤到自己人,不敢朝前面的鬼子兵发射,命令炮手们瞄准日军冲锋队伍的中间和后部开炮。随着一颗颗炮弹的爆炸,日军接连不断地倒下了。

1营官兵们见有炮火支援,打得更来劲了,瞄准前面的鬼子拼命射击。冲在前面的鬼子接二连三地倒下,日军没有想到经过了自己飞机大炮那样猛烈的轰炸之后,守军还有这样的战斗力,不敢再冲了,后面的人纷纷躲在各种隐蔽物后面,向守军射击。

佐野见手下竟然停止冲锋,这样下去,自己极有可能输给池田,他可不愿丢这个脸,拼命地叫道:"给我冲!快给我冲上去!"

在他的催促下,日军只得爬起身,继续往前冲锋。尽管日军亡命,但中国守军居高临下,打得也很顽强,他们冲锋了一阵,伤亡惨重,始终无法冲上1营阵地。大队长牛岛贺挥舞着战刀,督促着手下向前冲锋,拼命地叫道:

"冲！给我冲！谁先冲上支那阵地,我奖励……"还没有喊完,一颗迫击炮弹在他前面不到两米的地方爆炸了,牛岛往后一仰,直挺挺地倒了下去,手里还举着指挥刀。

旁边的鬼子兵慌忙将他抬下战场,该大队的鬼子兵见大队长倒了,士气顿挫,纷纷调头退了下来。其他两个大队的日军不知道发生了什么事,见牛岛大队后退,也慌乱起来,不理会自己军官的驱赶,跟着退了回来。

佐野一直站在山脚举着望远镜观看战况,眼看部队就要冲到山顶,却再也冲不上去,已经让他心急如焚,这时见到部队突然退了下来,不禁气得暴跳如雷。他冲上前去,怒视着退回来的大队长大川近二,咬牙切齿地问道："为什么退回来？谁下的撤退命令？"

大川见他气势汹汹地冲过来,手里还紧紧握着那把锋利的指挥刀,知道他是来者不善,小心谨慎地回答说："我不清楚,不是我下的撤退命令。是,是牛岛君那边先退,把我的队伍也带动了。"

"牛岛贺！你这个该死的胆小鬼！你把我23联队的脸都给丢尽了！我饶不了你！"佐野怒骂着,然后命令身边的一个参谋,"去,马上把牛岛给我找来。"

过了一会儿,那个参谋领着两个士兵抬着一副担架来了,说道："报告联队长,牛岛大队长负了重伤。"

佐野见牛岛满身是血,已经昏过去了,只得挥了挥手说道："还抬来干什么？赶快送到医院去抢救！"

"是。"参谋松了口气,赶紧命令士兵把人抬走。

佐野又举起望远镜观察池田那边的情况,当他看到池田的部队也被打得狼狈地退了回来,这才放了心,开始重新组织下一次冲锋。

因为小青山无法动用坦克,日军主要依靠轰炸机和重炮掩护步兵进攻,为了减轻轰炸所带来的压力,新25师官兵们都沿用了老办法,将日军放近打,各阵地都展开了手榴弹战,或者惨烈的白刃战,在硝烟弥漫的小青山上到处可见短兵相接、惨烈肉搏的场面。

面对这种敌我力量悬殊过大、牺牲惨烈的严酷战局,陈子宽承受着他参军以来还从来未曾承受过的压力,他一面沉着应战,一面不断与军部联系,想请军长派兵支援,但无论如何也联系不上。他心里焦急,命令报务员不停地呼叫,始终没有一点回音。无奈之下,他决定直接向左凌峰打电话请求支援。新25师指挥所设在一个山洞内,他打电话的时候,外面炮弹的爆炸声还在不停地轰响,震得洞顶的泥土石块直往下掉,打得钢盔噼啪作响。他左手蒙着左耳,右手拿着话筒,竭尽全力地大声喊叫:"是凌峰兄吗?我是陈子宽,你听得清楚我的话吗?……我现在被日本人包围了,敌人有两个师团,……对,你没有听错,是两个师团,加上其他部队我估计不下10万人。敌人的飞机大炮炸得很猛,攻击也很猛,我的人伤亡就要过半了,炮弹也快要打完了,军长那里我又联系不上。请凌峰兄看在老同学的分上,马上过来增援我!"

听到话筒里不仅有老同学声嘶力竭的喊叫声,还有接连不断的爆炸声,左凌峰明白战况紧急,一口答应了。"子宽兄,你坚持住!我马上就来支援你!"

"请凌峰兄一定要快!晚了的话,这小青山我可真的守不住了!"

"子宽兄放心,我一定以最快的速度赶来!"

听到小青山的战况如此紧急,左凌峰丝毫没有耽误,立即带着部队急行军赶往支援,却被趁夜插入新25师和105师之间的日军一个旅团和一个支队拦阻在了小青山外围。105师官兵们和日军展开了激战,拼命向新25师靠拢。左凌峰命令官兵们不惜任何代价,竭尽全力向敌军发动进攻。敌人防守也很顽强,105师连续发动数次猛烈冲锋,始终无法突破敌人的防线。

这里陈子宽心急如焚,在敌人强大的攻势下,每一分钟都有人阵亡或者受伤,战斗越往后越艰难,他只能不断打电话催促左凌峰。"凌峰兄,我就要撑不住了,请你快一点,千万快一点!"

"子宽兄,我目前遭到了敌人阻击,正命令部队全力进攻,尽快突破敌人防线向你靠拢!"左凌峰此时也无法可想,只能给予老同学精神上的鼓励,"你再坚持一下!一定要坚持住!坚持就是胜利!"

"我会坚持,请凌峰兄……"

陈子宽说还没有说完,电话断了。他无可奈何地挂上话筒,命令电话兵查看线路,然后拿起望远镜,想出去看一下外面的情况,刚走到洞口,一颗炮弹就在洞口附近爆炸了,巨大的气浪冲得他站不住,踉跄着往后退了好几步。

105师无法突破日军的拦击向新25师靠拢,新25师只能独自应付如此众多的日军。在极端困难的情况下,陈子宽只能想尽各种手段,领着官兵们苦苦地支撑。为了鼓舞士气,他将师部几个指挥官派往各团协助指挥,他跟着512团,副师长、步兵指挥官和参谋长等人也分别到了各团,向官兵们显示师部长官与弟兄们共同作战、生死与共的决心,领着大家顽强抵抗。

从师部去512团得经过513团防区,陈子宽到达513团时,那里到处都在混战,日本人的山炮、野炮和迫击炮不断轰炸,九二式重机枪也在狂啸,各种各样的炮弹子弹在山岭上空乱飞,战斗之激烈可以想象。到了团指挥所,叶遂勋正在打电话,对着话筒直着喉咙大声吼叫:"你坚持住!不管怎样都要给我坚持住!我已经派李志深带1门迫击炮过去支援你们,他很快就要到了。"

等他打完电话,陈子宽问道:"谁的电话?"

"3营长高风节,3营守122号高地,敌人攻击很厉害,已经发动了5次冲锋,都给3营挡回去了,不过3营牺牲也很大。现在敌人又开始冲锋,高风节请求支援,师座,你了解他这个人,肯打硬仗,又爱面子,不到万不得已,他不会开这个口。"

"你团现在整体情况如何?"

"敌人太多,各营连战斗都异常艰难,都在告急请求支援,我已经把团里的文书、工兵、警卫、勤务兵、马夫全派出去了。师座,你能派人支援我们吗?"

"派人吗?我现在能派的就我自己了,我这不是来了吗?"他拍了拍叶遂勋的肩膀,"坚持住,你告诉弟兄们,援军已经到我们外围了。"

说完,他离开团部前往3营阵地,路上遇到了五个士兵,有两个手里拿着三八式步枪,其余的拿着扁担、铁锹,有一个甚至拿的是一根粗大的木棒,木棒的顶端用麻绳牢牢地绑着一把砍骨头用的菜刀,他知道战斗紧张,连炊事兵都派到一线参加作战了。

他停住脚,问道:"你们到阵地上去了?"

"去了,我们跟小鬼子干了一仗。没有枪,我们用铁锹,用菜刀也一样杀了两个鬼子,还得了两支枪。"回答他的是一个老炊事兵,看上去有40多岁,腰间还围着一块肮脏油腻的长围裙,围裙上溅着点点的血迹。他一面回答,

一面得意地扬了扬手中的三八式步枪。

陈子宽一直紧绷着的脸上终于露出了一丝笑容:"你们的战果不错嘛。"

他知道这个老炊事兵说的是实话,他了解这些老兵,他们都是些老光棍,没有亲人,无家可归,只能待在军队里,以军营为家,有些人兵龄比他这个师长还长,作战经验非常丰富,正因为兵龄长,作战经验丰富,他们不愿意待在步兵班里,受年轻得足以当自己儿子的排长、班长训斥,所以宁可去当炊事兵,过自在一点的生活。

听到师长夸奖,老炊事兵更得意了,信心十足地说道:"小鬼子也是一个肩膀顶一颗脑袋,没有什么不得了。我们准备再杀几个鬼子,再弄几杆枪。"

"好,好,你们都是好样的,我奖你们炊事班1000元。"陈子宽很满意,炊事兵都有这样的斗志,他的队伍是垮不了的。

他逐一去了各营阵地,看到的都是像被砍掉了头的光秃秃半截树干、密密麻麻的弹坑和堆在阵地旁来不及掩埋的血肉模糊的尸体,他给官兵们鼓励、打气,安慰受伤的人。师长出现在一线,更加激励着将士们,他们越发不惧死亡,在燃烧的阵地上,用鲜血捍卫着脚下每一寸土地。

在513团转了一圈,他才去了512团,到了团部,正好得知该团在驼背岭的阵地被日军攻克。驼背岭被占,无疑让日军在自己的防线上打了一个楔子。陈子宽怒视着耿秋林,问道:"防守在那里的是哪一个?我要毙了他!"

"是2营长谭佩昕。"耿秋林见师长发怒,急忙解释:"师座,这事不能全怪他。2营打得很顽强,敌人猛攻了好几次,都没打下来,就派出了敢死队,用几十挺机枪打头阵,掩护鬼子兵冲上了2营阵地。"

陈子宽也不再问,立刻打电话给谭佩昕:"我是陈子宽,你给我听好了,你丢的阵地,你自己把它夺回来。你要是不把驼背岭给我夺回来,我就定你个临阵脱逃罪!"

2营阵地上,谭佩昕通红着脸,大声说道:"弟兄们!师长有令,谁丢的阵地,谁去把它夺回来,如果我们夺不回驼背岭,他就要给我们定临阵脱逃罪。临阵脱逃罪,说明白了就是逃兵。作为一个军人,在战场上得这样的罪名,特别是在抗日的战场上,不但活着没脸见人,就是死了也没脸去见地下的列祖列宗!我们决不能得这样丢脸的罪名,一定要冲上去把我们的阵地夺回来!"

官兵们也清楚逃兵这样一个罪名将是自己难以承受的耻辱,和营长一样痛下决心:"把阵地夺回来,我们就是战死也不能得逃兵的罪名!"

"弟兄们,我们现在只能成功,不能失败!为了我们大家的名誉,在出发之前我有一句丑话要说:进攻一旦开始,不管是谁,只要敢畏敌不前,擅自后退,其他人都可以开枪把他打死,哪怕是我这个营长也一样!大家听清楚了吗?"

官兵们齐声吼道:"听清楚了!"

"好!出发!"

虽然官兵们奋勇冲锋,一心想要夺回阵地,但是日军的火力实在太猛,官兵们前赴后继地往前猛扑,山坡上洒下了无数热血男儿的鲜血,始终无法冲上去。谭佩昕先后组织了好几次冲锋,除了增加伤亡人数之外,没有取得丝毫的进展。

谭佩昕正在焦急地看着山岭,寻找新的突破方法,1连长申万钧过来了,他的头部已经负伤,包扎的纱布被鲜血渗透,染成了红色。他咬着牙对谭佩昕说道:"营长,鬼子不怕死,难道我们就怕死吗?"

在这个时候听到这种话,谭佩昕心里腾地一下升起了怒火,瞪着他的脸问道:"你这话是什么意思?谁说我们怕死了?"

"营长,你别生气,听我把话说完。我的意思是说,鬼子可以用敢死队攻下我们的阵地,难道我们就不能用敢死队把阵地夺回来吗?营长,我请求让我们1连组织敢死队。"

听了申万钧的话,谭佩昕一腔怒气顿时消失了,他考虑了一下,也觉得只能如此,点头答应了:"好,我同意你的请求。你去把人员组织起来,我给团长打电话,请他让迫击炮连支援,掩护你们的行动。"

临别时,谭佩昕紧紧地握住申万钧的手,说道:"告诉1连的弟兄们,我们2营就全靠你们了。"

申万钧郑重地说道:"请营长放心,不夺下阵地,我们就不回来!"

申万钧走后,谭佩昕立即打电话给耿秋林,向他汇报将派敢死队出击,请求迫击炮支援。此时陈子宽还在512团,得知2营要组织敢死队冲锋,也命令师炮营到时给予敢死队炮火支援。

在山炮和迫击炮的掩护下,敢死队员们胸前挂满了手榴弹,不顾一切地往山坡上冲,不少队员中途被打伤,仍然使出最后的力气往上冲,直冲上人多的地方,然后拉响手榴弹,与日军同归于尽。一个士兵的右腿被日军的机枪打断了,他无法再奔跑,就用两只手支撑着身子,拖着伤腿坚难地向上爬着,在他的身后,留下了一道鲜红的血迹。他咬紧牙关,悄悄爬到了日军阵地前,突然奋力地站起身,双手同时拉掉挂在身上的两颗手榴弹引线,里面的鬼子吓坏了,转身就逃,这个士兵一头扑进壕沟里,一声巨响之后,几个鬼子兵倒在了血泊中,他自己也就消失得无影无踪了。

见日军阵地被敢死队炸得一片混乱,谭佩昕立即命令号手们吹起军号,然后跳出来,一手拿着手枪,一手拿着大刀,高声喊道:"弟兄们,冲啊!冲上去,一定要把阵地夺回来,不要让敢死队弟兄们的鲜血白流!"

战士们也被敢死队员们的壮举激动得热血沸腾,紧跟着营长跳出壕沟,将复仇的心理化成了极其猛烈的气势,向着日军阵地直冲上去,就像积聚了巨大力量的旋风,横扫一切,把前进路上的障碍统统吹垮。日本人抵不住这不顾一切的冲锋,渐渐向后退却,2营终于夺回了阵地。

陈子宽听说驼背岭阵地收复,大为高兴,也随后爬了上去。只见还没来得及打扫的阵地上到处是血淋淋的碎肉内脏、残肢断臂、无头死尸,不少尸体的衣服已将被烧掉,光溜溜地横陈着,根本无法辨认是敌是我。整个场面看起来简直就像修罗地狱,即使久经沙场的他,也觉得惨不忍睹。

此刻,在岳阳阿南惟几的指挥部里,阿南正站在地图前,默默地看着被几支粗大箭头牢牢围着的新25师标志,他原以为在十万大军的围攻下,新25师的防线很快就会土崩瓦解,他在中午之前就能接到捷报,可现在中午已经到了,依然没有任何胜利的报告,相反,他接到的只是遭遇顽强抵抗的报告。各种报告都向他表达着同样意思:虽然遭到我军猛烈打击,但重庆军的士气至今也没有低落的迹象,他们仍然隐蔽在伪装的工事里顽抗,山炮、迫击炮仍然打得很准,手榴弹用得更得心应手,近身肉搏的时候也非常亡命。我军每前进一步,都要付出大量的弹药和士兵的鲜血。

看了一会儿地图,阿南转过身来,对身边的人说道:"猛虎之师,这真是一支猛虎之师!其战斗素质和战斗精神真的令人佩服,我不能亲自去看实在太遗憾了。"

被阿南惟几称作猛虎之师,自己也无愧于这个称号的新25师虽然在敌人的压倒性攻势中顽强坚守,但众寡悬殊实在太大,经不起日军的轮番进攻,战斗持续到下午4点以后,阵地被逐一突破,先是513团、后是514团,各个团逐渐被分割包围,只能各自为战。战斗到傍晚时分,陈子宽见敌人已经占据绝对优势,而援军又迟迟不能赶到,清楚地意识到败局已定,官兵们即使拼死守卫,仅凭一师之力要想守住毫无可能,只能白白牺牲官兵们的性命,于是果断下令突围。

与日军打了多年交道,陈子宽已了解其习惯,知道日军不喜夜战,决定趁夜向西突围。天一黑,冲锋了一天的日军照例进行休整,以准备下一轮的进攻。为了麻痹日军,陈子宽命令担任掩护的部队向南发动猛烈攻击,日军判断新25师一定是想趁夜突围,向南往长沙逃窜,立刻将主力派往南面截击。陈子宽声东击西,造成了突围方向上的假象,引开了日军主力,随即下令各团马上自行突围,突围后到金官桥集结。官兵们打起精神,以迅雷不及掩耳之势突然从各阵地同时发动冲锋,往外突围。

虽然日军大部分调到南面,剩下的兵力和新25师相比,仍然占据优势,官兵们只有一半安全突围,另有一半被日军切割包围,一番苦战之后,除了少数人在夜色掩护下躲过了日军的搜索,其余的全部阵亡。

陈子宽和512团一些残余官兵冲出重围后,转而向南到金官桥集结。到了金官桥已是凌晨4点,他顾不得休息,亲自守在收容地点。各团官兵陆续来到这里,天亮时,他清点了一下,痛心地发现这支主力师所剩的人员已只有战前的三分之一了。

第二十五章　突出重围

张一鸣带着大家离开小村子,除了白曼琳,石诚带出来的人里面也有一个重伤员和两个轻伤员,大家轮换着抬重伤员,搀扶着轻伤员,一路向南前进。走了大概两里路,他们听到身后传来零星的枪声,回头去看,只见来时的路上有什么东西在猛烈地燃烧,熊熊的火光映红了漆黑的夜空。从火光的距离来看,应该是那个小村庄。如此看来,日军也追到了那里,而且还放火烧了村子,他们离开得真是及时。那样一个穷得一无所有的村子,日本人

都不肯放过,大概是发现了他们在村里停留过的痕迹,不知道那些村民是否逃过了劫难。

他们不知道日军是否还在追赶他们,不敢走大道,只在偏僻的小路上穿行。一路上,他们像幽灵一样悄悄地行进,好几次远远地发现有队伍的影子,黑夜里无法判断是敌是友,只能立即躲到草丛里或者树林中,等他们过去了才继续往前走。

漫漫长夜终于过去了,太阳升了起来。可是阳光下的原野并不像往日那样充满了生气,他们见到的每一片田地和树林仍然是那么碧绿,但都是静悄悄的,田地里面没有农人劳作的身影,或一只活的动物,牛啊、羊啊,哪怕是一条狗在撒欢,树林里也听不到小鸟的鸣唱;而他们经过的农家呢,要么只剩燃烧剩下的断垣残壁,要么就是弹痕累累的房子,见不到一个活人,也听不到家禽家畜的叫声。死的人、死的马倒是随处可见,有的已经开始发胀发臭,上面叮满了苍蝇,表明这里曾经发生过激战。

一切都是那么寂静,寂静得令人恐怖,连他们的脚踩在泥地上发出的沉闷的扑扑声都变得分外地响。

太阳终于高高地挂在了天空,他们到达了一个杂树环绕的小村庄,里面没有敌人,也没有一个老百姓。张一鸣见大家已是又累又饿,便下令在村口安排好警戒哨,其余的人在村子里休息。大家在村里找了些冷饭和生红薯吃,因为不敢生火,怕把日军引来。这一路虽然没有碰到敌人,但谁敢说他们不在附近的某个地方呢。

白曼琳因为路上的抖动引得伤口痛苦不堪,早已昏过去了,此刻还没醒。张一鸣心里担忧,根本没有胃口吃东西,赵义伟硬塞了一个红薯给他,又劝说了一阵。他勉强把它吃了下去,只感觉喉咙噎得慌。

吃了那一点冷东西,大家虽然没有吃饱,但也不那么饥肠辘辘的了,身上多少增添了一点力量。

休息了一阵,张一鸣下令继续赶路。离开村子走了一段路程之后,到了一个小山脚下,在前面探路的士兵飞快地跑了回来:"报告军长,前面发现鬼子的一个骑兵中队!"

张一鸣立刻下令上山躲避,小山上满是低矮的灌木和齐胸高的蒿草,利于躲藏。大家迅速分散开,各自找好藏身之处。

张一鸣找了一处茂密的蒿草丛,让那两个抬白曼琳的士兵把担架放下,他则趴在她身边,透过蒿草的缝隙往下张望。

鬼子的骑兵越来越近了,可以清楚地听到踏在柔软泥土上的马蹄声,看到马蹄扬起的尘土和马刀刀刃在太阳下的反光。

这时,他听到白曼琳使劲吸了口气,急忙扭头去看。只见她痛苦地张开了嘴,也许是想发出呻吟。他飞快地伸出手,一把蒙在她的嘴上,在她耳边低声说道:"别出声,日本人的骑兵来了!"

她接连眨了几下眼睛,表示明白,他松开了手。

她是痛醒的,随着疼痛的加剧,她浑身发抖,牙齿死死地咬在一起,竭力忍住想要发出的呻吟,这使她的呼吸变成了长短不匀的喘气,那痛苦的喘气声就像一把锋利的刀子深深地扎在了他的心脏上。

日本人过来了,那座山很矮,这么多的骑兵从他们的下方经过,他们已经能够闻到鬼子身上的汗臭味儿和马的膻味儿。此刻,只要白曼琳忍不住咳嗽一声,只要另外那个还在昏迷中的重伤员发出一点呻吟,或者其他什么意外发生,他们就完了。这一点人在这么近的距离内和骑兵作战,根本就没有活下来的可能。

张一鸣握着手枪,密切关注着下方的敌人,头脑里冷静地做出了决定,一旦被敌人发现,他首先给白曼琳一枪,绝不能让她落入凶残的日本人手里,然后再和敌人战斗,直到战死或者自杀。作为一名军人,死在卫国的战场上,而且是和心爱的人死在一起,还有什么死法比这更好?

他看了白曼琳一眼,她也在看他,两人的眼光交汇在一起,她望着他微笑了一下,眼神表明她完全清楚他心里的想法。到了这时,他顾不得什么了,将身体移过去挨着她,伸出左手搂着她的腰,让她紧紧地靠着自己,右手仍然握着手枪。白曼琳闭上了眼睛,奇怪的是,她的伤没有那么痛了,她静静地等着,等待那未知的命运。

等待的时间似乎过得很慢,但总算没听到枪声,而马蹄声也逐渐远去了,然后搂在她腰间的手松开了,她睁开眼睛,张一鸣已经爬起来,坐在了地上。

"他们都过去了?"她低声问道。

"都过去了,你现在还痛得厉害吗?"

"好多了。"

一直等到日军骑兵完全消失了,他们才继续往前走。一路上他们又碰到了好几支日军,这么躲躲藏藏,走走停停,一直到中午也不过走了十几里路。最后,他们到了一条公路附近,便再也不敢往前走了。

那条公路沿着一条小河修筑,看到公路和小河,张一鸣清楚自己到什么地方了。他要向南走,必须得过那条河。他仔细看了一下环境,河上有一道小石桥通往对岸。他们要过河,首先得穿越公路,过了公路然后顺着一条十几米长的小路到达石桥,再从桥上走到对岸。这条河两岸坡度平缓,岸边全是一块块的蔬菜地,野草也只是浅草,毫无隐蔽之处,人在岸边活动,数里外都能看到,对岸敌情不明,而公路上不断有日军经过,抬着两副担架过桥绝不是一件容易的事。

此时公路上面正行驶着一队坦克,拖着浓浓的黑烟,轰隆隆地向前开着。坦克终于开过去,消失在远处的山谷中。随后又来了几辆卡车,车里满载着日本兵,也跟着开过去了,不一会儿,又是一队骑兵。张一鸣皱了皱眉:看来白天要想越过公路再穿过那道石桥,即使没有伤员的拖累,也是一件极为困难的事情。除了等到天黑以后寻找机会,没有别的办法。

他带领大家躲在公路附近的树林里,等待黑夜的来临。那些战士都已疲惫到了极点,得到这个机会,赶紧躺在地上休息,有的几乎一倒下去就睡着了。张一鸣无法静下心来休息,他经历过无数次战场险境,但哪一次都不像这一次让他那么焦虑,他知道时间一点点地往后拖延,就是把白曼琳一步步地推向死亡。

又过了一个小时,他听到树林外面声音嘈杂,好像有大部队通过,便叫上石诚,两人来到林子边,伏在草丛里,悄悄观察公路上的情形。

公路上是日军长长的队伍,川流不息地向西北方向开过去,望不到头,也望不到尾。当他看到卡车拖着大炮隆隆地驶过,认为可能是日军的某个旅团在前进。一种不祥的预感使他心里发紧,怎么往那个方向去的敌人这样多?难道东面的友军被敌人打败了?那么这些敌人极有可能是冲着小青山去的。这个念头在他心中翻腾,使他极为不安。他很想采取点行动,可作为和部队失散的军长,带着十几个残兵,两个重伤员,两个轻伤员,一个惊慌失措、毫无战斗经验的少女,处在敌人的包围圈中,不明敌情,每一步都如履薄冰,他又能干得了什么呢?

他回到树林里,耐心地等待天黑。也许是云南白药或者磺胺起了作用,白曼琳的伤情稳定了些,咳嗽大为减少,没有早先厉害,而且咳出的鲜血量也明显减少了很多,这让他稍稍放了点心。

在焦急的等待中,太阳终于开始向下沉落,天色慢慢地黯淡下来。3名冒险出去寻找水和食物的战士也回来了,带的水壶全灌得满满的,脱下的外衣里也包满了橘子和秋黄瓜。张一鸣拿了一个水壶,先喂白曼琳吃了药,听大家说秋黄瓜又老又苦,但橘子很甜,便喂她吃了一点橘子,然后自己也吃了几个。

吃了这隐士的晚餐,天色已经黑尽了,张一鸣再次和石诚到树林边去查看情况,看看是否可以行动。出乎他意料的是,对岸离石桥20多米有户农家,本来静悄悄的不见人影,不知什么时候竟然来了日军,看样子来得还不少,连屋子前面的空地都坐满了,屋子里亮着灯,外面的空地上也燃着一堆篝火,可以清楚地看到那些鬼子兵正三三两两地围坐着吃东西。

石诚连说糟糕,张一鸣也觉得屋漏偏逢连夜雨,这一路每走一步都那么艰难,不知道什么时候才算到尽头。他满心希望他们吃完了会走,但他们根本没有离开的迹象,显然是要在那里过夜。

回到林子里,他告诉大家对岸有鬼子,必须等夜深了才能行动,并开始着手安排如何过河。他命令赵义伟届时带两名战斗经验丰富、善于格斗的警卫先行出发,负责干掉敌人的哨兵,得手后学两声蛐蛐儿叫。剩下的警卫走前面,担架在中间,石诚带着几名战士殿后,连丁香他都考虑到了,安排了一名警卫专门照看她。

一切安排妥当了,大家各自做好准备,静等着出发命令。赵义伟靠着一棵树干坐着,用衣服的下摆擦着手枪的弹夹。他一直那么翻来覆去地擦着,显然他的心并不在擦弹夹上,他也没有去想即将到来的行动,反正一切按军长的命令行事,至于那些细节问题,根本用不着事先筹划,他以前不知道经历过多少这样的场面,到时候见机行事就是了。他现在满脑子都在想妻子生产的事,她的预产期就是这几天,说不定她现在就在承受着分娩的痛苦,也有可能孩子已经生下来了。他微微叹了口气,他并不害怕是否会在这次行动中牺牲,他只遗憾他不知道孩子是男是女,长得像不像他这个父亲。

夜越来越深了，那户农家屋里的灯光终于熄了，屋外的篝火也灭了，除了屋子旁边的哨兵，其余的日军已经毫无动静。张一鸣又等了一阵，估计那些日本人已经熟睡了，才命令大家开始按计划行动。

出发前，他最后一次叮嘱大家："路上小心一点，千万不要惊动了鬼子，不到万不得已不要开枪。大家都听明白了吗？"

"听明白了。"

"好，出发！"

队伍按他的命令开始出发，当另一个担架从他的面前经过时，担架上的重伤员伸手抓住了他的衣角，轻轻叫了声军长。

张一鸣弯下腰，问道："什么事？"

那个重伤员腹部受伤，子弹还在腹腔内，整整两天没能得到救治，已经非常虚弱了，他费力地说道："军长，你让弟兄们把我放下吧，我已经不行了，没必要再拖累你们，把我放下，给我一把枪，你们走吧。"

"你不要再说了，我是不会把你丢下不管的！我们能过去你就能过去！"张一鸣也不多说，站起身来，对着抬担架的士兵一挥手："快抬走！"

夜幕下，一支小小的队伍悄无声息地穿过了公路，向着小桥慢慢地运动，每个人都紧张地注视着前方，手里死死抓着枪。

赵义伟带着两个警卫，悄悄地接近了那户农家，认真观察了一下周围的情况。日军的哨兵只有两个，正端着枪四处转悠，时不时地停下来，伸个懒腰，或者打个哈欠，警惕性明显不高，其余的日军正横七竖八地躺在地上睡觉，像死去了一样动也不动。也难怪，日军从湘北一路南下，连续战斗了这么多天，这些鬼子同样疲惫不堪，需要好好睡上一觉了。

看清楚以后，赵义伟决定自己和一个警卫分别干掉哨兵，另一个警卫负责掩护。给两个警卫下了命令后，他悄悄地摸向自己的目标，躲在一个稻草垛后面，趁那哨兵经过草垛，背对自己的时机，悄无声息地跟上去，伸出双手狠狠地掐住对方的脖子，他是练武之人，扔过石锁的手力量大得惊人，只听咔嚓一声轻响，他竟把那哨兵的喉骨捏碎了。那哨兵连哼都哼不出来，便像软泥一样地瘫了下去。

得手后，他回到掩护的警卫身边，不一会儿，另外那名警卫也回来了，低声对他说道："干掉了。"

他立刻发出两声蛐蛐儿叫。听到了信号,后面的人迅速跟了上来。这一次很顺利,大家离那户农家很远了,也没有听到日军有任何动静。

队伍继续前进,幸运的是再也没有遇到敌人,遗憾的是那个重伤员终于没能熬到最后,死了途中,使张一鸣心里更加为白曼琳担忧。那个重伤员虽然死了,但他的战友们不舍得抛下他的遗体,仍然抬着继续赶路。

东方渐渐发白,天色越来越亮,道路也清晰了很多,他们的行进速度也快了一些。在一个山脚的转弯处,他们碰上了一群扶老携幼、肩挑手提的难民,那些难民骤然看见他们,立刻吓得四散奔逃。一个湖南籍的战士大声喊道:"不要怕,我们是国军,不是鬼子。"那些难民听见是自己人的声音,这才停了下来。

张一鸣问道:"老乡,你们一路上碰到了我们的人没有?"

有人回答:"昨晚上碰到过。"

"在哪儿?"

"桐子山一带。"

"人多吗?"

"多,走路的,骑马的,连坐车的都有。"

"他们是往哪个方向走的?"

"他们就顺着这条路走的,往哪走不晓得。"

大家根据难民指的路一直往前走,又走了 10 来里路,到了一个山坳口,前面突然有人大声喝道:"站住!什么人?"

他们迅速隐蔽起来,赵义伟大声反问道:"你们是什么人?"

对方不肯回答,说道:"你们先说。"

赵义伟怕出意外,不肯先说明自己身份,坚持要对方先说,对方见他始终不肯亮明身份,产生了怀疑,威胁道:"你们到底是什么人?快说!再不说我就开枪了!"

赵义伟大怒,举枪就想射击,张一鸣一把抓住他的手,说道:"你呀,老是这么粗心大意,你也不想想,敌人这次前来进攻,并没有伪军部队,他说的是国语,还会是敌人吗?告诉他部队番号。"

赵义伟大声说:"我们是 117 军的。"

对方立即回答:"我们也是,你们是哪个部分的?"

赵义伟扭头望着张一鸣，意思是该怎么回答，张一鸣说道："告诉他们我在这里。"

赵义伟大声回答："你不要问了，军长在这里，快让我们过去。"

"军长！真的是军长？"对方发出一声惊呼，立刻说道："我们是新25师的，请军长过来。"说完又大声喊道："连长快来，是军长！是军长来了！"

张一鸣走到工事面前，从隐蔽物后面已出来了一些人，正把挡在路上的鹿砦拉开，让他们过去。连长急匆匆地跑来了，见了张一鸣，满脸都是喜不自胜的表情，说道："军长辛苦了，请到这边坐，我已经打电话报告了营长，他马上就到。"

看到自己的部下，张一鸣也欣喜不已，一颗心终于放了下来。他认出这个连长是512团1营2连的郭仁友，他是当年跟着自己从安庆出来作战的老部下，那时他还是个入伍不久的小兵，如今历尽生死劫难，已成了有着丰富战斗经验、可以独挡一面的军官了。"谢谢你，仁友，你和弟兄们也辛苦了。"

郭仁友没想到军长竟然还记得自己的名字，心里高兴，说道："辛苦点不算什么，只要军长平安就好。"

"你们1连现在情况如何？"

郭仁友深深地叹了口气，说道："糟透了，我一个连就剩了50多号人，其余的不是死了就是被冲散了。"

正说话间，孙富贵飞跑了过来，他蓬头垢面，鼻子破了，额角上贴着胶布，脸颊上有干了的血痕，眼睛里布满血丝，扯破的军装上沾满了泥浆和血迹，像从地狱里爬出来的一个活鬼。他直冲到张一鸣面前，一把抓住他的手，望着他，激动得话都说不出来，眼眶里满是泪水，半响才哽咽道："军长总算脱险了，一路上还好吗？"

张一鸣看他这个样子，很是感动，说道："你放心，我很好。"

孙富贵稍稍平静了一下情绪，说道："军长没事就好。自从听到军长下落不明的消息后，我们整个师的弟兄们都不安心，紧张得不得了，都想知道军长脱了险没有。师长前前后后派了好几支部队出去搜索，我们1营也派了几组人出去，都没有查到军长的下落，把大家都急得像，像热锅上的蚂蚁。江副军长现在就在我们师部，也是急得坐也坐不住，站也站不住。现在军长平平安安地回来了，这就好，大家也可以安心了。我来迎接军长之前已经派人去师部,把这个消息报告给江副军长和师长。"

"师部在哪里?"张一鸣也急于见到他们,好弄清楚部队目前的情况。

"在金官桥,离这里有七八里路。"

"你们怎么会撤到这里?"

"我们师昨天被鬼子几个师团围着打,打了一天,实在打不过,鬼子太多了,105师倒是赶来支援我们,但是被鬼子挡住了,靠不过来,我们没法子,只能突围。突围后到金官桥集结,碰到了江副军长,才知道军部被鬼子偷袭,军长走散了,大伙儿都吓坏了。"

听了他的话,张一鸣明白117军这一下彻底失败,最后一线胜利希望顿时落空了,沮丧、失望像毒蛇一样咬噬着他的心,他的目光越过了孙富贵的头顶,望着阴云密布的天空,一双手不由自主地握成了拳头,悲愤之中却也深深感到了一种无能为力的痛苦。赵义伟则发出一声近乎野兽般的喊叫,用手掌疯狂地猛击身边的桐树,桐树随着他的击打而抖动,落下了不少枯枝败叶。

过了一会儿,张一鸣才将内心的感情强抑下去,问道:"你们1营现在还有多少人?"

孙富贵答道:"包括伤员在内,还有200来个,有些还是其他部队走散的,不过陆陆续续还有人归队。"

"其他的营呢?他们的情况怎么样?你知道吗?"

"老实说,有的营还不如我们。"

张一鸣问不下去了,他明白整个新25师剩下的人连一半都没有了。

沉默了一会儿,张一鸣问道:"你这里有军医吗?"

孙富贵此前一心在军长身上,还没顾得上去看其他人,听张一鸣问起军医,这才看到警卫们还抬着两副担架,其中一副上面躺着一具遗体,已经完全僵硬,显然死去多时了。他又看了看另外那副担架,白曼琳躺在上面,脸色惨白,嘴唇也没有一点血色,眼睛紧紧地闭着,不知道是睡着了还是昏迷了,他认得她,一见之下,顿时吃了一惊,失声道:"这不是白小姐吗?她怎么受伤了?伤得重吗?"

"非常重,所以我需要军医,你还没回答我这里有没有。"

"没有,这里只有卫生兵,我这就派人去把他找来。"

"你问问他还有没有吗啡或者其他止痛药，要是没有就不用来了，来了也没什么用。"

"佟祥元，"孙富贵见他就在一旁，赶紧对他说，"军长的话你都听到了吗？快去找卫生兵！"

佟祥元哪敢耽搁，赶紧飞奔着找卫生兵去了，孙富贵又说："请军长先到营部休息一下，早饭马上就做好，请军长将就吃一点，吃了早饭我就派人护送军长去师部，也许师部有军医。"

张一鸣此时既担心白曼琳的伤势，又挂念各部队的情况，恨不得马上就赶到金官桥，根本没有心思吃早饭，但他知道随行的官兵们跟着自己奔波了一天一夜，除了一点冷饭和瓜果之外，没有吃到其他任何东西，一直处于半饥饿状态，也应该让他们休息一会儿，喝点热汤，吃一些热东西，便答应了，带着一行人随同孙富贵前往营部。

营部就在附近的一户农家，两个警卫把担架抬到堂屋里放下，白曼琳这时仍然没有醒，张一鸣俯下身，伸手摸了摸她的额头，温度还正常，没有发烧，让他的心里充满了希望，到底熬过来了，只要找到了军医，她一定会有救。

佟祥元一路小跑着回来了，孙富贵忙问道："找到卫生兵了吗？"

"找到了，他说伤员太多，止痛药早就用完了，麻药也没有了，希望军长能叫军医处拨一些麻药下来。"

张一鸣皱了皱眉，他自己都还不知道军医处在哪里，嗯了一声说道："我知道了，你去吧。"

这时，白曼琳呻吟了一声，睁开了眼睛，他蹲下身，问道："你醒了，胸口感觉怎么样？还痛得很吗？"

"好多了，我们这是在哪里？"

"在新25师。"

"我们又绕回去了吗？"她以为新25师还在小青山。

他摇了摇头，苦涩地说道："我们没有绕回去，是新25师败下来了。"

她看到他眼里的痛苦，明白他心里有多难受，她伸手握住他的手，安慰说："别灰心，你忘了吗？你曾经在给我的一封信里说过，胜败乃兵家常事，失败固然是一件可怕的事情，但失败了就一蹶不振，不再设法去争取胜利，那才更加可怕。"

张一鸣心中一凛,这些话确实是他自己说的,难得她还记得,这些话就像一剂强心针,虽然不能减轻他内心的痛苦,但扫去了他的颓丧和无奈,他决心重新振作起来。"我不会忘记,你放心,我不是那种跌倒了就爬不起来的人,只要我张一鸣还有一口气,我就会继续奋斗下去。"

她说道:"我知道你会的。"

伙夫把早饭端上来了,不过是稀饭和馒头,另外还有一碗蒸蛋,伙夫说道:"这碗蒸蛋是营长特地吩咐给白小姐做的。"

闻到食物热乎乎的香气,张一鸣的胃受到刺激,开始抽动起来,迫切地要求食物了,他强咽下嘴里的清水,一条腿跪在地上,轻轻地把白曼琳扶起来,靠在他的怀里,让丁香喂她吃蒸蛋,她说嘴里没有味道,勉强吃了半碗就不吃了。他把她放回去,这才开始吃东西,他确实饿极了,一口气吃了3个馒头,喝了2碗热粥。其他人也在狼吞虎咽地吃着,只听见屋子里一阵响亮的喝粥的声音。

等大家都吃完了,张一鸣叫孙富贵派人带他们去金官桥的师部,他急于见到江逸涵和陈子宽,弄明白部队目前的状况。

离开那户农家还没有走出多远,只见十几个人骑着马迎面飞奔而来,跑在前面的正是江逸涵和陈子宽。到了张一鸣跟前,两人翻身下马,一人握着他的一只手,望着他满眼都是泪水,一句话也说不出来了。

张一鸣乍见他们,也是悲喜交加,好一会儿才开了口:"你们都平安,那就好。"

江逸涵哽咽道:"我们突围出来,不见了军长,吓得魂都几乎没了,又派人沿原路往回找,始终不见军长踪影。幸好老天保佑,军座终于安全突围。"

这一路对白曼琳连抱带背,张一鸣衣服特别是后背上沾着大片大片的血迹,陈子宽看到了,担心地问道:"军长身上这么多血,可是受伤了?"

张一鸣摇摇头,说道:"这是我表妹的血,前天晚上突围的时候我们遇到了日本人的追兵,她受伤了。"

"伤得怎么样?不要紧吧?"

"她的肺部被步枪子弹打穿了。"

"真糟糕。"江逸涵说着,走到担架旁去看,见白曼琳已经非常虚弱了,也

不禁暗自替她捏了一把汗,对张一鸣说道:"白小姐伤势不轻,得马上送去医治。军部医院已经撤下来了,现在就在金官桥旁边的一座寺庙里,他们撤退时没有遇到鬼子,所有的人员和医疗设施都完好无损。"

张一鸣这一下喜出望外,吩咐马上赶往金官桥。江逸涵挑选了两名身强力壮的警卫下马去帮忙抬担架,又请张一鸣骑马。上了马,张一鸣一边走一边问:"子宽,你们撤出来了多少人?"

陈子宽回答说:"目前还在收容失散人员,所以没有统计出具体人数。"

他又扭头问江逸涵:"105师情况如何?"

"105师还好,没有被敌人包围,现已往株洲方向撤退。"

到了金官桥,张一鸣对二人说道:"我先把我表妹送到医院,把她安顿好了就去军部。"

到了医院,他叫人把曾宏睿找来,曾宏睿一看白曼琳的伤势,什么也没说,吩咐把她抬到手术室,马上手术。

张一鸣心里忐忑不安,默然等候在手术室外面,一边抽烟,一边来回踱步。不知道过了多久,手术室的门一开,曾宏睿出来了,他赶紧迎上去问道:"她怎么样了?"

曾宏睿摘下口罩,脸色沉重,说道:"白小姐的伤很重,目前仍处在危险期,如果48小时之后,肺部不出现感染,才算脱离生命危险。"

张一鸣双眼紧盯着他,目光如炬,说道:"我只知道,我要她好好活着。"

"我一定会尽力,但是,48小时之内如果出现……"

张一鸣打断了他的话,斩钉截铁地说道:"没有什么但是,也不要跟我说如果之类的话,我只要48小时之后,她平安无事。出了什么差错,我拿你是问!"

曾宏睿知道官兵们刚从血肉横飞的战场下来时,多数都会表现得粗暴乖戾,不讲道理,但他没想到像张一鸣这样饱读诗书的儒将蛮横起来也一样不可理喻。他明白这时候讲道理那是白费口舌,只好默不作声了。

张一鸣走进手术室,白曼琳躺在手术台上,不知是因为麻药消除了她的疼痛,还是因为这些天没有休息好,她完全睡着了。他把她抱起来,丁香提着输液瓶,曾宏睿把他们领到一间小屋,里面只有一张用门板铺成的小床,张一鸣把白曼琳放到床上,丁香把瓶子挂到墙壁的钉子上。

看着未婚妻熟睡的面容不再带着痛苦的表情,张一鸣的神经多少松弛了一些,问道:"麻药什么时候消?"

曾宏睿答道:"最少也要3个小时以上。"

"那么3个小时内她不会有痛苦了,"他对丁香说,"我要到军部去看看,你在这里守着,有什么事情立刻通知曾院长,再来告诉我。"

"我知道了。"丁香答应道,"军长只管去,我会一步不离地守着姐姐。"

金官桥是个镇子,江逸涵已经派人在镇口设了收容所,收容溃散下来的官兵。经过收容所的时候,张一鸣看见一个负责询问的军官站在门口,问清了来人的单位以后,向坐在一张桌子旁边登记的军官大声报告:"105师—3个,军工兵营—2个,43师—5个,军特务营—3个……"

继续往前走,他不断看到自己的下属三五成群地向收容所走,不管军官还是士兵,脸上、身上都是黑烟、泥土和血迹混合,而且一样的筋疲力竭,除了少数人看起来还有点精神外,大多数双目无神,垂头丧气,憔悴得竟像衰朽的老人一样了,而且不少人身上都挂了彩,缠着带血的绷带,有的被打瞎了眼睛,有的胳膊上吊着绷带,有的甚至缺了胳膊,也有的少了一条腿,撑着一截竹竿或者一根木棍,除了躺在担架上的以外,伤兵们都是互相搀扶着,吃力地往前走。有的人肩上还吊着枪,有的人背上插着大刀,也有的只剩了一把刺刀,或者一颗手榴弹,少数人甚至什么也不剩了。

看到这种情景,张一鸣的心情沮丧到了极点。当他从他们旁边经过时,不断听到伤员"哎哟,哎哟"的呻吟声。有一副担架放在地上,几个士兵正围着它,他走过去看,担架上面躺着一个被炸得面目全非的人,身上的鲜血渗透了衣服,还在不断地往下流。伤员痛苦的脸庞已经变成了死灰色,鼻子凹陷下去,张着嘴大口大口地喘气,而且出的气多,进的气少。张一鸣清楚他虽然还活着,但已经坚持不了多久了,死神马上就要将他带走了。

他蹲下身子,伸出双手紧紧地握住伤者的手,伤员睁着双眼无神地看着他,显然已经认不出他是谁了,而且呼吸越来越急促,身体也开始抽搐起来。张一鸣一直握着他的手,直到他断了气,这才慢慢站起身,对着遗体行了一个军礼,然后用沉重的眼光看着身边的人,大家也默默地看着他,谁也不说话,他觉得那是对他这个军长的无声谴责,内心满是痛苦。

隋明杰和那名警卫也来了,那名警卫搀扶着他寻着偏僻小路,躲避着日

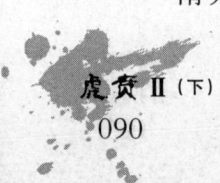

军一路向南走,也走了一天一夜,直到一小时前遇到了孙富贵1营的人,才得知军部在金官桥,军长也去了,两人赶快跟了过来。这时见到张一鸣,两人悲喜交加,挣扎着走上前叫着军长,张一鸣也认出了他们,急切地问道:"你们脱险了,明杰,其他人呢?"

隋明杰黯然道:"都死了,我被迫击炮炸昏了,所以捡了一条命。"

"伤得重吗?"

"不要紧,"隋明杰见他身上血迹斑斑,问道:"军长也受伤了吗?"

"没有。"

隋明杰吁了口气:"那就好,只要军长平安脱险,我受伤也值了。"

旁边的一个士兵也说道:"是呀,军长,你可千万要多保重。"

张一鸣从军已经接近二十年,参加大小战役无数,尤其抗战以后,打的几乎都是恶仗,战场上的流血和死亡已经见惯了,心肠也硬了,不容易动感情。可是看到眼前这一幕,自己作为一个打了败仗的指挥官,理应受到士兵的埋怨和谴责,但他的士兵不但没有责怪他,反而关心他,仍然对他充满感情,他心肠再硬,这时也忍不住了,眼泪霎时夺眶而出,不仅仅为了失败难受,不仅仅为了死者悲哀,更为了这一场劳而无功的窝囊战而憋气。

在官兵们惊讶的目光中,他匆匆而去。到了新25师师部,江逸涵告诉他,已经接到9战区长官部的命令,117军撤往株洲,整补待命。

撤到株洲后,他和已经撤到株洲的105师会合,一面继续派出收容队收容失散官兵,一面设法通知43师残部到株洲集结。于理聪得到消息,带着他的残部赶来了,43师其他突围官兵也陆续前来报到。

在株洲一所中学的操场上,张一鸣将各师残部集中检阅。此时,包括身体缠着绷带的轻伤员,连同后方的留守人员,全军只剩13000多人,损失接近三分之二。损失的那些人多数阵亡了,少数是受了重伤躺在医院里,当然也不排除有当逃兵跑了的。这一仗,他的损失太重了,牺牲了一个师长,重伤一个副师长,阵亡了三个团长,未婚妻身受重伤,生死未卜。如果他的婚礼没有因战事被取消,白曼琳成了他的妻子的话,那可真是实实在在的"赔了夫人又折兵"了。

站在台上,看着下面那一张张沮丧而悲哀的脸,他想到几天前,在出发的誓师大会上,那些脸是那样的意气风发,唱的军歌是那样的嘹亮,呼喊的口号是那样的激昂,可是还有许多脸他却永远也看不到了。

他的眼前不断闪过一幕幕惨烈的画面:在杂乱的草丛中,横七竖八地躺着他的官兵。他们有的身子被炸得四分五裂,肢体和碎肉散落在四周;有的胸膛被子弹整个打穿,鲜血深深地渗进了泥土中,那双睁得大大的眼睛里还凝结着痛苦、绝望和难以置信;有的……

他不愿再想下去,他的眼睛又有些模糊了。

作为一个久经沙场的职业军人、高级指挥官,张一鸣早就习惯了胜利和失败,流血和死亡。心慈不带兵,胜败乃兵家常事,无论胜败都有流血和死亡,他清楚这一点,然而这一次实在败得太惨了,实在让他难以接受。

表面上,张一鸣看上去仍旧是那样的冷峻、沉着、威严,实际上,失败产生的屈辱、怨恨已经将他紧紧笼罩住,在他的心里产生了莫大的痛楚。

第二十六章 反攻

曾宏睿使出浑身解数给白曼琳治伤,不过他担心的情况最终还是发生了,因为突围的路上延误了时间,她的伤口开始发炎,并引发了高烧。野战医院条件不好,药品又缺乏,他不敢耽误病情,建议军长赶快送往后方医院治疗,越快越好。张一鸣立即命人在火车站强行拦住一列火车,命令车长将列车开往衡阳,中途不许停车。车长对这些军人武装拦车的行为极为愤慨,表示强烈不满,大声抗议,并扬言要告他。

这列火车是货车,张一鸣叫人腾出几个车厢,把重伤员抬进去。车长弄清楚是运送重伤员之后,不再生气了,反而把自己的休息室让了出来。白曼琳被安置在了车长室,她依旧处在昏迷之中,张一鸣坐在床边,看着她烧得通红的面颊,心里惴惴不安。他看过各种各样的伤,包括他自己的,也看过许多人在他面前死去,他自己也好几次同死神擦肩而过,但他都能坦然面对。他以为看过太多鲜血与死亡之后,自己已经免疫了。

显然他错了。面对处在死亡边缘上的未婚妻,他感到他无法抑制自己的双手不要颤抖,他的心已经承受不了眼前残酷的事实,她的生命之火已微弱如风中之烛,随时可能熄灭,而现在战事尚未结束,他还得服从9战区长官部的命令,继续留在株洲修整补充队伍,等待出击任务,他无法陪着她同去衡阳,这一别也许就是永别。

他听见白曼琳轻声叫了一声"表哥",心里一喜,忙握住她的手,柔声答应道:"我在这里,你感觉怎么样?"

白曼琳没有回答,原来她并没有醒,只是在呓语。他紧紧握着她的手,她的手已经烫得吓人,虽然输着液体,护士还给她打了退烧针,丁香也在她额头上敷着冷毛巾,但她始终高烧不退。

许久之后,他才控制住自己的手不再颤抖,把她额头上那块已经变得温热的湿毛巾取下来,放到水盆里浸一下,让它重新变冷,又把它拿出来拧干,仍然轻轻放回她的额头上。

冷毛巾并没有任何效果,他的心情降到了冰点,似乎连全身的血液都跟着变得冷了。

她又在低声叫着他,一声又一声。听着她昏迷之中都在呼唤自己,一股使他的眼眶发热、湿润的东西涌了上来,使他不得不闭上眼睛,同时喉咙里发出了一种压抑不住的、痛苦的声音,好像一头受伤的野兽在呻吟。

有生以来第一次,张一鸣承认自己并不那么坚强。他还没能把他的心铸成一块钢,虽然已经把外面变成了一层坚硬的壳,但深处仍然是柔软的、触碰不得的。

火车的汽笛响了,他浑身一震,这声音仿佛比炮弹的声音更让他震撼。他努力控制住自己的情绪,低下头,在白曼琳耳边急切地说着:"琳儿,千万别离开我!为了我,你一定要勇敢地战斗,千万不要放弃!琳儿,你听到了吗?你一定要奋战,求求你,无论如何也要奋战下去!"

说完,他依然紧紧握着她的手,坐着不动,丁香跟着几个医护人员一起随车照顾伤员,也寸步不离地守在白曼琳床边,见他这个样子,只得提醒他:"军长,车要开了,你得下车了。"

他还是不动,直到火车徐徐开动,他依依不舍地看了未婚妻一眼,低头吻了吻她,这才放开她的手,站起身,摸出一叠钞票给了丁香,叮嘱她:"到了衡阳马上给我拍电报,告诉我在哪家医院。记得好好照顾她,医生叫你做什么你就做什么,需要什么就去买,不要心疼钱。"

"我记住了。"

他又死死看了白曼琳一眼，这才走到门边，纵身跳出了车厢。双脚一着地，惯性使他差点摔倒，旁边的人赶紧把他扶住。

他站稳身子，双眼紧盯着远去的火车，直到它拖着浓烟消失在地平线。

"军座。"赵义伟见火车已经看不见了，他仍然一动不动地站着，就轻轻叫了他一声。

他回过身来的时候，脸上已经恢复了一贯的冷峻与沉静，眼睛里的痛苦也消失了，代之而来的是纯粹的杀戮欲望，眼神冰冷而残酷，看了让人胆寒。

张一鸣的头脑里此刻只有一个残忍的、不带一丝怜悯的念头：重返战场，杀日本人！

当他在株洲休整部队，准备重返前线，报仇雪耻的时候，湖南战场却悄悄发生着戏剧性的变化。这一次作战，薛岳一开始就中了阿南惟几的诡计，被打得手忙脚乱，接着他的密码又被日军情报机构破译，运作尽在阿南掌握之中，更是疲于应付，第9战区陆续投到湘北参加战斗的各部队都遭到了不同程度的打击，日军从新墙河一路杀向长沙，将中国军队的防线逐一击破，可说是势如破竹，锐不可当。到了这个时候，薛岳再也无计可施，只有请求军委会设法支援第9战区。远水解不了近渴，眼下从其他战区调兵前往湖南已经来不及，军委会决定采取围魏救赵的计谋，命令第三、第六、第五战区分别向当面的日军发动攻击，特别是第六战区，进攻目标定为宜昌，宜昌是日军钉在重庆大门口的钉子，日军极为看重，军委会认为进攻宜昌，一定能迫使阿南惟几放弃长沙，回援宜昌，这样可挽回第九战区目前的失利状态，如果第六战区能趁南下日军赶到之前攻下宜昌，更是一举两得。

虽然日军南下期间也遭到过一些顽强的抵抗，但中国军队东一支、西一支地零星投入战场，终究不能有效阻挡其脚步，日军所向披靡，直扑长沙，而此时守卫长沙的，只有刚从第6战区前来增援的第98师。阿南惟几不禁为眼前即将到来的胜利所陶醉，虽然得到第六战区进攻宜昌的报告，仍然不肯放弃垂手可得的长沙，依旧命令继续南进，同时命令驻防宜昌的第13师团努力坚守，等待支援。

27日，日军开始进攻长沙，98师虽然奋力抵抗，但独力难支，下午5点钟左右，一部日军攻破了长沙城东北角的防线，冲进了城里，将新开和经武两座城门控制住，掩护大部队入城。29日，日军完全占领了长沙。

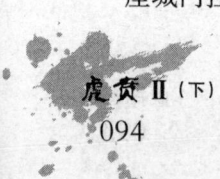

长沙虽然如愿以偿地按自己的预定计划攻下了,但阿南惟几却没有任何喜悦之情,相反,此时他也同样陷入了困境。

原来,当日军主力向长沙猛扑时,其后勤补给线却受到了严重的打击。从大云山撤回来的那 5 个师,既然无法赶上日军,别说拦击、侧击,就连尾击都谈不上,索性改为打击日军的辎重部队,毁坏日军的交通运输线和通讯线路,洗劫日军的后勤仓库,让日军失去弹药和粮食的补给。另外,防守汨罗江二线的中国守军是守备部队,实力不强,阿南根本没有把他们放在眼里,只顾突破其防线,并没有考虑一定将这些部队完全歼灭。这些中国军队在和日军交战时,虽然受到的打击不小,但都不是毁灭性的,并没有完全丧失战斗力。因此当日军突破他们的防线南下后,他们也尾随在日军后面,伺机打击日军的后勤补给线。

此时,前线各部队向阿南请求立刻补充粮食弹药的电文已经纷至沓来,为了保证前线作战能够顺利进行下去,阿南一咬牙,派出了 50 多辆装甲车向前线输送弹药、给养,还派了 1000 多名步兵为其担任掩护。他自认为这支装甲运输部队非常保险,没想到他们也同样难逃厄运,半路上遭到中国军队袭击,不仅人和车全完了,而且一半的补给物资也成了中国人的囊中之物。

这一批物资数目极大,阿南狂怒之际,信心也倍受打击,没有粮食、弹药的支持,前线的部队是支持不了多久的,而现在各路中国军队接连不断地袭击,使他的后勤补给线几乎完全被切断,他已经很难再通过陆路向前线输送补给品了,空中运输虽然畅通无阻,但数量又远远达不到需求。阿南现在终于重蹈了他的前任冈村宁次的覆辙。

湖南的局势陷于不利,而孤军防守宜昌的第 13 师团在第六战区的中国军队猛攻之下,此时也抵挡不住了。中国军队的包围圈越来越紧,第 13 师团由城外阵地步步后退,已经龟缩到了城里据守。阿南虽然命令驻守荆门的第 39 师团前往驰援,但第 39 师团也被中国军队死死拦在了外围,虽然拼命进攻,甚至向阻击它的中国军队施放毒气,但始终无法突破中方防线,向宜昌靠拢。第 13 师团师团长内山英太郎此刻心急如焚,只能频频向阿南惟几发电报,请求立即派兵支援。

面对种种不利局面,除了接受放弃长沙的事实,再没有别的法子可想了,阿南惟几痛苦地向前线部队发出了命令:全线撤军,所有部队立即撤出湘北，以最快速度驰援宜昌。

得到日军撤退的消息后，薛岳长长地舒了一口气，一直绷得紧紧的神经终于松了下来，随即给各部队下达命令，马上追击撤退的日军。这一下战局逆转，进攻者变成了撤退者，而节节败退者却突然变成了追击者，一路跟着北撤的日军追打。

第9战区现在要做的事情就是尽量拖住北撤的日军，使他们无法及时回援第13师团，现在第6战区的中国军队已经把宜昌团团包围，并发起了一次又一次的猛攻，日军竭尽全力还击，驻武汉的日军第3飞行团出动了所有的轰炸机支援宜昌，最高时一天就达145架次，有的飞机一天之内竟然往返了4次。宜昌四周中国军队尸横遍野，但官兵们仍然奋力进攻，一部分终于攻进了城区，同日军展开了极为惨烈的巷战。内山英太郎一面负隅顽抗，命令官兵拼死坚守剩下的城区，一面焚烧了军旗，和司令部全体军官做好剖腹自杀的准备。一切安排完毕，他给阿南发了最后一封电报，内容是：全体将兵，已为皇军尽力做了最后之奋斗；对军旗、各单位机密文件、天皇谕等已经焚毁；在宜昌之侨民及慰问团一起遭到不幸，极为可惜，深致歉意。

阿南接到这封电报，深知它的重量，严令部队以最快速度回援，各路日军都摆出一副"打不还手"的姿态，根本不理会中国军队的追击，只顾拼命往北跑。

薛岳此时又恢复起了信心，决心趁此机会跟着日军一路北上，将其压迫到岳阳附近歼灭，然后乘胜而上，一举克复临湘、岳阳，以最后的辉煌掩盖掉前期失败的惨淡。

在株洲补充、整顿部队的张一鸣接到了薛岳的命令，追击早渊支队。此刻117军只有105师建制还比较完整，新25师剩下的人加上伤兵还不足四千人，经过补充后，勉强能投入战斗，43师则完全被打垮，丧失了战斗力，无法再参加作战，已经撤到后方整补，能够投入战场的就只有105师和新25师。说是两个师，而实际能够参加战斗的人员加起来也就一个师的人数，而且官兵们大多目光呆滞，神情沮丧，显得心灰意冷。想到出征时那支生龙活虎、斗志昂扬的队伍，张一鸣的心里实在不是滋味。另外，远在衡阳的白曼琳也让他牵肠挂肚，他清楚肺部感染的死亡率极高，他亲眼看到不少身强力壮的大汉都没能挺过来，说不定她现在也已经死了，只是他还不知道而已。

国仇家恨交织在一起，使他对日本人的仇恨和愤怒达到了顶点。

接到命令后，他错了错牙，既然前面的失败已经无法更改，那就在最后的战斗里奋力一搏，增加一条胜利的尾巴。他振作起精神，带着两个师拼命追击早渊支队。但早渊支队跑得太快，他没能追上，却撞上了第4师团仓浦联队，他立刻拦住它的去路，双方随即大打出手。

第4师团首次和117军作战就击溃了43师，官兵们都变得狂妄骄横起来。再次和117军遭遇，并没把这支被打残了的部队放在眼里，立即摆开仗势，准备再次痛击这支被其他日军视为难啃的骨头的中国军队，给自己再增添一个值得炫耀的资本。仓浦此举正中张一鸣的下怀，立刻命令105师和它正面交锋，死死将其咬住，新25师悄悄迂回到其侧后，务必将这个联队包围。

这一次，他决定先发制人，抢在日军之前发动进攻，命令仅剩的山炮和迫击炮集中轰炸，掩护步兵进攻。仓浦没想到中国军队竟然敢主动进攻，气势汹汹地命令所有的重武器一起开火，向着冲锋的中国官兵凶狠地射击。105师的将士们连续冲锋了5次，都被日军猛烈的火力给压了回来。

张一鸣决心全力以赴，不管付出什么样的代价都要赢得这一仗，他不能再失败了。

打了十几年的仗，张一鸣很清楚战斗中士气的重要性，精神在人的身上所起的作用有时真的不可思议。人如果精神沮丧，就会缺乏自信，失掉直觉，使人犹豫、畏缩、反应迟钝，连简单的事也不敢放开手脚去做，复杂的事更是无法果断做出决定。在这种精神状态下，一旦受挫，哪怕只是个小小的挫折，也会使人完全丧失信心，导致更大的错误，而且一错再错，难以扭转。相反，假如一个人精神振奋，就会充满自信，变得果断、无畏、思维敏捷，对胜利信心十足，不达目的决不罢休，这种勇气和决心能使困难变得顺利，更容易到达成功的彼岸。如今117军刚经历前期的惨败，士气已经跌到谷底，如果不扭转这种状况，再冲锋多少次都没有用。

他来到了前线指挥所，左凌峰和105师副师长何智文、参谋长范松涛、步兵指挥官何之浪以及其他几个团长都坐在用炮弹箱钉成的桌子周围，一边抽烟，一边讨论战术，组织下一次的冲锋。数支"烟囱"一起冒烟，整个指挥所里烟雾缭绕，空气浑浊不堪。

张一鸣一进去，军官们全都站了起来，他把右手往下压了几下，说道：

"都坐下吧。"

大家挪动了一下位置,给他让出了一个子弹箱,直到他坐了下来,才跟着坐下。左凌峰拿起桌上的一个烟盒,一边拿烟,一边说道:"军座,来,抽支烟。"

张一鸣接过烟,坐在他身边的范松涛擦燃火柴替他点上,他抽了一口,说道:"你们继续往下说,尽量说得具体点。"

左凌峰说道:"游龙,你说说你们团的情况。"

"我团已经冲锋了五次了,没有一点进展。"

张一鸣问道:"敌人火力很猛吗?伤亡怎么样?"

"敌人只有山炮,没有速射炮,也没有飞机掩护,火力不算太猛,我们的伤亡不大。"

"既然敌人火力不猛,为什么屡次进攻失败?"张一鸣盯着他问道:"你找到原因了吗?"

"军长,我个人认为,原因主要在我们这边,"游龙迟疑地看了张一鸣一眼,看不出他的表情,只得小心翼翼地接着说下去:"我们前几天的失利,使弟兄们心里多少有点,有点,怎么说呢?嗯,害怕,不,不是害怕,应该说是灰心,总之,现在士气不高。"

张一鸣又扭头问叶博林:"你们团呢?"

叶博林回答得很干脆:"我团和268团的情况一样,我的意见也和游团长一样,现在弟兄们的情绪确实很低。"

张一鸣不再往下问了,只狠狠地抽着烟,左凌峰见军长脸色变得不大好看,小心地问道:"军座,我想问一下你的看法?"

"难道这个问题你自己还不清楚,还要问我吗?弟兄们士气不高,你们呢?"张一鸣怒气勃发,嗯地站起身,把手里的烟往地上一扔,用手指点着几个团长,"看看你们自己,看看!一个个垂头丧气,像死了爹妈一样哭丧着脸!你们说弟兄们没有士气,就是弟兄们有士气,看到你们这个样子,还会有士气吗,都被你们吓没了!你们还要问我的意见,我的意见很简单,给我打起精神来,用你们的斗志去激发弟兄们的斗志!"

说完,他余怒未熄,坐下去拿了一支烟,划了一根火柴点燃,狠狠地吸了一口,左凌峰和几个团长见军长大发雷霆,不禁面面相觑,都是又羞又愧,一句话也不敢再说。

日本人的山炮又开始吼叫了,掩蔽部的地面被接二连三的爆炸震得不断抖动,桌上的红蓝铅笔也随着震动,在地图上滚来滚去。

张一鸣忍住气,详细询问了左凌峰下一步的进攻方案,觉得可行,同意按他的方案进行,命令几个团长回去按计划冲锋,最后又补充说:"你们给我听好了!你们是狮子,弟兄们就是狮子,你们要变成羊,弟兄们也会跟着变成羊。我要再看到谁的团没有士气,我就撤了谁!听明白了吗?"

团长们齐声答道:"听明白了!"

"左凌峰留下指挥,何智文到266团,范松涛到267团,何之浪到268团督战,好,就这样了,你们去吧。"

大家接受命令出去了。不久,张一鸣听出了105师的山炮和迫击炮的射击声和爆炸声,然后潮水般的机枪声响了起来。他知道冲锋开始了。

虽说已经声色俱厉地给几个团长下了死命令,但张一鸣清楚他们说的是实话,经过前面惨痛的失败,现在部队的士气确实低落,为了激励起官兵们的斗志,他决定亲自去一线给官兵们打气,他站起身,对左凌峰说道:"我到各团去看看,有什么情况随时通知我。"

左凌峰了解他的脾气,知道对他的任何劝阻都是白费口舌,只担心地说了一句:"军座亲自去指挥那当然好,但是千万不要太靠前了。"

左凌峰的担心并不是多余的,张一鸣首先到了266团阵地,用激昂的语调,大声鼓舞着官兵们:"弟兄们,敌人已经被我第9战区击退了,现在正像丧家犬一样,夹着尾巴拼命逃跑,我们能让他们逃回去吗?不能!不错,前面我们确实遭到了挫折,也付出了惨重的代价。可是,大家能够说我们失败了,应该垂头丧气,不再去争取胜利了,不再为我们牺牲的那些弟兄报仇了吗?不,决不!我们要以牙还牙,以血还血,我相信我117军的每一个弟兄都不会像个挨了打的小娃娃一样躲在一旁痛哭流涕,我相信大家的胸膛里都充满了复仇的欲望,我相信我的弟兄们一定会勇往直前,决不会畏缩怯阵。为了歼灭敌人,为了最后的胜利,更为了不让阵亡弟兄的鲜血白流,我们一定要振作精神,英勇战斗,打败日本人!"

"我们一定打败敌人!"看着军长坚定的面孔,听着他满是激情的话语,官兵们完全被打动了,他们相信他们的军长会带领他们取得最后的胜利。

"好！弟兄们，接下来的战斗里，我会跟你们在一起，一直到取得最后的胜利！"

一位年轻士兵被他激起了满腔斗志，大声说道："军长，你放心，我们一定会干掉这些鬼子，你就等着我们胜利的消息吧。"

张一鸣走到他面前，郑重地对着他行了一个军礼，然后拍了拍他的肩膀，说道："好兄弟，你说得对，胜利肯定是属于我们的。其他的我不多说了，我只对你们说一个要求，那就是进攻的时候千万要仔细，既要消灭敌人，也要注意保护自己。对我来说，你们就和我的亲兄弟一样，你们当中不管哪一个牺牲了，我都会很难过。"

听了他的这番话，再联想起听到过的军长曾对着阵亡士兵洒泪的传闻，将士们都非常感动：能在这样的人手下作战，即使战死，又有什么遗憾？

战斗又开始了，张一鸣也跟着来到了炮火纷飞、枪弹四射的前沿阵地，不管敌人枪炮多么密集，也不管他的军服多么容易引起日军狙击手的兴趣，不停地从这个连队走到那个连队，大声激励官兵们。"弟兄们，冲啊！快冲上去杀鬼子！鬼子想逃回北边去，我们决不能让他们跑了，快冲！"

在这期间，出现了让人难以置信的一幕，这也是中外战争中，不少亲临一线的将军都曾遇到过的，似乎勇敢者会获得神明暗中的庇护。战斗中，日军的机枪、步枪子弹嗖嗖地不断射来，炮弹也不时地在附近爆炸，炸开的弹片和泥块四下乱飞，一个警卫排长被重机枪子弹打掉了半个脑袋，警卫们也有几个被子弹或炮弹片击中倒地，赵义伟的左臂也被弹片划破，还好只是轻伤，张一鸣却连皮都没有擦破一块，依然在那里走来走去，仿佛有一面无形的盾牌将他牢牢挡住，丝毫不受日军炮弹、子弹的影响。

何智文一直跟着他，何智文是黄埔六期的毕业生，靠战功从基层一步步提拔起来的军官，向来以勇敢自傲，但张一鸣的勇气却让他自愧不如，暗暗心服。当他们站在一个高大的坟头上面观察时，一枚山炮的炮弹落在他们不远处的地方爆炸了，他情不自禁地往后退了一步，张一鸣却动也不曾动一下，依然笔挺地站着，端着望远镜望着前方，而且呼吸平稳，脸色丝毫未变，决不是强作镇定。

张一鸣这一番举动所起的作用是震撼性的，军长临危不惧，官兵们受到了莫大的鼓舞，激情像压抑已久的火山岩浆一样爆发出来，不顾一切地吼叫着冲向敌阵,日军为中国军队突然爆发出来的巨大力量所震慑,阵脚有点乱了,官兵们一股作气冲到了敌人的最前沿阵地,日军嗷嗷叫喊,端着刺刀迎了上来,两军展开了激烈的肉搏战。

冲上了敌人的阵地,官兵们这一下打出信心了,一扫前期失败的阴影,越战越勇,或挺着刺刀,或挥舞着大刀,朝着敌人猛刺猛砍,喊杀声惊天动地。

日军顶不住了,往后退却,105师官兵步步紧逼,死死咬住不放,而绕到其侧后的新25师这时也开始了进攻,仓浦感到这一次撞上了南墙,开始后悔自己的轻敌。

激起了105师官兵的斗志,张一鸣又来到了新25师,他知道相比105师,新25师受到的挫折更大,官兵们更需要鼓励。

到达新25师时,正好是战斗间隙,官兵们在清理枪支弹药,准备下一次冲锋。陈子宽也在前沿阵地上,正和吕德贤以及几个参谋在商量进攻方案。一名警卫飞快地跑过来,告诉他:"师长,军长来了。"

陈子宽扭头一看,只见张一鸣一行人正在过来,他赶快迎了上去,问道:"军座,你怎么到这里来了?"

"你这是什么话?"张一鸣反问道:"难道我就不能来吗?"

"军座,我不是这个意思,我是说……"

"行了,不用说了,我知道你想说什么。部队准备好了吗?"

"已经准备好了,军座要不要跟弟兄们交代几句?"

"好!"他说着,四下看了看,看到附近有块大石头,便爬到了石头上,官兵们纷纷过去,围到了石头周围。他扫视了一下周围的人,这才开口说道:"弟兄们,现在这些小鬼子已经被我们的两个师牢牢包围了!这一次,我们一定要把他们歼灭,绝不能让他们跑了!弟兄们,新25师是猛虎之师,你们都是老虎,你们一定要拿出老虎的威风来,把鬼子打得屁滚尿流!为我们牺牲的弟兄们报仇雪恨!"

新25师的官兵们,特别是跟随他多年的,对这个昔日的师长极为敬畏,也极为信任,听见他的喊话,顿时信心十足,喊道:"军长放心,我们一定多杀鬼子,为死掉的弟兄报仇!"

官兵们打起精神,果真像出笼的猛虎一样,向着敌阵冲了过去,一鼓作气冲过了敌人的火力网，冲上了日军阵地，双方开始了肉搏战。机枪手们也冲了上去，子弹打光了，机枪没有刺刀，他们就抡起枪托，冲着鬼子猛打猛砸。官兵们越杀越勇，越战信心越强，杀死日军无数，余下的只得放弃阵地，仓皇后退。

仓浦的指挥部设在一座土地庙里，日军渐渐被压缩到了土地庙四周，仓浦见势头不好，下令突围。

张一鸣怎肯让落网的猎物跑掉，将它死死围在3公里的范围内，并逐步收网。日军此时犹如困兽，拼命想要挣脱猎人的大网，竭尽全力往外突围。而117军官兵眼看胜利在望，也使出浑身力量，阻挡日军疯狂的劲头。

日军一次次往外突围，一次次被挫败。仓浦顾不得丢脸了，向上司请求支援。此时天上已下起了小雨，无法实施空中支援，阿南只能命令离仓浦联队最近的森田联队前去救援。

森田联队接到命令后，立即赶往驰援，半路与中国另外一个师相遇，中国军队随即展开战斗，森田联队不肯恋战，但一时之间也摆脱不掉。仓浦见援军迟迟不到，只得强令部下坚守既设阵地。双方一直厮杀到天黑，联队仍然没有赶到，仓浦不敢再耽误时间，下令各大队分散突围，他自己带着联队指挥部人员试图从西面突出去，经过半夜苦战，日军除了小部分趁着夜色掩护得以突围外，大部分被歼灭，剩下的人四处躲藏，仓浦也没能突围，一行人被中国军队打散了，他只得和几个随行人员躲在草丛里，由于天太黑，117军官兵没有搜索到他们，几个人一路躲躲藏藏，最后狼狈地逃离了战场。

到了凌晨，持续了一夜的枪声渐渐稀疏下来，张一鸣来到了日军阵地上，在朦胧的雨雾之中，可以隐隐约约地看到农田里、山坡上、水沟旁到处躺着残缺不全的日军尸体，遗弃的枪支弹药遍地都是。

赵义伟发现路边的草丛里僵卧着一具日本军官的尸体，尸体的右手按在胸口上，那里的衣服里耸起老大一块，似乎藏着什么东西，他好奇地伸手去拿，扯出了一个日本少女模样的玩具娃娃，他呸了一声，随手把它扔在地上，说道："真变态！上战场还揣个洋囡囡。"

张一鸣看了一眼，说道："这是日本的玩偶，日本小姑娘差不多都有，也许是他女儿的。"

要是在以前，赵义伟只会对着那尸体骂一句死得活该、自作自受，如今他自己也要当父亲了,看到那带血的玩偶,心里颇不是滋味,对那尸体说道:"你侵略中国,害了多少中国人家破人亡,如今你自己也死了,你死虽然是自作自受,可是你的家庭也破了,孩子也没有了爸爸,你害人害己,现在该后悔了吧?"说着,他把玩偶捡起来,依然塞回尸体的怀里去。

他们继续往前走,一直走到曾作为仓浦指挥所的土地庙,张一鸣望着悬挂在屋顶上的那面中国国旗,脸上稍稍露出了一丝笑意,但心里并不轻松,这一仗的胜利和前期惨重的失败相比,毕竟算不了什么,而白曼琳目前的伤情如何,他在前线也无法获悉,担忧像一块沉重的石头压在他的心底。

第二十七章 生死恋

火车一路南行,一些重伤员熬不到医院,陆续死去,丁香寸步不离地守在白曼琳身边,用冷毛巾敷她的额头,拿酒精给她抹身体降温,她已经烧得迷迷糊糊,在铺位上翻来覆去,不停地呓语。随车的军医也密切关注着她的伤情,但私底下已经丧失了信心,认为她可能活不到衡阳了。不过她最终熬到了衡阳,只是到达医院的时候,她已经失去了知觉,几乎连脉搏都停止了。经过医生的紧急抢救,总算把她从死亡线上拉了回来。

白曼琳外表娇弱,体质看起来似乎属于林黛玉那一型的,但实际上她很少生病,生平第一次住院是因为在罗店受伤,不过那一次和这次相比,简直不算什么。那时她不过是肋骨碰断了,疼痛固然疼痛,并没有生命危险,何况身边还有亲人照顾她、安慰她。不像这一次,她的身边只有丁香守着她,她多数时候处在昏迷状态,混沌中也感到浑身像掉进火炉似的炙热,或者像落到冰窖一样的寒冷,偶尔清醒过来,呼吸时,肺部便痛得像撕裂了一样,她清楚地意识到自己可能要死了,对眼下的孤独不免感到害怕,觉得仅凭她自己一个人的力量,不要说击败已经来到面前的死神,即使面对它她都非常害怕。她希望张一鸣能守在她身边,他勇敢、强壮,有他在身边,她就什么都不怕,有勇气和死神抗争了,可是她清楚他不能来,她的未婚夫不是普通人,他是将军,得奔赴卫国的战场,那是他的使命。清醒的时候,她抑制住自己的渴望,叫丁香在给他的电报中称自己平安,好让他放心。但是一旦处于昏迷状态,孤寂和恐惧使她变得极为不安,除了恐惧和死亡以外,她什么也想不起来，除了他之外，她已不会叫任何人，她一遍又一遍地呼唤着他的名字，盼望他来守在她的身边，用那双温暖有力的手握着她的手，和她一起抵御死神。

潜意识里，她希望能听到他的回答"琳儿，我在这儿"，但她听不到，她只听到丁香用温婉柔和的语调答道："琳姐姐，我在这里。"或者惊慌地大喊"医生快来"。迷糊中便听到一阵纷乱的脚步声，有人在她胳膊上扎针，很快疼痛减轻了，然后感觉到乏力，浑身瘫软，连一根小指头都懒得动，但过不了多久，药力消失，疼痛又来了，她又开始了新一轮的挣扎。

白曼琳躺在一间单人病房里，昏昏沉沉中也不知道过了几天几夜，只感觉胸口的疼痛时重时轻，有一次，当她叫着"表哥"的时候，她好像听到了一个熟悉的声音"琳儿，我来了"，心里一喜，使劲睁开了眼睛，却看到坐在床头的不是她的未婚夫，而是她的大哥白少飞，正担忧地看着她。

见她睁开了眼睛，白少飞如释重负地出了口长气，说道："你醒了，感觉还好么？"

"大哥！"她喜出望外，试图坐起来，挣扎了一下，身子软绵绵的不能动，而且一用力，扯得伤口更痛，只得放弃了。"大哥你来了我真高兴，我想你，也想爸爸他们，我一个人在这里害怕极了，我真怕我会孤零零地死在……"

"不要胡思乱想，"白少飞打断了她的话，安慰道："我已经问过医生了，他说你的伤势已经好转了，你不会死。"白少飞撒了谎，他已经向医生询问了妹妹的情况，医生告诉他非常严重，随时都有可能死掉，他当场就忍不住哭了起来。

白曼琳是医生，当然清楚自己的伤情，但不愿让大哥为她担心，微笑了一下，似乎相信了他的话，问道："大哥，你怎么知道我在这里？"

"远卓给我拍了电报，告诉我你受伤了，所以我就赶来了。"

她吓得叫了起来："你没有告诉爸爸吧？"

"没有，我怕他受不了。"

她一激动，说话声音大了些，引起了咳嗽，咳得肺部立刻痛如刀扎。见她痛苦的样子，白少飞本来稍稍放下的心重又悬了起来。

听到父亲不知道自己受伤，她放下了心，问道："大哥，你来了多久了？"

"我今天凌晨到的，坐的夜班飞机，少杰也来了。"

"二哥也来了,他人呢?"

"他到邮电局发电报去了。我们跟家里人撒了谎,我说我要去香港,少杰说他出差。只有紫芸知道我们来衡阳看你,紫芸也想来,但她有了身孕,所以我没让她来。她很担心你,要我们看到你之后给她发电报,告诉你的情况。"

"大嫂又要生孩子了,我们家的人丁真是越来越旺,预产期是什么时候?"

"明年3月。"

她轻轻地说了一句,"我要能看到就好了。"

白少飞没听清楚,问道:"你说什么?"

"没什么。"

护士长进来了,见她和白少飞在说话,说道:"白小姐你醒了,张将军又打电话来询问你的伤势,汪医生让我来看看你醒了没有,张将军想和你说话。"

白曼琳高兴极了,"他来电话了,这么说他平安无事,谢谢上帝。"

护士长说:"白小姐,张将军可真是关心你,已经打了好几个电话了,每次听到你还昏迷不醒,都很着急。"

白曼琳一听急了,"你们没跟他说我很好吗?"

"你放心好了,我们是按你的要求说的,他完全相信了。"

她放心了,对白少飞说:"大哥,你扶我起来,我要和他说话。"

白少飞小心翼翼地把她扶下床,她双脚一下地,刚站起身,顿时觉得头重脚轻,双腿软得站不住,一下子倒在了白少飞身上。白少飞赶紧抱住她,扶她坐在床边,然后蹲下身子,说道:"来吧,我背你去。"

她顺从地伏在了他的背上,护士长给她提着输液瓶。白少飞站起身,将她背出病房,她说道:"大哥,我觉得我好像变小了,又变成了一个小姑娘。你记得吗,小时候出去玩,我不是说脚痛就是肚子痛,要你背我,其实是骗你的。"

"我当然知道你在骗我,可是谁叫我是大哥呢,遇到一个懒妹妹也只有认命。"

"可这一次是真的走不动了。大哥,能再次感受一下你背我的感觉,真好。"

白少飞心里黯然:"我倒希望你在骗我。"

进了办公室,白少飞放她在电话机旁坐下,她抓起话筒,"喂"了一声,说道:"表哥。"

张一鸣听到她的声音,顿时狂喜不已,一迭连声地问道:"琳儿你醒了!现在感觉怎么样?已经好多了吧?伤口还痛得厉害吗?"

听到他关切的声音,她的眼泪立刻出来了,不由自主地开始呜咽,连话都无法说了,只听见话筒里他焦急地问道:"琳儿你怎么样?你怎么不说话?出什么事了?说话呀。你怎么了?"

"我没怎么,"她终于开口了,"你现在还在株洲吗?"

"不,我现在在长沙,我刚从前线回来,我本来奉命追击早渊支队,可惜没追上,让它跑了。还好遇到了仓浦联队,我们已经把它包围了,如果不是天黑看不清楚,让仓浦等人跑掉了,应该能够把它全歼的!"

他的话语里带着懊恼和遗憾,她安慰道:"部队在前面经过那样大的损失,能够达到这样已经很不错了,你一切都好,没有负伤吧?"

"我很好,不用担心我,你还没回答我你现在感觉怎么样?伤口还痛得厉害吗?"

"已经没有那么厉害了,我现在感觉好多了。"

他嘘了一口气,"那就好,我问过医生了,他说你的伤在好转。我不在你身边,你自己多保重,等战事结束了我就来陪你。"

"我这里一切都好,大哥和二哥已经来了,他们会照顾我,你安心做你的事。"

"他们已经到了,那就好,我也放心了。少飞在吗?我想和他说两句。"

白曼琳把电话递给白少飞,张一鸣又叮嘱了白少飞一番,这才挂上电话。此时他的心完全放下来了,医生说表妹的伤在好转,而电话里她的声音听起来也确实没有以前那么虚弱,这让他的心情变得愉快起来,而与他的心情相配合的是从隔壁的房间里传来的一阵笑语声,其中赵义伟的声音尤为响亮。他好奇地走过去,只见几个参谋和副官正围着赵义伟,每个人手里都端着水杯或者碗,赵义伟拿着一瓶酒,兴高采烈地逐一往里倒,他问道:"你们这样高兴,有什么喜事吗?"

赵义伟几步蹦到张一鸣面前,轻快得好像脚上安了弹簧,咧开大嘴笑着:"军座,我当爹了,我老婆来信说她生了,是个八斤重的大胖小子,我有儿子了!"

"这真是个好消息,"看到赵义伟欣喜若狂的模样,他的心情更好了,笑道:"恭喜你。"

赵义伟把酒瓶一举,问道:"军座要不要喝一点?"

"当然,这酒我肯定要喝。"

赵义伟给他倒了一点酒,大家举着杯碗,为赵义伟荣升父亲道贺,也为那个远在后方的8斤重的婴儿祝福。

张一鸣一口喝干了酒,酒精使他的精神更加轻松,令人高兴的事情接踵而来,他觉得前期的颓势已经彻底扭转,现在一切都在往他希望的方向发展。

尽管薛岳一心想要收复岳阳,命令各部队对北撤日军展开了声势浩大的围追堵截,日军向北可以说是一路苦战,北撤变得比最初南进的时候更为艰难,伤亡也更大。只是第9战区各部队在此之前都遭到了日军不同程度的打击,战斗力大打折扣,由于战斗力不强,再加上前面的失败所造成的混乱,各军在追击的过程中,相互之间缺乏有效的协调和配合,无法对日军形成强有力的包围态势,致使日军甩掉了第9战区中国军队的追击,到达宜昌,突入城区,与13师团残部会合,救下了已经准备剖腹的内山英太郎。见日军援军赶到,军委会下令第6战区各军停止进攻,退回原驻地。薛岳的反攻希望也就此化为泡影,湘北的日军陆续退回了新墙河北岸,历经月余的第二次长沙会战终于宣告结束,双方血战一阵,重又恢复到了战前的态势。

张一鸣打来电话的第三天上午,白少飞在病房里守着白曼琳,她又在发烧昏睡,他给她敷冷毛巾,用酒精替她擦颈部、肘部和手心降温。看着她痛苦的样子,他一阵悲伤,守了她三天了,丝毫不见她好转,他已经失去了一个弟弟,也许就要失去妹妹了。

"就在这里。"门口传来护士长的声音。

他回头一看,跟在护士长身后的不是别人,正是张一鸣。他神色疲惫,满面风尘,眼睛里布满了血丝,身上蒙着一层尘土,皮靴上还沾着干了的黄泥。听了护士长的话,他立刻绕过她,大步跨了进来。他走到床前,低头看了看白曼琳,问白少飞:"她怎么样了?"

"她昏过去了,这几天都是这样,有时清醒,一发烧就昏睡。"

张一鸣和白曼琳通话之后,已经完全放了心,满以为她度过了危险期,甚至幻想着他来的时候她会欢呼着迎接他。这时听到白少飞的话,他的心立刻往下一沉,"不是说伤情已经好转了吗?怎么还在发烧?"

白少飞没有回答,黯然摇了摇头。张一鸣想问护士长是怎么回事,回头看她已经走了,便命令在门口守卫的隋明杰:"去把医生给我找来。"

白少飞端了一把椅子给他,他摇摇头说道:"我不坐,坐了一夜的车,坐得腰酸背痛,现在只想站着。"

"坐了一天一夜,"白少飞问道:"你从哪里来?"

"我是从前线直接下来的,薛长官命令我把部队撤回永州休整,我一接到命令就请了假,直奔这儿来了。"

白少飞端了一杯茶给他,他确实渴了,接过去一口气灌了下去,喝完,他放下杯子问道:"少杰呢,怎么没见他?他不是也到桂林来了吗?"

"他守了琳儿一夜,回旅馆睡觉去了。"

隋明杰把医生叫来了,刚一进门,张一鸣就迫不及待地问道:"医生,我未婚妻现在的情况究竟怎么样?你给我说实话。"

"目前情况还是糟糕,"医生回答说,"病情虽然没有继续恶化,可也不见好转,该用的药我们都用了,能想的办法我们也都想了,可是……"

"原来你们一直在骗我!"张一鸣失望之极,不禁气急败坏,怒道:"为什么我每次打电话来你们都跟我说她在好转?"

医生见他脸色铁青,额上青筋毕露,满是血丝的眼睛死死瞪着自己,里面充满了杀气,似乎自己一言不慎,他就要拔枪相向了,不觉吓了一跳,急忙解释:"将军,是白小姐再三恳求我们不要告诉你真实情况,她说你在前线,怕你知道后为她担心,影响你作战。"

话一说完,医生惊讶地发现刚才还因狂怒而显得粗暴凶狠的年轻将军瞬间像变了个人似的,张一鸣脸上的怒气倏然消失,眼眶随即变红了,他深深地吸了几口气,情绪似乎稳定了一些,然后问道:"告诉我,你们究竟能不能救她?"

医生不敢看他那双刺人的眼睛,垂下眼睑,说道:"肺部感染的死亡率非常高,我不能给你明确的答案。"

医生说完,等候着预想中的咆哮,等了一会儿,没听到任何声音,抬起眼睑看他,见他看着他的未婚妻,那模样就像一只被枪弹击中了要害的雄鹰,那样的痛苦,那样的软弱,那样的无助。医生有些怜悯他了,安慰他说:"张将军,你不要灰心,白小姐能撑到现在,还是有希望的。我们已经把她的病情资料用航空挂号寄给了香港圣玛丽医院的呼吸科主任亚历山大博士,他是国际知名的呼吸专家,应该会有办法。"

"表哥。"病床上的白曼琳低声呼唤。

"我在,"张一鸣赶紧答应,"我来了。"

她没有睁眼,显然在呓语。医生说道:"张将军,她一直在叫你,你多陪陪她,不管她是否清醒,你都跟她说话,鼓励她,这对她的治疗很有帮助。"

"我明白。"听了医生的话,张一鸣又有了希望,他决心鼓起全身的力量,帮助她打赢这一仗。

医生看着他满是尘土的样子,说道:"将军,你最好换一换衣服,你身上灰尘太多,对她没好处。"

他听从医生的话,到旅馆洗了澡,换上干净衣服。回到病房,白曼琳已经醒了,丁香坐在她床边,一手端着碗,一手拿着勺子喂她吃东西,见他进来,白少飞说道:"琳儿你看,他这不是来了,我没有骗你吧。"

白曼琳望着张一鸣眉开眼笑,说道:"你真的来了,我还以为大哥哄我开心呢。"

他走到床边坐下,伸手摸了摸她的额头,感觉手心暖湿,说道:"你在出汗?"

"护士给我打了退烧针,刚出了一身大汗。"

丁香又舀了一勺递到她嘴边,她把头掉开,说道:"我不想吃了。"

"你再吃一点,至少吃半碗好吗?"

"我吃不下去。"

张一鸣问丁香:"你给她吃的什么?"

"用鸡汤熬的稀饭。"

他拿过丁香手里的碗和勺子,说道:"我来。"

白曼琳说道:"我真的不想吃。"

"你想吃什么？我给你买。"

"我什么都不想吃，我现在吃什么都是一股烧糊了的味道，实在没有胃口。"

"那是你发烧引起的。不管怎么样你也得吃东西，不吃哪有力量和……病魔，"张一鸣一着急，差点说成了死神，幸好悬崖勒马，及时改口，"和病魔作战，听我的话，再难吃你也忍一忍，把这碗粥吃下去，就算是为了我，行不行？"

白曼琳的智慧足以理解他的话里深层的意思，她不再拒绝，听话地张开嘴，他一勺勺地喂着她，那粥吃到嘴里苦得像药汁，她也熬忍着硬吞了下去。

她吃完了，吁了一口气，说道："好难吃，简直就像吃苦胆。"

她肯吃东西，白少飞也很高兴，笑道："这叫我怎么说？我那样劝你，你都不肯吃，远卓只消一句话你就肯了。"

张一鸣平静地说道："那是因为她知道你的生活可以没有她，但我不可以。"

一连几天，他衣不解带地守在她的床边，跟她说话，或者讲一些前线的事情，或者读报纸给她听，她发烧昏迷时，他就紧紧握住她的手，一遍又一遍地说道："琳儿，我是表哥，我在这里陪着你，你一定要挺住，无论如何也要挺住！"

不管白少飞兄弟如何劝他去旅馆休息，他始终不肯，他害怕他不在的时候，她就会离他而去，他要守着她，从精神上给她支持。他实在困得熬忍不住了，就趴在病床边打个盹，但手依然紧紧握着她的手。

丁香虽然和张一鸣打了近一年的交道，仍然不太了解他，一直以为他对白曼琳感情不如白曼琳对他的深厚，到这时才明白他用情有多深，她还是第一次见到这样情深意重的男人，不禁感动得热泪直流。白少飞兄弟虽然了解他，知道他是个极重感情的人，见他这样也都欷歔不已。

也许是他的到来给白曼琳带来了勇气和力量，又也许是圣玛丽医院的治疗方案起了作用，或者是他的痴情感动了上苍，总之，第四天她验完血，照了 X 光之后，医生看了检查结果，长出一口气，告诉他："将军，白小姐已经没有生命危险，她会好好活下去。"

白家兄弟发出一阵欢呼，白少飞习惯性地握住了医生的手，摇撼着连声道谢。张一鸣激动得话都不能说了，泪水抑制不住，顿时夺眶而出，他不愿让人看见他哭，随即坐在椅子上，低下头，用双手捂住了脸，任由眼泪尽情流淌。

虎贲 II（下）

110

第七篇 终成眷属

第二十八章 婚礼

11月中旬的一天,天气格外晴朗,一大早太阳就出来了,阳光暖洋洋地照射下来,气温骤然升高了好几度,连风也轻柔和暖,一扫深秋的肃杀之气,如同阳春一般了。张一鸣的心情却没有这般好,第二次长沙会战以后,他一直感到懊丧,表面上,他依然是一副平静淡漠的样子,私下却沮丧和难受。自从军以来,他参加过无数生死攸关的恶战,甚至亲自提刀带队冲入敌阵,进行短兵相接的肉搏,在枪林弹雨中,他的机智勇猛使他屡战屡胜,获得了成堆的勋章,也一步步地升上高位,即使抗战之后,当整个中国都处在失败不利的状态时,他依然领着部队打出了骄人的战果,即使不得不因大局而后撤,多少还有虽败犹荣的骄傲,可这一次不同,他是实实在在的失败,牺牲了一万多人,却没有让他自豪的战绩可言,他已经成了一个败军之将,一头受伤的雄狮,只能悄悄舔着自己的伤口。

战后,为了鼓舞民心士气,激励军民继续坚持抗战的决心,也为了让世界各国相信中国能够抵抗日本，给予更多的外援，中方宣传机构一直宣称第二次长沙会战第 9 战区依然大获全胜，并把后期追击日军所缴获的各种武器和物资给中外记者看。大量的物证以及日军确实没有占领长沙、退回新墙河北岸的事实，使中外记者都深信不疑，纷纷报道第 9 战区又赢得了第二次长沙大捷。张一鸣因最后那一战的胜利得到了媒体的大力宣扬，连外国记者也来采访，宣传处长带着记者们去了当时的战场，当记者们看到阵地上民工们正在掩埋日军尸体，士兵们在整理日军散落的武器时，更加相信，将这些景象全拍了照，刊在了报纸上。

虽然举国上下都在欢庆第二次长沙大捷，但军委会和第 9 战区的将领们自己心知肚明，私下里检讨和反省失败原因，奖励了杀敌有功的将士，也处分甚至枪毙了作战不力的军官。117 军中，43 师师长林松柏被授予烈士称号，下葬仪式上，林太太因悲伤过度而昏厥，让张一鸣更加难受。他虽然因歼灭仓浦联队有功，获得了二级宝鼎勋章，但他心里却认为这枚勋章对他是个嘲讽，回去就将它取下，并且决定终生不再佩戴。其他有功人员也各有奖励，只有左凌峰一直担心的事情终于发生了，在检讨会上，第 9 战区的一个高参提起了他在玉娘关未经长官部批准，擅自将还有战斗力的部队撤离战场的事情，左凌峰极力说明当天的战况，替自己分辩，张一鸣也帮他说话，据理力争，武天雄、江逸涵、孙翱麟和其他与左凌峰交好的将领也都纷纷替他说话，经过一番讨论，最后，军委会裁定，左凌峰未经长官批准，擅自撤离战场是事实，理应处以极刑，鉴于他在后来的战斗里有立功表现，功过折抵，给予留师察看处分。

事后，105 师上下都替左凌峰不平，认为在那种情况下，师长能把全师带出来，免遭 43 师那样的厄运，应该嘉奖才是，不应处分。张一鸣也担心他会有情绪，对整个师产生不利影响，亲自前去安慰他，左凌峰摇了摇头，淡然说道："谢谢军长来安慰我，请军长不必担心，我想得通，此次战役失利，长官部那些人总得找点人出来顶罪是不是？我只挨了处分，没有枪毙，已经算幸运了。"

张一鸣见他说得很坦然，也就放了心。左凌峰那里放下了，他把主要精力投入到了 43 师那里，林松柏阵亡，副师长曾有为颅脑受伤造成双眼视力严重受损，已不能再回返部队，必须重新物色师长人选。恰好到陆大将官班培训的刘捍中毕业回来，张一鸣便报请上峰同意，任命刘捍中为师长，并叮嘱他一定要给自己带出一支过硬的队伍来。

刘捍中上任之后，不负张一鸣的期望，全身心地投入到了部队的整训中。43师作为新师一上战场就受到这么惨痛的创伤，全师上下都灰心丧气，士气消沉到了最低点。接手这么一支部队，刘捍中得加倍努力，付出更多的心血。当时43师军官严重不足，除了从43师提拔人起来以外，他还从新25师调了一些老部下过去，以514团团长邵敏才为副师长，他当初任218旅旅长时，邵敏才是218旅副旅长，两人性情相投、配合默契，因部队撤销旅一级单位，邵敏才当了514团团长，所以刘捍中请求军长将邵敏才调任43师副师长。张一鸣当然答应，刘捍中的为人以及带兵能力张一鸣都是非常放心的，所以他要人要装备都尽量满足，没有横加干涉，让他放手去干。军官该调的调，该升的升，不足的兵员则由一批刚从四川拨来的新兵补充。

有了军长的支持，刘捍中放手大干。他认为战争时期不像和平年代，没有时间让新兵们按步就班地进行训练，决定放弃那些华而不实的项目，进行实质性的训练。他叫连排长们不要在列队、正步走和其他在战场上无用的东西上面浪费时间和精力，而是教会新兵们战争中实用的东西：

1.熟练地使用各种步枪、机枪和手榴弹；

2.加强格斗训练，达到在白刃战中既能杀死敌人，又要保护自己的目的；

3.学会如何利用地形进行隐蔽或者冲锋；

4.学会如何协同作战，以便在将来的战斗中能很好地与友军配合，击败敌人；

5.学会夜间作战、山地作战、城市作战……

为了督促训练，他经常去训练场，亲自在烈日下、在雨水中指导那些入伍不久的新兵。他的要求非常严格，也要求连排长们一定要严格训练，不能心慈，他说："心慈会害了他们。"

经过他的一番整治，部队的精神面貌得到了根本改变，士气逐渐恢复。

到了此时，张一鸣的心情才稍有好转，闲暇之余，他便仔细研究九战区地图，思考如何对付第二次长沙会战阿南惟几所采用的战术，以及如何利用地形来弥补装备的不足，对付日军的机械化部队。

经过一番认真的考虑,他写了一篇《论湘北地形对日本机械化部队之利弊》的文章,今天没事,他决定再仔细斟酌一下,看看有无遗漏的地方。

而在此刻,丁香见天气好,也拿了一把竹躺椅走进小花园里,找了一个阳光笼罩的地方放下,在躺椅上面铺上柔软的褥子。白曼琳也从屋里出来了,她从医院回来已经一个星期,人瘦了很多,昔日白里透红的脸变得苍白,嘴唇失去了玫瑰色,两颊凹了下去,两颧骨突了出来,使一双眼睛大得有点触目。因为伤势过重,元气大伤,所以伤口虽然愈合了,身体可没完全恢复,只能按照医生的吩咐慢慢调养。

丁香铺好褥子,说道:"琳姐姐,你躺着,晒晒太阳。"

"我不想躺,躺了这么久,已经躺够了,我想活动一下。"

她在花园里慢慢走着,暖融融的阳光照着她,她感觉很舒服,精神也似乎好了很多,在室内憋了这么久,她早就希望能出去,难得今天这样好的天气,她忍不住了,决定外出逛逛。她回到卧室,打开衣橱,准备找一件衣服出来换上。丁香也跟了进来,问道:"你找什么?"

"我想换件衣服出去走走。"

"你不能出去,医生说过,你得好好静养,不能劳累。"

"我不过出去走走,又不是去参加赛跑,哪里会劳累?"白曼琳拿了一件浅紫色天鹅绒旗袍出来,又对丁香说道:"你去把我那双白色皮鞋拿来,这件衣服要配白色皮鞋才好看。"

丁香踯躅着,为难地看着她,她奇怪地说:"你站着干什么?快去呀。"

"琳姐姐,你还是不要出去吧,军长知道了,会不高兴的。"

"不会的,我会告诉他是我自己要出去。"她见丁香还是犹豫,说道:"好了,我也不到其他地方,就到军部看看,行了吧?你别忘了,我也是医生,我能不能出去,我自己还不知道。"

丁香只得去把那双皮鞋拿来,白曼琳穿上旗袍,觉得衣服比以前松了许多,走到穿衣镜前一照,顿时愁容满面:"我怎么这么瘦了,这衣服就像挂在身上一样,我怕是没有一件衣服合身了。看我这副鬼样子,真不好意思出门了。"

她心里更焦虑的是,还有两个礼拜她就要结婚了,这个样子去当新娘恐怕穿了婚纱也不好看。其实,张一鸣考虑到她的健康状况,本想把婚礼再次往后延期。但白曼琳不肯,决定照原定计划办,她受伤的事,至今没有告诉父亲,因为她觉得自己已经好了,没必要再惊扰他,让他将来老为自己担着一份心事,本来上次会战期间,两个哥哥同时出差,她又很长一段时间没有写信,已经让父亲有些疑惑,现在战事结束这么久,婚期再往后延,她担心父亲会猜到是她出了问题。

丁香看着她,说道:"其实你现在已经好多了,你刚回来的时候,还要瘦得多呢。"

这句话对她是个安慰。好吧,还有两个礼拜,也许那时候她已经完全恢复了。

她在旗袍外面披上一条围巾,让围巾长长的流苏垂到膝盖,以掩饰住瘦削的身材。然后仔细地扑了粉,抹上胭脂口红,使脸色红润一点。完了一照镜子,觉得效果还不错,至少看起来不像重伤初愈的样子。

她来到张一鸣的办公室,门关着,卫兵按规矩先敲了三下门,然后推开,让她进去。办公室里,除了张一鸣外还有一个少年。那少年大概很怕冷,这样暖和的天气,却穿着厚厚的海勃龙大衣。他看见白曼琳,立刻从椅子上站起来,含笑叫了声:"白姐姐。"

白曼琳觉得有点面熟,一时没认出他是谁,他笑道:"白姐姐不认得我了吗?我是荣琰啊。"

她这才想起他是张一鸣的小弟弟张荣琰,他比以前高了,也壮实了,热带地方的人成熟得早,他看起来不止十六岁,完全像个成年小伙子了,只是眉目之间还带有几分稚气。她笑道:"啊哟,是四弟啊,我真没认出来,你长得这么高了,和你大哥一样高了。"

张一鸣问道:"你怎么来了?"

他的声音里并没有责备,倒有几分惊喜,她看起来精神、气色还不错,这让他非常高兴。她自然感觉到了,笑嘻嘻地说道:"在屋里待得太久了,觉得很闷,今天太阳好,又没有风,所以出来走动一下,来看看你。"她又热情地对张荣琰说道:"没想到四弟在这里,你来了好久了?"

"刚到。"张荣琰打开放在地上的一个大旅行箱,拿出几包东西给她,"大哥上次写信说白姐姐受伤了,我母亲特地让我带些珍珠粉和花旗参给你,她说珍珠粉有生肌的功效,能促进伤口愈合,花旗参可以补气,增强免疫力。"

另外的是鲍鱼和海参,她说这些东西对你的身体也有好处。"

"我会写信谢谢你母亲,她真是太好了,想得真周到。现在这些东西在内地很难买到了。"她接过东西放下,问道:"你到中国来,你母亲一定很难受吧?"

"很难受,家里就她一个人了。现在橡胶园的事情很多,她每天都很忙,这会让她好受一点,而且我们会经常给她写信。"张荣琰突然兴奋起来,"大哥,我动身之前,收到了二哥一封信,他说他现在在缅甸。"

"他在缅甸干什么?"

"他说他参加了美国援华空军志愿队,现在在缅甸进行秘密训练,将来好到中国参战。"

"美国有援华空军志愿队了,这我倒是第一次听说。"

"他说这是很秘密的,毕竟现在美国还没有参战,为了避免引起外交上的纠纷,所以才在缅甸进行训练。"

"美国肯派空军志愿队来华,这是个好兆头,说明美国上层已经意识到日本对它的威胁了。"

"大哥,让我到一线部队去吧,我当狙击手、机枪手都可以。"张荣琰自豪地说道:"我一直在努力练习枪法,我现在可以在50米外打穿一个硬币,你要不信我可以打给你看。"

"我相信,但是我不想让你去当一个普通士兵,我希望你先到军校去学习。"

"不,我不想去。"张荣琰不愿意,与内向沉稳的张一鸣不同,他的性格外向,感情丰富,而且性子急,容易激动,他急切地说道:"大哥,我是来打仗的,不是来读书的,我要想读军校的话,我可以考美国的西点军校。不,大哥,我只想打仗,杀日本鬼子,如果去军校待几年,仗都打完了,我还打什么。"

"战争短时间内不会结束,你读完军校一样有机会上战场。你不必担心杀不了鬼子,战争时期急需军官,军校已经压缩了就读时间,大多学习一年半就毕业了,如果遇到大的战事,还可能提前毕业。现在部队缺乏有文化、有知识的军官,你读过高中……"

"我还没毕业。"

"够了,我手下不少军官还从没上过学,我需要有专业知识的军官。"

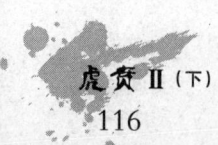

"大哥,我不想当职业军人,对读军校真的不感兴趣。"

"我懂你的意思,但我还是希望你去读军校。你想想,在军校经过系统训练,有了专业知识,不是能更好地杀鬼子吗?"

经过一番劝说,张荣琰终于同意先去军校,但要求学习炮科。张一鸣说道:"好,好,炮科就炮科,我会替你安排。你先在这里住下,我和你白姐姐还有两个礼拜就要结婚了,我们打算在重庆结婚,我希望你能和我一起去。"

"当然,我很高兴。"

张一鸣从来没有想到,看到别人结婚好像都是按约定俗成的程序进行,似乎并不复杂,直到轮到自己,才知道一切并不那么轻松。婚礼的日期定在12月1日,他本想11月25日就回重庆,但因为第9战区司令部的事情耽误了,一直到28日才携白曼琳从湖南乘飞机匆忙赶回重庆,这时白家人已经等得心急如焚。虽说婚礼举行的地点、仪式,以及主婚人、男女傧相、花女,还有应该邀请的宾客,白少飞已出面替他安排,新房也早在二次长沙会战前就已布置妥当,但一些关键事情还得等他们回来,他们的结婚礼服是由叶寒枫的妹妹替他们在香港定做的,礼服合不合身还得试过才知道,还有证婚人该邀请谁,宾客遗漏了哪些,这些全得由张一鸣自己来决定。

张一鸣的礼服很合身,只是白曼琳的婚纱腰围大了些,婚纱是按以前的尺寸做的,虽然这两个礼拜她的身体恢复了不少,但相比以前还是有些瘦,只能叫裁缝赶紧改一改,不过这个不用他操心,按照规矩,新娘的婚纱他现在还不能看,怕不吉利。他只是喜气洋洋地忙碌着,接待络绎不绝前来祝贺的亲友。

由于婚礼之前发生的一件事情,却差点将婚礼推迟,因为主持宗教仪式的英国神父得知张一鸣不是一个天主教徒,要求他在举行婚礼之前施行洗礼,皈依教会。但无论那位神父怎么劝说都是白费心机,张一鸣根本就不答应入教。倒不是因为他讨厌天主教,而是因为他是随时可能上战场的将军,战争中胜败难料,没有哪个将军敢保证自己永远没有败仗,他想万一有一天遇到了,陷入绝境的时候,他宁愿选择自杀也不会当俘虏,但是天主教是不允许教徒自杀的,他入了教又去自杀,显然违背自己的誓言,而为了教义去当俘虏,这也是他不能接受的,所以他拒绝入教。他不愿把自己的这些想法说给外人听,只能固执地坚持己见,英国神父无法说服他,对白曼琳说自己还没有见过这么顽固的人,拒绝为他们主持婚礼。张一鸣自己对此根本无所谓,但白曼琳很失望,认为结婚不能得到教会的祝福,作为教徒这将是她终身的遗憾,她不明白他为什么坚决不肯让步,张一鸣又不能对她坦言自己的这种想法,只能跟她解释说他对任何宗教都没兴趣,不管是天主教、基督教还是佛教,她也就不好说什么了。好在经过一个亲戚的介绍,最后找到了一位美国神父,这个神父要开明得多,同意他们到他的教堂里举行仪式。

到重庆之后,张一鸣和弟弟住在叶寒枫家里,白曼琳则回了梅园。婚礼头一天晚上,送走贺喜的人后,张一鸣因为兴奋,根本没有睡意,便和叶寒枫及在叶家留宿的三个亲戚在客厅里聊天。这三个人一个是叶寒枫的妹夫筱敏夫,香港筱氏集团的少东家。另外两个是叶寒枫的舅表兄弟,也是白曼琳的表哥,他们是亲兄弟,哥哥叫刘雁南,是中央大学医学院成都分院的医生,弟弟叫刘鹤声,是个画家,两人当天才从成都赶来参加婚礼。

谈了一番明天的婚礼之后,话题照例转到了时局方面,刘雁南对筱敏夫说道:"据说现在香港局势很紧张,很多英国人都在忙着撤离,还有不少华人也在往国外甚至内地跑。表姐夫对此有何打算?"

筱敏夫在英国留过学,言谈举止、衣着打扮俨然是一股英国绅士派头,他不以为然地说道:"这种传闻已经不止一次了,每次都要吓跑一些胆小的人,风声一过,一切照旧,那些人还不是又回来了。这样来回折腾,经济上不说,精神上的损失也不小。"

叶寒枫说道:"我看还是小心一点为好,听少飞说,英国军方已经加派军舰到新加坡,以增加对亚洲的威慑力,这回的传言不像是空穴来风。"

筱敏夫笑了笑,将手里的雪茄烟伸到烟灰缸里,抖掉烟灰,说道:"大哥的担心我理解,就像大哥在重庆,我和雪梅也是担惊受怕。香港人谈起重庆,总是说轰炸非常严重,死的人满街都是,感觉重庆天天都在落炸弹,人们朝不保夕,出门也是提心吊胆,就像生活在地狱里一样。其实到了重庆之后,才发现空气根本没有那么紧张。"

刘雁南说道:"那是因为经常挨炸,人们已经麻木了,或者不得不习惯,反正躲不掉,而生活还得继续下去。"

叶寒枫说道:"虽然有轰炸,可重庆到底还是后方。而香港是个弹丸之地,一旦发生战事,那可就是战场了。你还是做点准备比较好,未雨绸缪总不是坏事。"

筱敏夫说道："大哥的话,我会考虑。不过你也知道,我家的产业,主要以不动产为主,是家父花了半生心血打拼出来的,要他抛下这些产业离开香港很难。除非有确切的消息,也许可以说服他,不然他绝对不会离开,我们又不能留下他一走了之。"

"确切的消息?"叶寒枫对他的想法感到惊讶,"难道你认为日本人会先跟英国人说'对不起,我要打你了',然后才动手?"

筱敏夫说道："不,我不是这个意思。我只是觉得,日本在中国问题没有完全解决之前,大概不会贸然行事,毕竟英国是个强国,背后还有一大堆英联邦国家支持它。"

张一鸣忍不住开口了,"我倒不这么认为。如果现在有人告诉我,日本已经进攻香港,我一点也不会惊讶。"

"你真的认为日本要向英国开战了?"

"是的,我想时间不会太久了。既然英国开始在亚洲加强军力,说明已经有了战争的准备。政府有它的情报来源,它的动向是最好的风向标。"

筱敏夫低下头,使劲吸着雪茄,似乎有所触动,过了一会儿,又问道："远卓,凭你的经验,如果真的开战,你认为香港守得住吗?"

"恐怕很难。香港背后是日军占领区,已经没有纵深,前面又是大海,日本海军很容易从海上封锁,从军事上来说,这是绝地。一旦开战,英国人没有多少胜算。"

叶寒枫说道："敏夫,相信远卓的话,尽快离开香港。"

"好吧。"筱敏夫点了点头,"我回去以后好好劝劝父亲,希望能说服他。"

大家一直谈到深夜才各自上床睡觉,但张一鸣太兴奋了,几乎一夜没有睡着,好不容易等到天蒙蒙亮,他实在忍不住起了床,拉开窗帘看窗外的天色,天色阴沉沉的,将雨未雨,一阵风吹来,有点刺骨的冷,不过对于饱受空袭之苦的重庆来说,阴天反倒是一个好天气,日本飞机不会来捣乱,大家可以从从容容地做自己的事了。

虽然起来了,他也不知道该做什么,就在房间里踱来踱去,不时看看手表,但指针走得实在太慢,等得他心急如焚。

7点过,叶家的佣人终于来敲门,请他去吃早饭,不过他已经没有胃口了,勉强吃了一个面包,也没吃出什么味来,又胡乱喝了一点汤就把筷子放下了。叶寒枫理解他的心情,夹了一块煎鸡蛋放在他碗里,笑道:"别紧张,很快就过去了,你现在得多吃点东西,万一婚宴上你没时间吃,饿一天可受不住。"

他努力吃着,显然食不甘味,还没吃完,叶家的佣人来说理发师到了,他扔下筷子就走。刘雁南说道:"你别着急,时间还早呢,你吃完了再去吧。"

筱敏夫笑道:"可以理解,娶那么漂亮的新娘子,换了哪个男人都心急。"

张一鸣没有理会他的打趣,急匆匆地回到房里。理发师仔细地给他理发、修面,虽说是职业军人,但他一直很在乎自己的仪表,所以头发并没有剪短,一直梳着侧分的分头,理发师把头发稍稍修剪了一下,抹上一点发乳,梳得整整齐齐。理完发,他脱下睡袍,张荣琰已经把他的礼服拿来了,这是一套白色毛料西服,穿在他的身上,平整挺括,大方合体,他对着镜子,系上一条红色领带,红白相映,使他显得更加英俊潇洒、神采飞扬。

男傧相也来了,他是黄可祥的弟弟黄可强,一个英俊洒脱的年轻人,穿一身浅黄色西服。据他自己说,他这是第三次给人家当男傧相了,他看了张一鸣的打扮后,觉得美中不足,又在他的西装口袋里插了几朵娇艳欲滴的玫瑰花。

一切准备妥当,张一鸣带着他的迎亲队伍开始出发。到了梅园,门口已经站了不少人,有白家的亲友、佣人,还有不少来看热闹的乡下人,看见他纷纷嚷道:"来了,来了,新郎来了。"

负责燃放鞭炮的人赶紧将鞭炮点燃,噼噼啪啪的响声吸引了一群孩子,他们笑着闹着推搡着,等着拣那些没有炸响的哑炮。张一鸣满面春风地走过去,还没进门就被亲友和佣人们包围了,大家笑着一面跟他道喜,一面按照风俗故意地捉弄他、为难他,他不停地道谢,想方设法解决刁难,这位在战场上指挥若定的将军,到后来也有点昏头转向了。当黄可强和张荣琰把最后一批红包散发出去后,他总算冲过层层封锁线,来到了客厅的门口。

客厅里张灯结彩,大红的蜡烛,坠着金黄流苏的精致宫灯把整个客厅装饰得喜气洋洋。门口站着一个温婉娴静的中年太太,这是叶寒枫的妹妹叶雪梅。她把张一鸣从头到脚打量了一下,微笑道:"好帅的新郎官。快进去看看你美丽的新娘子,她可是我见过的最美的新娘。"

她领着他进去,一面说道:"曼琳妹妹,你的新郎来接你了。"

张一鸣只走了几步就呆住了,白曼琳挽着父亲的手臂,在穿着粉红色纱裙的女傧相陪同下,正缓缓向他走过来,脸上又是羞涩,又是幸福。她穿着敞领、窄腰、宽摆的白色曳地长裙,披着长长的白色婚纱,像一个被轻烟薄雾笼罩着的仙女,又像一个披着月光前行的精灵。她的修长光洁的颈脖上,精美的钻石项链闪着迷人的光泽,小巧的耳垂上吊着的一对梨形的钻石坠子,颤颤悠悠地晃动着。这是她母亲的首饰,白敬文把它们给女儿做嫁妆了。

张一鸣激动地迎向他的新娘,他苦苦等候了四年的天使。白敬文也是百感交集,女儿长大了,要出嫁了,虽然女婿是他极为喜欢和欣赏的人,他的心里还是有点怅然若失,恨不得时光能够倒转,女儿依然是当年坐在他膝头上撒娇承欢的小女孩儿。他忍住伤感,郑重地说道:"远卓,我把琳儿交给你了。"

张一鸣双脚一并,立了个正要行军礼,想起自己没穿军服,又改行了鞠躬礼,然后郑重地说道:"爸爸,您放心好了,我会好好待她的,今生今世我都会爱护她、珍惜她。"

白敬文把女儿的手交到他的手里:"我相信你。"

"不行,不行,光牵手可不行!"屋里的女客们笑闹起来,怂恿着他,"新郎官得把新娘子抱起来,抱上迎亲的车。"

他只是笑,站着没有动,女客们不依不饶,非要他抱不可。他走到白曼琳面前,弯下腰,双手一用力,将她整个人凌空横抱了起来。众人拍手欢呼,白曼琳羞得满脸通红,他看着怀里娇羞的新娘,心里甜得像喝了蜜,四年的等待,四年的相思之苦,如今苦尽甘来,他终于抱得美人归。

来到教堂,黑色沉重的大门已经打开了,他们下了车,张一鸣在黄可强的陪同下,缓缓走进厅堂,宁静的厅堂里已经铺好了红地毯,点燃了一支支鲜红的蜡烛,整个笼罩着一派柔和的光晕,庄严中含着喜庆。神父已经等候在耶稣的圣像前,身穿白色的法衣,手里拿着一本圣经,表情肃穆庄严,唱诗班的少女们身穿白裙子,整齐地站成了两排。张一鸣顺着红地毯一直走到神父面前,其他的人也进来了,聚集在他的身后,静静地等候着婚礼仪式的开始。

几分钟后,琴师弹起了乐曲,少女们齐声唱了起来,仪式开始了。白敬文领着女儿,缓缓地走了进来,一个穿着白色塔夫绸裙子、白色长统袜、白皮鞋的小女孩和一个穿着白色小西装的小男孩各自提着一个小花篮走在他们前面,一面撒着白色花瓣,同样打扮的白丽雯走在后面,手里托着她姑姑的头纱。白敬文带着女儿走到圣灵前,把她交给张一鸣,新郎新娘并肩站在了一起。神父走到他们面前,翻开圣经,用柔和的唱歌般的声调宣读了一段祈祷文,然后合上书,把手伸向他们,说道:"张一鸣先生,白曼琳小姐,今天你们到圣堂里来,就要在神职人员、亲友,以及全体来宾面前,经过上帝的圣言所允许,结为夫妇。婚姻是天主定的制度,也是基督建立的圣事,上帝必然在你们心中向你们说,每个灵魂对另一个灵魂,都是他神圣的圣地。这说明夫妇的爱情是神圣的,婚姻的责任是重大的,爱是崇高的含义,它与上帝同义,因此夫妇二人不得亵渎上帝的荣耀,须白头偕老。现在我以教会的名义,请你们表明自己的意愿,因为在可怕的末日审判到来之时,一切心灵的秘密都将宣布出来,所以你们需要郑重做出回答。"

他停顿了一下,面向张一鸣,问道:"张一鸣,你是否愿意娶白曼琳做你的妻子,今生今世、爱她、珍惜她、保护她,无论安乐祸患,贫富疾病,至死不渝?"

张一鸣朗声回答:"我愿意。"

神父又转向了白曼琳,"白曼琳,你是否愿意接受张一鸣做你的丈夫,今生今世、爱他、珍惜他、支持他,无论安乐祸患,贫富疾病,至死不渝?"

"我愿意。"白曼琳轻声回答。

在神父的授意下,双方交换戒指,张一鸣拿起白曼琳的手,轻轻把戒指套在她的手指上,然后揭开她的头纱,温文尔雅地吻了她,众人都笑嘻嘻地望着他们,一些年轻小姐羡慕得眼都红了。然后,一对新人握着手,神父把手放在他们握着的手上,开始为他们祈福。

"仁慈恩惠的上帝:主起初造人的时候,就是造一男一女,求主施恩于今天到主面前祈求赐福的这二人,叫他们成婚以后,互相尊敬,互相帮助,彼此相爱,和睦同居,恩爱长久,白头偕老。求主保佑他们,使他们平安健康,生活幸福,今世照着主的旨意度日,来世得享永生。这都是靠着主耶稣基督的名祈求。阿门!"

一些懂得天主教仪式的人也齐声说道:"阿门!"

在唱师班的颂歌中,婚礼结束了,一对新人又在缤纷的玫瑰花瓣雨中,走出教堂,在门口和神父以及亲友们合影之后,坐车前往锦华饭店。此时饭店里热闹非凡,宽敞的大厅布置得光彩夺目,红烛到处都是,天花板上吊着五彩缤纷的彩色纸条,两盏巨大的枝形吊灯之间垂悬着一个由鲜花扎成的大花钟,四周的壁灯上也点缀着小小的花束。婚礼台上贴着一个巨大的喜字,四周装饰着红玫瑰,台子两面摆满了亲友们送来的各色花篮、花束,红色的烛光和姹紫嫣红的鲜花交相辉映,整个厅堂内花团锦簇、一团喜气。

来宾很多,国难期间,他们本来不想铺张,打算请一些至亲好友来热闹一下就行了。可是白家和白曼琳的外祖父家都是名门望族,盘根错节的亲戚和世交难以计数,即使处在战乱之中,逃难到重庆的也不少,相互之间消息也很灵通。你不请,可人家主动来问了,你总不能不请吧。虽然他们尽量保持低调,可是闻讯赶来参加婚礼的人数还是蔚为可观。

白少飞兄弟负责在门口接待亲友,苏婉约也忍住羞怯,帮着招呼女宾,因为姚紫芸的肚子已经很大了,不便出面。白少飞看到他们来了,立即叫人点燃爆竹,乐队开始奏乐,噼噼啪啪的鞭炮声和着喜庆的乐声,煞是热闹。

鞭炮声响过,主婚人开始致词。"先生们、女士们,今天是一个好日子,是张一鸣将军和白曼琳小姐大喜的日子。现在,欢迎新娘、新郎入场,向各位来宾致谢礼!"

在《婚礼进行曲》热烈的乐声中,张一鸣和白曼琳在男女傧相的陪同下,挽着手缓缓步入大厅,叶老太太看了看他们,笑着对女儿说道:"这可真是金童玉女,天生的一对,看着他们都是一种享受。"

叶雪梅也说道:"是呀,他们确实很般配。"

一旁的苏婉约触景生情,想起自己和白少琛那场浸透血泪的婚礼,不禁一阵伤心,但在这种喜庆的场合下当然不能表露出来,她依然笑着,只是未免有点凄然的味道。大家都在注视着新郎新娘,只有叶寒枫注意到了她的神色,也能够了解她的心思。他爱了她两年了,当他第一眼见到跟在张一鸣身后的她时,她凄婉欲绝的神色使他的心莫名其妙地刺痛了一下。以后的日子里,她的温婉让他越来越怜惜她,人到中年,他才真正感受到了爱情的滋味。两年来,他一直关心着她,等待着她能从丧夫的伤痛中挣脱出来,等待着向她表白的机会。他不期望她能忘掉白少琛,只希望随着时间的流逝,她能够回到正常的生活轨道中来。自从有了孩子之后,她的笑容多了,人也开朗了些,但他知道,她的伤痛并没有减弱,只是被深埋在内心里了。

新郎新娘并肩站在了一起,证婚人致完辞后,按照中式婚礼的程序开始行礼。礼毕,乐队奏起了欢快的乐曲,宾客们欢呼着,年轻人纷纷拥上前向他们头上撒五颜六色的鲜花瓣。随后,精致得像艺术品似的婚礼蛋糕端上来了,张一鸣拿出自己的短剑放在白曼琳手里,然后握住她的纤手,两人一起切开蛋糕,让女招待分送到各桌。男傧相打开香槟酒,倒了两杯分别递给两人,宾客们举起酒杯,向新婚夫妇表示祝贺,新婚夫妇也举杯答谢。

婚礼仪式结束后,午宴开始,白曼琳来到楼上的客房,在女傧相的帮助下,脱掉婚纱,换上红色旗袍,重新补了补妆,又回到餐厅里,张一鸣已经和她的家人入了席,见她来了,招手示意她过去在他身边坐下,女傧相是姚紫芸的堂妹紫烟,姚紫芸也招呼她坐了,说道:"赶紧吃点东西,一会儿还得陪客人,琳儿也多吃点,你早上就没吃东西了。"

听说白曼琳没吃早饭,张一鸣急忙夹了一个扬州狮子头放在她碗里,姚紫烟见了,扭头对姚紫芸说道:"姐姐你看,张哥哥对曼琳姐多好,他们的爱情多么浓厚。"

姚紫芸笑道:"可不是,看了真让人羡慕。烟妹将来嫁人,也要嫁张哥哥这样的人。"

白少飞站起身,夹了一块鸡片放在她碗里,恭恭敬敬地说道:"太太,请用膳。"

白曼琳笑道:"紫烟妹妹你看,我大哥和大嫂的爱情也一样浓厚。"

姚紫芸看着白少飞,笑道:"瞧你,我和妹妹开玩笑,你掺和什么。"

姚紫烟伏在姚紫芸肩上,笑道:"姐夫对姐姐真好,我要是有了男朋友,一定让他向姐夫学习。"

"学他?"姚紫芸笑道,"那可学不出好来。"

白少飞双手一摊,故意叹了口气,"哎,我就一点优点没有吗,真是失败。"

大家都被逗笑了,苏婉约也忍不住笑,一边笑,一边暗想:假如三哥在这里,气氛也许会更加热闹吧。

不断地有客人来向新婚夫妇敬酒,表示祝贺,因为人多,白曼琳没有喝酒,只喝了一点果汁,张一鸣倒不推辞,每次道了谢都是端着酒杯一饮而尽,白曼琳怕他喝醉了,低声劝阻道:"你少喝一点,这么多客人,你会醉的。"

他一笑:"你放心,我不会醉。"

他今天倒真有点千杯不醉的气势,喝了那么多酒,除了脸有一点微红之外,毫无醉意。午宴结束后,大部分客人告辞,留下来的客人被请到楼上,喜欢跳舞的到舞厅里跳舞,不喜欢跳舞的到娱乐室打牌或者打台球。新婚夫妇在舞厅陪着客人跳舞,人逢喜事精神爽,张一鸣满脸喜悦,人也活跃了许多,和自己的新娘跳了第一曲之后,他彬彬有礼地逐一邀请女宾跳舞,连胖得像木桶一样的金太太和满脸雀斑、丑陋难看的杨小姐也邀请了,客人恭维他,向他表示祝贺,他不时报以爽朗的笑声,整个人好像一下子年轻了10岁。和女宾们跳完,他回到白曼琳身边,她正和黄可强在一起说话,见他来了,问道:"你今天喝了那么多酒,不要紧吧?"

他笑了笑,低声说道:"没事,你不用担心,我喝的是水酒。"

她不解地问:"什么水酒?我好像没听说过。"

"就是水加酒,80%的水,20%的酒,是我这位伴郎给我准备的,也是他哥哥、我那老同学黄可祥教他这样做的。"

她说道:"到底是老同学,黄先生真关心你。"

"我哥是怕张将军喝醉了入不了洞房,他自己结婚的时候就是喝多了,醉得不省人事,抱着枕头睡了一晚,他怕张将军重蹈覆辙,新婚之夜也抱着枕头睡觉。"黄可强笑道,"春宵一刻值千金,如果张将军今晚不抱着新娘子睡,去抱枕头,浪费良宵不说,只怕新娘子也不依。"

白曼琳羞得满脸通红,又不好说他,这时乐队又开始奏乐,张一鸣带着她进入舞池,搂着她的腰跳了起来。这一曲是华尔兹,白曼琳说道:"别跳得太快了。"

"累了吗?"

"不是。你不记得我们第一次跳舞的时候了?你带我跳华尔兹,跳得太快,转得我头都晕了,差点摔倒。"

张一鸣当然记得,想起当年苦心积虑地追求她,她却傻乎乎地不断给自己推荐女朋友,不禁忍俊不禁:"放心吧,以后绝不会再发生了。你已经是我太太,我没有那样做的必要了。"

她不解地望着他,"你这话是什么意思?"

"现在可以跟你说实话了,那一次我是故意的,你身边围的男人那么多,我不这么做,能够和你单独在一起,让你有机会了解我吗?在夹缝儿里傻等可不是我张一鸣的性格,我宁愿主动出击。"

她恍然大悟:"原来你蓄谋已久。"

"就算是吧,"他得意地笑,"你现在已经是张夫人了,这证明我的战术是正确的。"

她嗔道:"瞧你这副得意忘形的样子。"

"我得意也应该呀,"他念了一句,"遥想公瑾当年,小乔初嫁了,雄姿英发。"

她见他自比周瑜,把她比作小乔,倒也满意,笑道:"你呀,就别发酸了,再酸可以把你补进《儒林外史》了。"

晚饭之后,客人大部分告辞,只有少数跟着新婚夫妇返回梅园闹新房,他们的新房就设在白曼琳以前的房间里,以前的闺房现在已经装饰一新,正中的墙壁上挂着两人的大幅半身结婚照,照片中张一鸣身着戎装,志得意满,白曼琳穿着旗袍,纯洁得像一朵百合花,房间里点着漂亮的宫灯,还放着几个大烛台,燃着红色的蜡烛,到处都点缀着鲜花,还有松枝,房间里充溢着花香和松枝清新的味道。闹洞房的人不多,除了一些有汽车的,剩下的就是住在白家的远道而来的客人。

好容易等闹洞房的宾客告辞,白少飞安排留宿的客人到客房睡觉,张一鸣和白曼琳手挽手把准备驱车离去的客人送出大门,吩咐老庄打着灯笼把他们送到公路上去。等他们走了,张一鸣关心地问道:"累了一天,你觉得怎么样?身体没什么吧?"

白曼琳吁了一口气,伸手抓住他的胳膊,说道:"没什么,就是脚痛死了,这双鞋的鞋跟太高,在部队里穿惯了皮靴,穿高跟鞋有点不适应了。"

他听了,二话没说,伸手就把她抱了起来,她轻轻地叫了一声:"表哥。"

"你还叫我表哥?"

"不叫表哥叫什么?"她想了一下,"我就叫你鸣哥好不好?"

"也好。"

"鸣哥,不管过了多久,你都会像现在这样抱我吗?"

"当然。"

"我老了你也会吗?"

"会,除非那时候我已经老得抱不动了。"

他把她一直抱回新房,此时已是夜阑人静,他把她放下,关上房门,问道:"你现在感觉怎样?"

"感觉很幸福,很快乐。"

他微笑了,将她搂进怀里,说道:"我会让你永远幸福,永远快乐。"

她也笑了,笑得很可爱。"如果将来有一天,你变心了呢?"

"那就让炮弹落在我身上,把我炸成碎片。"

"别这么说,"她慌忙阻止他,"我刚才开玩笑的。"

"我知道你是开玩笑,可我是认真的。琳儿,能够娶你,我张一鸣此生无憾。"

"我能够嫁你,也同样无憾。"

两人情意绵绵地说了一会儿话,然后才各自沐浴更衣,准备睡觉。张一鸣换了一件绸袍,靠在床上,此时夜已经很深了,但他仍处于兴奋之中,毫无睡意,只觉得浑身的力量正在涌动,正在积聚。等了一会儿,浴室门一响,白曼琳出来了,已经变了一副模样,长长的鬈发散开了,像瀑布一样在身上流淌。身上穿着粉红色的软缎睡裙,贴身的睡裙勾出了动人的曲线,低低的领口露出了白腻光滑的肌肤和一道诱人的沟壑。她看着他,目光中有期盼,有羞涩,也有一点紧张,抹了口红的小嘴更加丰满和红润,嘴角依然挂着一抹微笑,似乎在等待他的亲吻。

张一鸣呆住了,相比平时,此时的她更显得娇媚可人,风情万种。他的心怦然乱跳,身子像遭电击般的战栗了一下,周身的血液都在沸腾,一种激情在他的血管里膨胀,他感到浑身发热,躁动不安。

她站在浴室门口不动,羞怯地看着他,他跳下床,走到她面前,只见烛光中她的双颊酡红,眼波流转,娇羞妩媚,美得就像一个梦,即使她真是梦,他毕竟也美梦成真了。他心神激荡,伸出双臂,紧紧地搂住了她的纤腰,她则抬起了胳臂,踮起脚尖,将手臂环抱着他的脖子,仰起头望着他。她的身上、头发里散发着芳香,嘴里呼出温润香甜的气息,光滑的软缎睡衣摸上去极为舒服,这一切都激荡着他的心。他低下了头,把他的嘴压在她的嘴上,一边拼命地吻她，一边热烈地抚摸着她，她柔软的身子在他的手下微微颤抖着，不知是紧张还是激情难抑。这使他的血液更加沸腾起来，深藏的欲望被完全激发了，压抑多年的情焰像烈火一样熊熊燃烧了起来。这些年来他一直渴望得到她，不单是她的心，她的灵魂，还有她的身体，彻底地拥有她。在他心中，她就是上天特地为他而创造的，是专属于他的，就像他也专属于她一样。他终于把她抱起来，大步地走向新床，这才是他渴望已久的时刻。

第二十九章　桂林的蜜月

啁啾的鸟叫声把张一鸣吵醒了，他睁开了眼睛，此时天已大亮，阳光透过浅色的薄纱窗帘射了进来。他看了一眼挂钟，指针已经指向8点钟，最初的一刹那，他有些惊讶："糟糕，竟然8点钟了，我怎么睡过头了。"

但他很快意识到自己不在军营，是在重庆，而作为新郎，新婚的第二天早上睡睡懒觉应该无可厚非。他扭头看着他的妻子，白曼琳侧身睡着，正好呈现出完美的曲线，回想起昨夜那令人销魂的一切，他的嘴角不由自主地现出惬意的笑容。

她的一只手还放在他的胸膛上，他不想惊醒她，轻轻地将她的手从胸膛上拿开，刚坐起来，还没下床，她已经睁开了眼睛。"啊，天已经亮了，你醒了多久啦？"

"我刚醒，本来不想吵醒你，没想到还是把你弄醒了。"

她看了看墙上的挂钟，"才8点钟，为什么不多睡一会儿？"

"我醒了就睡不着，你睡吧。"他伸手拨开她脸上的一缕柔发，又低下头，在她脸上温柔地吻了一下。

她心满意足地笑了。"我也不想睡了，我们商量一下好不好？"

他重又躺下了，"商量什么？"

她偎倚在他身边，说道："商量去哪里度蜜月。"

他把她搂进怀里，抚摸着她肩头上光滑的肌肤。"不是说好了去峨眉山吗？"

"爬山太累，我不想去了。"

"那你想去哪儿？"

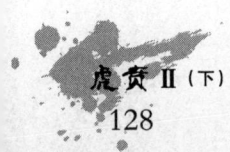

"桂林。"

"怎么突然想到要去桂林？"

"我二舅上个礼拜才从桂林回来，他劝我到那里去度蜜月，说那儿的风景美极了，到那里度蜜月很不错。你看怎么样？"

"桂林嘛，我也是久闻其名，不过一直没有机会去。既然你想去，那我们就去吧。再说广西是桂系的地盘，我和桂系的人交往不多，正好可以免掉许多交际应酬。"

"那就更好了，我们可以无拘无束地游玩，开开心心地度一个蜜月。"

当天晚上，张荣琰便乘飞机离开重庆去了湖南，张一鸣已替他联系了中央军校在湖南的武冈分校校长李明灏，李明灏听说这个少年特地从海外回来报国从军，非常赞赏，同意让他插班就读炮科，并答应一定多加照看。张一鸣到机场送这个小兄弟上了飞机，表示会经常给他写信，也会抽空去武冈看他。

3日早上，张一鸣带着他的新婚妻子搭乘一架军用飞机到了桂林，按照白曼琳二舅的介绍来到市区一家上等旅馆，要了一个套间，伙计领他们来到房间，把他们的行李提进去。放好行李，两人商量早饭吃什么，伙计听了，建议他们到老字号"又益轩"去吃桂林有名的马肉米粉。

为了不引人注目，张一鸣仍然没穿军服。他穿着白色西裤，白色衬衫，黑色西装背心，为了不让人认出他，他还戴了时髦的墨镜，一副翩翩佳公子的模样，白曼琳穿着玫瑰色织锦旗袍，白色细毛线编织的镂空短背心，美得像一朵初开的玫瑰花。两人挽着手走在街上，引得行人频频回顾。他们一面走，一面观看街景。桂林南通海域，北达中原，一直是广西政治、经济、文化的中心，抗战爆发以后许多机关、学校、企业、伤兵医院和难民经桂林西迁躲避战争，有些干脆落脚此地，给它带来了空前的繁荣。街上热闹非凡，市民、难民、童子军、穿着长衫的文化人和穿着衬衫、佩着证章的公务员来来往往，不时还有载着辎重物资或者军人的卡车、马车，全副武装的步兵、骑兵穿过城区。

在一个十字路口，三个年轻的女兵说笑着，亲热地挽着手过街，女兵们的相貌一看就是广西本地人，而且从军服的颜色、式样上看，也隶属于桂系军队。

"鸣哥,"白曼琳看着那三个女兵,问道:"你听说过广西女子兵团吗?"

　　"听说过。女子兵团是李宗仁在抗战爆发后成立的,他让她们像男人一样接受正规训练,后来随广西军开赴徐州参战。"

　　"你见过她们吗?"

　　"没有,我没参加过徐州会战。"

　　"我见过她们。"

　　"哦,你在哪儿见过?"

　　"是在武汉的时候,当时她们全部全副武装,列队穿过大街到火车站,准备乘火车到徐州前线,那天整个武汉都被轰动了,道路两边挤满了人,人们自发地去欢送她们,很多人感动得都哭了,只是她们后来怎样就不知道了。"

　　"还能怎样?"张一鸣声音很沉重,"听说到了徐州,一上前线女子兵团就和日本人遭遇了,这些女兵还真的不怕死,像男人一样同敌人作战。老实说,我不赞成女人像男兵一样到第一线作战,毕竟女人不如男人……"

　　白曼琳打断了他的话:"你这话有点轻视女性吧?"

　　张一鸣摇摇头:"我没有轻视女性的意思。你不是想知道女子兵团怎么样了吗?我告诉你吧,她们在徐州前线和鬼子遭遇了,展开了一场血战,远距离作战还看不出什么,可是肉搏战一开始,劣势就明显出来了,女人无论怎么训练,臂力终究比不上男人,何况日本兵也都训练有素,拼起刺刀来她们根本没有还手的余地,日本人听到她们的惨叫声才发现全是女人。鬼子就是鬼子,并不因为他们是女人就手软。附近的部队听到女子兵团和鬼子遭遇以后,全力驰援,赶跑了日本人,才把她们救了下来,但她们已经没剩下多少人了。这一仗过后,李宗仁宣布解散女子兵团,剩下的女兵们被安排到了医院或者宣传队。"

　　"真没想到,女子兵团竟然是这样的结局。"

　　"你现在明白我反对女子到一线作战不是轻视女性了?"

　　白曼琳没有答话,想到那些年轻的广西姑娘怀着一片报国热忱从温暖的南国长途跋涉到遥远的北方,只一战就香消玉殒,埋骨他乡,她感到非常难过。

　　他们身后传来沉重的隆隆声,同时脚下的地皮也在震动。"坦克",张一鸣立即回过身,果然看见有几辆坦克正驶过来,脚下的震动也越来越厉害。

他站着不动,两眼紧盯着那几辆坦克,像痴情男子看见了梦中情人一样,一直目送着它们从身旁驶过,最后从视线里消失为止。

"这是德国的Ⅰ型坦克,我在德国军队实习的时候驾驶过,那时候我的梦想就是将来能当个坦克师师长,而且是重型坦克师,我会率领着这些钢铁怪物横扫千军。"他感叹道:"不知道我的部队什么时候才能有坦克,眼下我国只有第5军才有坦克,可是也没有重型坦克。"

"我知道第5军,他们在昆仑关打了一个大胜仗,报纸上报道过,还打死了日本的一个将军。"

"是中村正雄中将,中村旅团很强悍,号称'钢军',第5军这一仗可是打出名了。如果我有坦克部队,哪怕给我一个轻型坦克旅,"张一鸣自信地说道,"我也可以和日本人硬碰硬地打攻坚战。"

到了"又益轩",那里几乎座无虚席,马肉米粉为桂林一绝,游客来此都要品尝一番,加上抗战以后人口剧增,所以更加畅销。两人等了一会儿才在一个角落里找到一张桌子。

伙计上来问他们要吃什么粉,两人都说要一碗马肉米粉。伙计笑道:"二位是第一次来桂林吧?吃米粉一碗可不行。"

"为什么不行?"白曼琳以为他店大欺客。

伙计笑着指了指旁边的桌子。"你看看那碗。"

白曼琳一看,原来那碗只有茶盏大小,底子又浅,一碗只够尝尝味道。"这碗怎么跟个小杯子似的?"

"碗小可以多吃几种味道。我们这里的米粉种类很多,不仅有马肉粉,还有螺蛳粉、牛腩粉、三鲜粉、卤菜粉、酸辣粉,样样都好吃,两位要不要每样来两碗?"

"每样两碗,太多了。"

"不多。你们小姐家我不好说,不过这位先生,我敢打赌吃不饱,还得再添。"

"好吧,那就每样来两碗。"

伙计陆续端来了十二碗米粉,林林总总地摆了半张桌子。这种米粉薄而均匀,色泽白亮,两边稍稍向里卷曲,白曼琳端了一碗马肉的,米粉上面放有几片薄薄的马肉和几粒油炸花生米,拌着辣酱,白曼琳夹了一箸入口,米粉柔韧、细嫩、软滑,确实爽口。"嗯,味道还不错。"

张一鸣尝了一口,说道:"味道是不错,就是每碗太少了,吃起来麻烦。"

那碗确实太小,白曼琳每碗尝了尝就吃了六碗。张一鸣笑道:"我要是告诉别人,说你早饭吃了六碗,人家准以为我娶了一头小猪。"

她只冲着他吐了吐舌头,又点了一碗酸辣粉。

这一天,他们就在市区游玩,游览了榕湖、杉湖,攀登了独秀峰。傍晚,两人在一家酒店吃过晚饭,回到旅馆,商量起第二天的行程,决定去游漓江,张一鸣让旅馆的伙计去给他们包了一个竹筏,约定第二天一早就出发。第二天天刚蒙蒙亮他就醒了,白曼琳还像猫似的蜷缩在他怀里,沉沉地睡着,他推了推她,她迷迷糊糊地"唔"了一声,不肯起来。他抓着她的脚,轻轻地挠她的脚心,她觉得一阵奇痒,立刻咯咯咯地笑醒了,醒了不依,非要挠回来不可,两人嘻笑了一阵,这才换好衣服,洗漱一番准备出去吃饭。

白曼琳走到窗边,拉开窗帘,只见外面淅淅沥沥地下起了小雨,对张一鸣说道:"下雨了。"

"下雨好啊,听说雨天看桂林山水,景色更美。"

他们就在旅馆吃早饭,伙计帮他们预定的那个竹筏主人早就来了,是个三十多岁的汉子,披着蓑衣,手里拿着一顶竹笠,他坐在门口,耐心地等着两人。吃完饭,雨仍然在下,张一鸣向伙计借了把油纸伞,夫妻俩打着伞,跟着那汉子前往漓江。

出了城,穿过一个竹林,他们就看到了漓江,在烟雨中,漓江对岸山色空濛,清澈的江水缓缓流淌,江心停着一只竹筏,一个戴着竹笠、披着蓑衣的渔翁站在筏上,正抓着一只黑色的鱼鹰,让它把捕到的鱼吐出来,整个景色宛如画家的水墨山水。

汉子指着江边停着的一只竹筏说到了,那是一只绿色的竹筏,静静地浮在水面上,随着水波轻轻荡来荡去。竹筏正中用竹竿撑起了一个茅草棚子,棚下放着一张小桌子,几把竹躺椅。

张一鸣牵着白曼琳的手,跟着汉子上了竹筏,竹筏上还有一个30岁左右的女人,也是竹笠蓑衣,应该是那汉子的妻子,她笑着招呼两人到棚子里坐下,然后汉子拿起插在筏边的竹篙往岸上用力一撑,将竹筏撑离了江岸。

一路上,只见漓江两岸山清水秀、洞奇石美,竹筏宛如在画中行走,那千姿百态的奇山幽谷,不仅充满了诗情画意,而且很像放大了的假山盆景,令人迷醉神怡。而在潇潇雨雾之中观看这些山水,更让人飘飘然如临仙境。白曼琳拿着相机拍着,一面感叹道:"江作青罗带,山如碧玉簪。这里简直就是人间仙境,生活在这里的人们,也许还不知道战争是怎样的残酷吧。"

"哪能不知道,我就亲眼见过日本飞机打死人。"汉子插话了,"我们村的阿贵和他的儿子就是被日本飞机打死的。你们说说看,这还有天理吗?两个人好好地耕田,赶着牛耕田,日本飞机从上面过,哪里招它惹它了,半空就打枪。我幸好到树底下喝水去了,不然的话,被不被打死就难说了。日本飞机走了,我跑过去一看,啊哟,两个人全倒在田里了,还有那头牛,多好的一条大耕牛呀……田里水都红了。"

白曼琳叹道:"我以为这样风景如画的地方应该是世外桃源了,想不到一样笼罩在战争的阴影下。"

张一鸣说道:"人为刀俎,我为鱼肉,谁叫我们没有制空权。"

一路前行,只见漓江两岸全是一丛丛的翠竹,绵延不绝,绿竹经过雨水的洗礼,青碧若滴,此刻雨已停了,太阳升上了天空,灿烂的阳光照得两岸的绿竹犹如闪亮的翡翠长廊。白曼琳见了,惊喜不已,走出茅棚去看。张一鸣看了,暗自喝了声彩,她穿着乳白色旗袍,旗袍左下角绣着一枝红梅,在身后碧绿的竹丛映衬下,简直就是一幅天然的美女图。白曼琳一扭头,看他盯着自己,笑道:"你不看风景,看我做什么?"

他只是笑笑,没有回答,拿起桌上的相机取景,给她拍了一张全身照,然后和她并肩站着,一起欣赏两岸的风景。

接近中午,竹筏在一个村子附近靠了岸,船主说他要上岸去买点东西,那妇人就在竹筏上面开始生火煮饭。张一鸣和白曼琳也上了岸,随便找了一条小路慢慢往前走,一路欣赏着沿途的风景。

他们穿过岸边的竹林向前走了一阵,到了一座不知名的山脚下,山上长满了松树,林木葱郁,风景十分幽静。两人顺着一条小路向山上走去,一路上,风吹着树叶不停地沙沙作响,道路两旁的深草,随着风势,一阵一阵的,像波浪一般起伏。到底是南方,这个季节,草里仍然还有一丛丛盛开的野花,因为被雨水浸润过,显得异常娇艳。一些黄色和白色的蝴蝶,振着翅膀,在花丛里乱飞。他们走了约莫有一里之遥,到了一个山谷中。山谷的两面绿树丛生,枝叶纠缠在一起,遮得如绿顶一般,一点阳光也不曾漏下。

这里的环境清幽,杳无人烟,一路上他们没有见到一户人家,也没有碰到人。又往前走了一阵,他们身后不知什么时候跟来了三个男人,张一鸣一开始并没在意,但渐渐觉得不对劲了,这三个人一直跟在后面,他快他们就快,他慢他们也慢,始终不即不离地跟着,他低声对白曼琳说:"后面有人在跟踪我们。"

"是什么人?"

"不知道,不过我会弄清楚的。我先告诉你,让你有心理准备,一会儿不管发生什么事情都别害怕。"

"别担心,跟你在一起,我什么都不怕。"

两人镇定自若地继续往前走,走了一阵,到了一处平地,除了他们和身后的尾巴,依然没有其他人影,四周安静极了,只听到他们踩在落叶上的脚步声。那三个男人开始加快脚步,有两个迅速从他们身边掠过,到前面拦住去路,另外一个留在后面,防止两人跑掉。

"两位,对不住,打扰一下,有件事要跟两位商量商量,我们弟兄这几天手头有点紧,想跟两位借几个钱花花。"一个满脸麻子的男人笑嘻嘻地开了口。

张一鸣听他这么说,知道他们不过是三个强盗而已,放心了,他对付他们轻而易举。他故意装作不懂,"我又不认识你们,为什么要借钱给你们?"

"少啰唆,快把钱拿出来,不要敬酒不吃吃罚酒。"另外一个身体粗壮、满脸络腮胡子的男人凶神恶煞地嚷道。

张一鸣双手抱在胸前,淡淡地说:"我不喜欢吃酒,不管敬酒罚酒都不吃。"

"你跟我装什么傻,"络腮胡子摸出一把长砍刀晃了晃,"快把钱拿出来,快点,不然一刀砍了你。"

张一鸣见他动了刀,心下乐了,他从小经过外公培养,刀术和拳脚功夫都不错。在基层任职的时候,他经常率队冲锋,亲自和敌人近身搏斗,当了师长以后,肉搏的机会很难得了,有时手痒想和下属切磋一下,但不管他怎么要求,人家也不敢尽全力,就连武功极好的赵义伟也常常故意输给他,让他感觉没劲。如今机会来了,他决定把这三个劫匪好好教训一番。

"钱我有,但我就是不给。"

络腮胡子气得涨红了脸,挥着刀吼道:"你他妈的还当真要钱不要命了,你是不是认为老子不敢杀你。"

麻脸汉子见张一鸣脸上毫无惧色,态度不愠不火,好像根本没把他们当回事,心里不免有点打鼓,摸不准他究竟是什么人,但转念一想,他孤身一人,还能对付得了他们三个?况且此人又是个好色之徒,见白曼琳如此美貌,早就心痒难耐,顾不得许多了,笑嘻嘻地说道:"你不给钱也行,让你的女人陪我睡一觉,我就……"

张一鸣脸色一沉,动手了,麻脸汉子还没反应过来,就被他一拳打在下巴上,仰面倒地。这一拳力量不小,顿时将那麻脸汉子的下巴打脱了臼,他痛得捧住脸,口里发出模糊不清的呻吟。张一鸣随即把白曼琳推到一边,准备对付余下的两人。络腮胡子挥着刀,号叫着冲了上来,对着他的头部猛砍,他见对方竟然动了杀机,觉得对这种恶棍不必手软,当下灵活地躲过这一刀,然后左手抓住络腮胡子的手腕,右手手肘在胳膊上使劲一磕,折断了他的胳膊,又在他的肚子上狠击一下,络腮胡子号叫着倒在地上打滚,再也爬不起来了。

后面的那个人手里拿的是一根木棒,他冲到张一鸣身后,抡起木棒要打,白曼琳早捡了一块石头捏在手里,见此情景,一面大叫"小心背后",一面把石头朝着那人的脸上使劲砸了过去,那人忙不迭地跳开,躲过石头。张一鸣其实早就对身后这人有了防备,白曼琳刚一喊,他就已经转过了身,她砸那一块石头帮了倒忙,那人躲避的时候,也躲过了张一鸣雷霆般的一击。

张一鸣双手叉在腰间,下巴朝着他一抬,说道:"来呀,再来。"

那人看看他,又看看在地上翻滚哀号的同伙,一动也不敢动。张一鸣向前走了一步,说道,"过来啊,怎么不来了?"

那人转过身,没命地飞跑,张一鸣仰起头,放声大笑:"懦夫!"

他又对地上的两人说道:"怎样?还来不来?"

两人挣扎着爬起来,忍着痛跪在地上,络腮胡子哀求道:"不来了,不来了,请先生饶了我们。"麻脸汉子说不出话,只能拼命摇头,嘴里发出咿咿唔唔的声音。

张一鸣双目如炬:"饶了你们,好让你们再出来为非作歹?"

"我们不敢了,再也不敢了。"

"今天就算给你们一个教训,你们以后好好做人,我下次再碰到你们作恶,我就要了你们的命。"

络腮胡子急忙说道:"我们一定好好做人,好好做人。"

"还不快滚!"

麻脸汉子赶紧扶着络腮胡子,一路呻吟着走了。

白曼琳又捡了一块石头捏在手里,见他们走了,将它扔了出去,说道:"这么快就完了,这块石头白捡了。"

张一鸣摇了摇头,遗憾地说道:"我还准备大打一场,没想到这几个小毛贼一点都不经打。"

两人又沿原路回到竹筏上,船家夫妇已经把饭菜做好了。饭是竹筒饭,用新砍来的竹筒蒸制,雪白的米饭带着一股鲜竹的清香,菜有韭菜辣味虾、酸笋鳅鱼仔、溜白菜、酸辣汤。虽说都是当地的家常菜肴,但鱼虾是新捕的,韭菜、白菜据那妇人说是她自己种的,早上才从地里摘下来,吃起来又鲜又嫩,非常爽口。张一鸣喜欢吃鱼,在这些菜肴中,他最喜欢那道酸笋炒鳅鱼,那菜又酸又辣,使他大开胃口,整整吃了一大竹筒饭。

白曼琳笑道:"你吃了这一筒饭,成了什么?"她故意把筒字的音念得很重。

"该打,"他听懂了她的意思,举起筷子在她手背上轻轻敲了一下,"你竟敢绕着弯子骂我是饭桶。"

她咯咯地笑,他叫道:"好啊,你还得意。"然后压低了声音说了句德语:"等晚上看我怎么惩罚你。"

她听懂了,顿时脸一红,似笑非笑地横了他一眼。

竹筏一路前行,到了一处浅滩,那妇人对他们说道:"望夫石到了。"

白曼琳好奇地问道:"什么望夫石?"

妇人告诉他们:"传说在古时候,有一对年轻夫妻帮人撑了一只大船去桂林,经过这里,遇到滩上的水太浅了,船搁浅了,不能往前走,只好在这里等,等着涨水了或者有别的船来帮忙再走。丈夫把仅有的一点米全给妻儿吃了,自己忍饥挨饿,盼着别的船来,可是等了好几天也没有一艘船路过,水也不见涨。再不能走一家人就得饿死在这里了,男人着急了,就到山上去看,希望能看到有船过来,好救他们一家人的命,他望啊望啊,可是连一艘船的影子都没见着,他一着急,竟然变成了石头人。女人在船上左等右等,不见他回来,就背着小孩去寻找他,爬到那个山顶上,喏,就在那里,"妇人指着前方的一座大石山,"女人看到她男人已经饿死了,变成了石头人,伤心极了,也跟着变成了石头人,所以叫望夫石。"

听着这个传说,白曼琳情不自禁地抬头仰望,只见山上有两块巨大的石头,顶上的石块像个男人,半山腰的那一块则如同一个背着小孩的妇人,联想起那个故事,不禁说道:"真感人。"

看了一会儿,她问张一鸣:"鸣哥,我们将来死了,你愿意变成什么?"

"我也变成石头,立在你的墓前当石碑,永远陪着你。"

"不要变石头,太没生趣了,还是变成蝴蝶吧,我们就像梁山伯与祝英台一样,在花丛里,在草地上自由自在地双栖双飞,多快乐。"

"我们现在不快乐吗?"

"我快乐极了,幸福极了,你呢?"

"那还用问吗,我一生从没有像现在这样快乐过。"

"我真希望我们能够永远留在这里,远离战争,远离痛苦,就我们俩,快快乐乐地过一辈子。"

他沉默了一会儿,说道:"琳儿,我娶了你,却连一个安稳的家都无法给你,恐怕很长一段时间你都得跟着我过一种吃苦受累、漂泊无定的生活,有时候想想真觉得对不起你。"

"你说这些作什么,"她把目光从望夫石上收回来,回头对着他嫣然一笑,"你知道我是心甘情愿地嫁你的,也心甘情愿地过这种生活。"

他握住了她的手,"我发誓,等战争结束,我一定给你一个安稳舒适的家,我会在家好好守着你。"

"到时候我们在南京买一块地修房子,最好就在我家附近,我可以随时回家。"她一脸的憧憬,"房子我想要维多利亚式的,简洁朴素,花园要大,有草坪,花圃,网球场,还要有一个人工的小湖,我们可以在湖上荡舟,多浪漫!"

"好,我答应你,我一定给你一个这样的家。"

日复一日,他们俩无忧无虑地徜徉在桂林的山山水水中,有时候骑着租来的马,驰过碧绿的田野和古老的山间小镇;张一鸣天性就爱冒险,喜欢攀登峭壁,或者在狭窄的陡路上行走,白曼琳的身体还处在调养期中,不能陪着他做这种太费体力的运动,便守在一旁,笑嘻嘻地看着他在山麓或峡谷间攀爬,心里满是得意和满足。

这些日子,两人缱绻难分,沉浸在新婚燕尔的幸福之中,特别是张一鸣,十几年血与火的戎马生涯,一个人经历了那么多的人生波折,如今终于娶到了一个美丽善良、善解人意的姑娘和他相伴终身,她不仅是他的妻子,也是他的红颜知己,所以他的快乐和幸福是发自内心的,他完全陶醉在妻子似水一般的柔情和温馨甜蜜的生活氛围里。他全身心地沉浸在难以言喻的巨大欢乐之中,心里充满了对妻子的激情,除了让她高兴,满足她的愿望之外,他就没有其他任何需求了。

对于白曼琳来说,她同样爱她的夫君,也真心希望他快乐。她的夫君是一个将军,一个国人心目中的抗战英雄,能嫁给这样一个人,她感到非常满足。有他在身边,除了幸福之外,她还感到安全,她知道无论处在什么险恶的环境,他都不会将她弃之不顾。有这样的人做丈夫,她的生活里再不会有困难、挫折,更不会有什么邪恶的东西能伤害她。

虽说蜜月生活确实令人陶醉,但两人也不能在桂林待一个月,因为张一鸣不能离开部队太久,所以两人在桂林仅仅待了五天就返回了祁阳。这五天里,两人每天一早手挽手出去游山玩水,傍晚回城,下馆子,看话剧,晚上相拥而眠,快乐得就像在梦境里一般,而那时间也像做梦一样,不知不觉地溜过去了,只给两人留下了足以回味一生的记忆。

第八篇

世界风云

第三十章　美国参战

12月8日,天刚蒙蒙亮,新婚夫妇坐上从祁阳赶来接他们的汽车,离开了桂林。下午,汽车到达祁阳城外,只听见城里传来热烈的欢呼声和噼噼啪啪的爆竹声,白曼琳诧异道:"今天是什么节日？怎么这样热闹?"

"今天不是节日,平时过节也没有这么热闹。"

进了城,只见满街的人,不管男女老幼,不管军人平民,脸上无一例外都带着欣喜的表情,在兴高采烈地说笑、欢呼,白曼琳福至心灵:"该不会是战争结束了吧？"

这时,几个小学生背着书包,追逐着从他们旁边跑过,其中一个挥舞着一面小小的国旗,一面大声喊着"开战啰,打日本鬼子啰",其他几个也齐声附和"打日本鬼子啰"。

"打日本鬼子?"白曼琳莫名其妙,"我们不是一直在打日本鬼子吗?"

张一鸣也是满腹狐疑,他看见前面的天主教堂门口,有几个人正围着神父在说话，便叫司机把车开过去。那位神父是奥地利人，在中国传教二十多年，已经成了中国通，起了个中国名字叫王明德，平时和张氏夫妇来往密切。司机把车在教堂前面停下，张一鸣推门下车，朝神父走去。

神父看见他过来，便走下台阶，说道："张将军，这一下第二次世界大战全面爆发了。"他说的是德语，和张一鸣在一起，他都用德语，他说这让他想起了故乡奥地利。

张一鸣问道："神父，究竟发生了什么事情？"

"怎么张将军你还不知道吗？"

"我不知道，我刚从外地回来，一进城就发现这样热闹，到底是什么事情让你说第二次世界大战完全爆发了？"

神父说道："夏威夷时间7日凌晨6点钟，我们这里就是昨天晚上，日本海军没有宣战，突然袭击了美国在太平洋的海军基地，夏威夷的珍珠港，美国海军损失惨重，已经失去了在太平洋作战的能力。"

"这是真的吗？"

"绝对是真的，我听了收音机，美国、日本、英国的广播电台都公布了这个消息。"神父懂英语，所以买了一台收音机，经常收听各国对战争的报道。"日本天皇已经发表了广播讲话，向美国和英国宣战了。我不明白，日本的钢产量只有五百万吨，为什么要同钢产量八千万吨的美国开战呢？"

"美国政府作了什么反应？"

"中午的时候，罗斯福总统在美国国会向参、众两院发表了讲演，宣布12月7日为美国的国耻日，并要求国会同意向日本宣战，国会现在正在讨论，我想通过肯定没有问题，美国很快就会向日本宣战。这下战争越打越大了。"

听了神父的话，张一鸣也不多说，立刻上车赶回家。他的新家就在军部附近，这是当地一个富商的房子，爱巢是一幢两层小楼，带有一个小小的花园，坐落在一个深宅大院里。这位富商的大院由好几个小院落组成，从大门进去之后，彼此之间各有院墙，互不干扰。那位富商钦佩张一鸣，听说他在找房子，便特地把这个小院让给他居住。小院是大院最后的院子，可以从后门直接出入，把前面的月亮门关闭之后，就变成了一个完全独立的院落了。张一鸣虽然觉得住在那里有替人把守后门之嫌，但看到院子的环境宁静幽美，室内布置还雅致，也就同意搬进去了。

一进客厅,他立刻打开收音机收听各国特别是美国的新闻。关于日本的新闻接连不断,除了珍珠港,12月7日这一天日本飞机还袭击了西方各国设在南太平洋上的所有军事基地,香港、菲律宾、马来亚……邪恶的战火在太平洋地区蔓延。终于,他听到美国电台分别用好几种语言向全球广播,"国会参、众两院一致通过了罗斯福总统的要求,美国政府正式向日本宣战。"

"太好了!"白曼琳大声欢呼,纵身扑进张一鸣的怀里,双手搂着他的脖子,高兴得直跳。"太好了!"

张一鸣也很兴奋,一把搂住她的腰,抱起来原地转了一圈,冲口对她说道:"你不是盼着回南京吗?你的愿望可以实现了!"

他不知道在遥远的英国,前法国国防部副部长、"自由法国"的领袖夏尔·戴高乐将军得知这个消息以后,也欣喜地对部下说了和他的意思如出一辙的话:"应作好解放法国的准备……"

"叮铃铃",电话铃响了起来,张一鸣放开白曼琳,过去拿起话筒,"喂。"

话筒里传来江逸涵兴奋的声音:"军长回来了?听广播了吗?美国向日本宣战了!"

"我已经听到了。志坚兄有空吗?有空的话过来聊聊。"

"我就是想和军长谈谈,我马上过来。"

江逸涵很快就来了,一张脸满是激动和喜悦,迫不及待地说道:"军座,这下好了,日本把美国拖下了水,美国和我们绑在了一辆战车上,我们不再是孤军奋战了。"

"岂止是美国,日本同英国开战,那些英联邦国家也会向日本宣战的。"

白曼琳说道:"日本人发疯了?他们这不是要和整个世界为敌吗?"

"你想想现在日本真正掌权的人是谁?你就不会奇怪了。"

"东条英机?"白曼琳知道第二次长沙会战结束后,日本首相近卫宣布内阁总辞职,由陆军大臣东条英机担任首相,宣誓组阁。

"不错,就是东条英机。他是一个激进的军国主义分子,少壮派军人的代表,他当了首相,任用的人都是些想征服世界的极端主义者和狂热分子,他们掌了权,意味着日本已经完全被激进的军人组织所控制,彻底进入了军国主义时代。"

江逸涵说道:"所以他上台才一个多月,日本海军就袭击了美国。"

"这对我们来说是好事,他越疯狂,扩张的目标越多,战线拉得越长,对我们越有利。美国是个工业大国,其生产能力惊人,它参战,日本势必把它作为主要的对手和打击目标,注意力将由中国转向整个太平洋地区,而不仅仅是我们。"

白曼琳问道:"可是美国太平洋舰队大部分军舰都被日本炸毁,战斗力已经不如日本舰队,它还管得了太平洋地区吗?"

张一鸣答道:"美国有庞大的机械生产能力,它会很快恢复过来。即使它现在还无法顾及太平洋地区,只要能把日本的兵力吸引一部分过去,减轻我们当面的压力,这已经很好了。"

江逸涵笑道:"太平洋我不关心,我只希望美国能援助我们好一点的武器,我最想的就是120毫米的榴弹炮。"

"我想的是谢尔曼坦克,装甲厚,火力猛,日本坦克跟它比,简直就是甲壳虫。"

"说到坦克,我倒想起了枪榴弹,可以直接扛在肩上打坦克,携带很方便,在步兵连里配备这种武器再合适不过了。"

"还有那种88毫米的高射炮,既能打飞机,平射起来也是又快又准,打坦克比平射炮更好。"

白曼琳抿嘴一笑:"我看你们俩干脆直接去美国军火库,什么是你们想要的直接拿。"

两人对望一眼,大笑起来。张一鸣说道:"我们真有点穷人的心态了。"

"人穷志短,马瘦毛长。"江逸涵说道,"谁叫我们什么都不如人家:士兵不如人家强壮,吃的穿的不如人家好,手里面操的家伙更不如人家先进。"

美日开战,高兴的不只是中国人和法国人,英国人同样欣喜若狂,英国首相丘吉尔一得到日军偷袭珍珠港的消息,高兴得老泪纵横,对身边的人说道:"好了!我们总算赢了。"

一年以来,丘吉尔费尽心机想把美国拖进战争,但一向奉行孤立主义的美国人不愿卷入战争的旋涡,英国媒体开足喇叭,拼命向美国人报道大不列颠拼死抵抗纳粹狂轰滥炸的景象,他也使出浑身解数,作了不少极为动情的演讲，虽然打动了很多美国人，但也只是表示同情，依旧不愿意参战。至于美国总统罗斯福，他虽然早就以敏锐的眼光看出希特勒要称霸欧洲和日本人要独占亚洲的野心，料到德日一旦得逞，下一个目标肯定就是美国，但美国的政治制度，制约着总统个人的意愿，罗斯福要让美国参战，不可能像希特勒、墨索里尼或日本军国主义分子那样，仅凭个人或几个人的意愿就可以开动国家这台巨大的战争机器。鉴于孤立主义思潮和一战所付出的惨重代价，美国民众不愿卷入战争，并掀起了"反对将美国人民的子弟送去做无谓的牺牲"的反战运动，由于国内反战情绪太高，而罗斯福又有意参加新一轮总统竞选，他不得不顺应民意，一次次向满心忧虑的父母们保证："我已经说过了，但我还要反复向你们重申，你们的孩子不会被卷入其他任何国家的战争之中。"

既然不能拂逆民意，罗斯福虽然心急如焚，也只能游说国会，极力劝说民众同意帮助那些与法西斯苦苦作战的国家。在1940年12月16日的记者招待会上，罗斯福作了一次生动的演讲："设想我的邻居失火，我家有一条浇花的水龙带，要是让邻居借去接上水龙头，就能帮他灭火。我怎么办呢，我不会在灭火之前就对他说，'老兄，这条管子我花了十五元，你得照价付钱。'那么我怎么办呢？我要十五元，我要他在灭火之后再还我水龙带，就是这样。要是火灭了，水龙带还是好好的，没有损坏，那么他会送还原物，连声道谢。要是坏了，那就用实物偿还就是了。"这次演讲足以改变世界，国会据此讨论通过了著名的"租借法案"。

丘吉尔费心费力，一心想把山姆大叔拉下水，却只争取到一个《租借法》，不免大失所望，现在日本人主动袭击珍珠港，美国人不仅再也无法置身事外，而且强烈的复仇心理会使他们同仇敌忾，全身心地投入到这一场世界性的战争中来，给反法西斯阵营增添一支强大的生力军，丘吉尔私下里甚至感谢日本人帮了大忙。

而在莫斯科的克里姆林宫，当苏军作战部长华西列夫斯基把日本偷袭珍珠港的消息向斯大林报告时，斯大林顿时两眼放光，兴奋不已："好极了，真是好极了！这群黄脸猴子干得真不赖。"

老牌的帝国主义英国和军事实力强大的苏联都快支撑不住，希望美国能够站到自己这边来，一同对付法西斯，贫弱的中国更希望美国能够帮助自己。蒋介石在 12 月 8 日凌晨接到了太平洋战争爆发的电话后,激动得难以表述自己的心情,他等这一天,已经等了四年多。拿破仑说过:上帝站在最强大的军队一边。打仗靠的是实力,没有实力,光凭一腔热血无法打败敌人,赶走侵略者,他清楚这一点,所以打从淞沪抗战开始,他就对国联寄予了一腔希望,认为日本发动侵华战争,不仅违背了国际法,也损害了美、英等国的利益,也许国联能出面帮助中国,制止日本。可是国家与国家之间,本来就是利益的交往,外国的政治家们权衡利弊,宁可牺牲掉中国,也不愿得罪日本,站出来为中国主持公道。中国孤独地抵抗侵略,咬紧牙关,靠着中国人自己的鲜血苦苦支撑到了今天。如今转机终于来了,珍珠港被炸,香港也燃起了战火,日本的对外扩张政策终于扩张到了美英头上,美英的妥协和中立纵容了日本的野心,最终让自己也成了日本垂涎的肥肉,开始毫不留情地挥刀宰割了。四年了,中国最艰难的岁月总算熬了过去,孤军奋战的状况就要扭转了。他掩饰不住内心的激动,立刻召开中央常委特别会议,做出正式对日本、德国和意大利三国宣战的决议。12 月 9 日,中国对日本宣战,10 日又对德国和意大利宣战。

中、英、法、苏等国领导人为美日开战兴高采烈,希特勒的态度却截然相反,同德国入侵苏联一样,日本偷袭珍珠港事先也没有与德国通气,希特勒得知日本偷袭珍珠港的消息后,十分震惊,对这位亚洲伙伴的行为极为忿怒,认为日本这么做简直是在发疯。他参加过第一次世界大战,忘不了美国参战对战局所起的决定性作用,而且他也清楚地看出,随着战争的持续进行,特别是东线战场,他的人力物力消耗都极大,不能再增添一个强大的敌人,而美国雄厚的经济实力和庞大的机械生产能力,尤其让他心存忌惮。所以希特勒制定的全球战略是:远和近攻,他认为德国要完成击垮苏联、制服英国、最后征服欧洲的目标,首先必须避免让美国参战,等到收拾了约翰牛和俄国熊,欧洲的目的达到以后,才能跨过大西洋去收拾山姆大叔,所以从战争开始一直到现在,他尽量不给罗斯福任何参战的借口,甚至给德国海军下了非常严格的命令,命令德国潜艇不得攻击美国船队,以免触怒美国人。如今这位日本盟友却硬生生地把美国给拖了进来,把他的战略构想完全搅乱了,希特勒气得对身边的人大骂日本统帅部的将领们都是些神经错乱的疯子。但是现在骂什么都没用了,一切已经无可挽回,德国和日本已经牢牢地绑在了一起,他别无选择。

11日,德国和意大利对美日宣战作出回应,宣布对美国进入战争状态,美国同样也对德、意宣战。珍珠港事件使世界局势发生了历史性的变化,英国向日本宣战后,加拿大、澳大利亚、新西兰等近二十个国家也陆续对日本宣战,至此,国际间形成了两个巨大的对立阵营,战争从此进入了一个新的阶段,名符其实地打成了一场世界大战,规模之大,远远超过了第一次世界大战。

第三十一章　湘北再燃烽火

张一鸣虽说结了婚,有了温馨的小家庭,但待在家里的时间并不多,身为一军之长,每天不管刮风下雨,他都得一大早起床,到军部主持升旗仪式。出门很早,回家就不早了,他军务繁忙,加上还要管理地方行政事务,应付各种应酬,也确实很难按时回家。白曼琳也理解,每天看书看报,静静地等他回来一起吃饭,有时他回来得太晚,饭菜都冷了,只能叫人拿去热一下再吃。张一鸣劝她不要等,她不听,坚持要等他回来。张一鸣也尽量推掉应酬,回家和妻子一起吃晚饭,他眷恋着温暖的小家。每天回到家,迎接他的就是妻子那张笑盈盈的脸,她会给他拿来拖鞋,帮他脱掉马靴,嘘寒问暖,如果遇到了什么高兴的事情,她还会像孩子似的坐在他的大腿上,搂着他的脖子,笑嘻嘻地讲给他听,那时候,他即使心里有烦恼也都烟消云散了。

吃过晚饭之后,如果没有下雨,两人就牵着手在花园里一边散步,一边聊天,谈诗词歌赋,谈理想人生,有时张一鸣也会跟妻子讲一些他所崇拜的中外英雄人物的故事,分析他们的性格、成功或者失败的原因。散步后照例是到书房里,各看各的书,各读各的报,或者写字,或者画画,白曼琳画画的时候,张一鸣有时也站在她身后观看,等她画完了,他就兴致勃勃地在画上题字。

总的来说,张一鸣婚后的生活是非常快乐的,他的妻子娇媚活泼,会靠在他怀里跟他撒娇,也会讲笑话逗得他哈哈大笑,在严肃紧张的军营生活之后,温暖的家庭使他感到轻松和安适。

对于白曼琳来说,自己的丈夫虽然沉默寡言,也缺乏幽默感,但他对她的宠爱是无以复加的。张一鸣很爱他的母亲,从小见到父亲对家庭漠不关心所带给母亲的巨大痛苦,心里就有了一个观念,长大以后,他决不像父亲那样冷酷无情,一定要善待自己的妻子,疼爱自己的孩子。结婚以后,他果然在娇妻身上倾注了一腔柔情,像纵容一个小孩子一样纵容她,让她无拘无束地生活,只要看到她高兴,他就觉得快乐。

但是,新婚夫妇很快就尝到了小别的滋味。12月24日,张一鸣接到第9战区长官部通知,到长沙参加25日的军级以上指挥官会议。他立刻告别妻子,登上火车赶往长沙。

会议内容非常重要,会议结束后,张一鸣不作停留,连夜就登上了返程的火车。第二天清晨,火车到达了祁阳车站。张一鸣坐在头等车厢里的沙发上,将面前的文件叠好,放进文件袋里。收好文件,他站起身,走到遮得严严实实的车窗边,将厚重的天鹅绒窗帘拉开一条缝,看了看外面,铁轨边、月台上三步一哨地站立着荷枪实弹的士兵。列车停稳后,乘客陆续下车,张一鸣从车厢下来,在警卫们的簇拥下,走出车站,上了等候在车站门口的小汽车。

司机点燃了发动机,问张一鸣:"军长是去军部还是回家?"

"去军部。"

司机"滴滴"按了两声喇叭,将车子缓缓驶离车站,向117军司令部开去。

到了司令部,那座三层的办公楼里还亮着灯,看来里面的人忙了一整夜。此刻天色逐渐明朗,楼里的灯光变得苍白而黯淡。操场上正响着嘹亮的军号声和117军军歌,旗杆上也升起了军旗。

汽车在办公楼门口停下了,张一鸣下了车,向大门走去,警卫毕恭毕敬地向他行了军礼,他还了礼,走进大门。

他径直到了二楼的办公室,他的办公室布置简单、朴实无华,墙壁上照例挂着几幅字画,正面墙上挂了一把日本军刀,那是在罗店被他打死的青木大佐的指挥刀,他决心再弄一把将官刀挂上。

他把东西放好,只带了几份文件去作战室,江逸涵、孙翱麟和参谋主任税丰都在那里,见他来了,孙翱麟说道:"军座坐了夜车,怎么不回去休息?"

"在火车上睡了一觉,不困,我想马上把会议内容告诉你们。"

"军座先坐下,喝杯茶。"江逸涵说着,拿起茶壶倒了一杯茶递给他,说道:"我刚泡的,你尝尝,这是我家乡的乌龙茶,是我的乡亲托我父亲带来的。"

张一鸣接过杯子,尝了一口,说道:"嗯,不错,有一股特别的清香。"

"军座喜欢就好,我已经给你留了一包,回头我就叫人给你送去。"

"军座,"等他喝了那杯茶,孙翱麟问道:"会上都讲了些什么?"

"首先谈了目前的国际形势,日军已经在10日占领了关岛,23日攻克威克岛。昨天傍晚,驻守香港的英军抵挡不住日军的进攻,港督杨慕琦前往日军战斗指挥官室,向38师团师团长酒井隆无条件投降。"

税丰说道:"真想不到,日本人在香港才打了18天,英国人就投降了。"

"昨天是圣诞节,"江逸涵说道,"对于英国国王来说,这可能是她收到的最坏的圣诞礼物。"

"菲律宾目前的局势也不妙。"张一鸣继续说道,"12月10日,两支日军分别从北吕宋的阿帕里和维甘镇登陆,向南挺进。20日,日军第14军在吕宋西海岸的仁牙因湾登陆,杀过中吕宋平原,直扑马尼拉。麦克阿瑟说日本海军偷袭珍珠港八个半小时后,日本飞机从台湾起飞,轰炸了吕宋岛的克拉克空军基地,美菲空军约有半数被毁。没有空军,他无法防守吕宋岛,所以麦克阿瑟宣布马尼拉为不设防城市,率军退守巴丹半岛。"

"没有空军无法防守?"孙翱麟说道,"我们没有空军,不也抗战到了现在。"

"想不到英美这样的强国竟然也败得这么快,英国要全力以赴保卫本土,精力主要对付德国,不在亚洲,失败还可以理解,可是美国不该啊。"江逸涵感叹道:"现在到处都是失利,就没有一点好消息吗?"

张一鸣摇了摇头,"没有,现在整个东南亚局势都不妙,我也不再一一叙说。我主要谈一下我们第9战区目前面临的形势。本月8日,日本在袭击珍珠港的同时,其华南方面军的第23军也由广州出发,向香港发动进攻,为了配合驻守香港的英国部队作战,军委会已对各战区下达了命令,命令各战区向当面的日军发动牵制性进攻,并从我第9战区抽调第4军和第74军南下前往广东,准备配合第4战区和第7战区的部队进攻广州,以迫使日军第23军回援广州,让日军无力攻取香港。可是根据派在日军后方的情报人员返回的情报,日本方面已经察觉到第4军和74军正向广东方向运动,日军大本营判定他们是赶去支援驻港的英军,担心中国军队会从侧背打击第23军,截断其后路,所以命令武汉的第11军先发制人,在湘北先行采取攻势,一方面可以配合第23军在香港的作战,一方面又可以对我第9战区形成严重威胁,逼迫第9战区撤回第4军和第74军。"

"这么说9战区又有大战了?"

"是的。现在日军的第11军司令官仍然是我们的老对头阿南惟几,据我们的情报部门得到的消息,阿南惟几接到了在湘北牵制我第9战区军队南下、配合第23军作战的命令后,不满意仅仅在湘北打一场牵制战,他认为,第9战区派出了两支精锐部队南下支援香港,兵力显得空虚,肯定抵挡不住日军的攻势,所以决定趁此良机,把这场牵制战扩大成一场大型会战,其作战目的和前两次会战一样:攻占长沙。"

"攻占长沙?"税丰轻蔑地说,"日本人已经打了两次了,两次都没有打下来,还嫌不够丢脸,还想来。"

江逸涵笑呵呵地说道:"正因为丢脸,所以'皇军'才急于立功,好挽回'面子'嘛。"

张一鸣笑了笑,继续说道:"这次作战阿南惟几派出了第3师团、第6师团和第40师团,另外还有2个独立混成旅团,3个支队,当然还有日本的空军,和往常一样,陆空协同作战。日军已于23日开始对新墙河一线发动进攻,阿南惟几这一次对长沙志在必得,他已经对日军各参战部队宣称,他要到长沙过新年。"

孙翱麟哼了一声,说道:"他做白日梦!"

"哎,伯卿兄不要这么激动嘛,"江逸涵依旧笑嘻嘻地说道,"他喜欢吹就让他使劲吹呗,牛皮吹得越大,到时候他越丢脸。"

税丰说道:"他倒不怕丢脸,反正他也不要脸。"

"谁说他不要脸?"江逸涵说道,"他倒是想要得很,可我们就是不给。"

"我给。"孙翱麟急忙说:"我给他一张狗脸。"

大家哄堂大笑,连张一鸣都忍不住放声笑了起来。

"军座,请你继续往下说。"江逸涵笑完了,问道:"长官部的作战计划是什么?"

"薛长官已经认真研究了阿南惟几的战术,以此制定了相应的战法来击破他的'正中直进'战术,该战法的名称就叫做'天炉战法'。"

"天炉战法?"大家想不起哪本兵书上有这个战法。

"何为天炉战法?"张一鸣解释说,"其实就是后退战战略,就是把第9战区的兵力集中在湘北地区,在日军进攻的地点逐次抵抗,在这些地区内,凡是可以通车的道路一律彻底破坏,并实施坚壁清野,让敌人找不到半点物资实行就地补充。薛长官计划把主力部队置于长沙外围,一、二线部队则把敌人一步步地引诱到浏阳河、捞刀河地区,然后集中我方兵力进行包抄,形成一个南堵北追、东西夹击的战备态势,从四面合围,使四面八方之火力犹如烈火一样,将这一地区形成一个硕大熔炉,将敌围而歼之,这就是天炉战法。"

"好!"江逸涵说道,"天炉战法这个叫法好,我们就是要把小鬼子放到炉子里烧,把他们烧焦、烧成灰,让他们灰飞烟灭。"

"志坚兄说得很形象,我们就是要把天炉看成鬼子的焚尸炉。"张一鸣称赞了一句,接着往下说道,"我现在说一下薛长官的战略方案,整个战役分成三个阶段:第一阶段是逐次抵抗、诱敌深入,消耗日军,争取在长沙周围集中兵力的时间;第二阶段是保卫长沙,用一个军的兵力死守住长沙,给前去包围进攻长沙日军的部队争取时间;第三阶段为反攻追击阶段,即对被包围在长沙周围的日军展开歼灭追击。"

"具体的兵力部署是这样的,"张一鸣拿起一根马鞭,走到墙边,用马鞭指着墙上巨大的第9战区地图,一边指点一边说,"第27集团军防守新墙河一线,日军进攻后,利用既设阵地逐次抵抗,以消耗和迟滞敌人,然后伪装败退,一直后退到汨罗江二线后,再趁机避开日军。汨罗江二线由37军和99军防守,和27集团军一样,他们也是一边抵抗,一边往后撤退,一步步把日军引诱到长沙附近的捞刀河一带,再设法躲开日军。一、二线部队在逐次抵抗时,一定要将我军保持在外线:如果日军由左翼攻击,部队可按预定计划抵抗;如果日军由右翼攻击,部队则主动撤退到左翼,再伺机撤退到右翼,防止我军陷入内线而失败。而日军包围进攻长沙时,则由第10军坚守长沙。第9战区其他部队则在离长沙较远的地方集结,保持外线机动有利态势,等日军攻击长沙,被第10军完全吸引住后,各方部队再迅速向长沙靠拢,形成强大的包围圈,从外围将包围长沙的日军再包围起来,然后像天炉合上了炉盖一样,一举将其歼灭。"

孙翱麟看着地图,说道:"这个战法很好。"

张一鸣说道:"战法的确很好,但也有很大的冒险性,整个作战,每个环节环环相扣,一个环节出错,整个计划就完了,如果在最后决战的时候出错,后果更是不堪设想。所以薛长官要求决战的时候,外围的部队一定要把敌人围住,里面的部队要不惜一切代价顶住,绝不能让敌人占领长沙。这一仗能否按计划进行,主要在于两个关键环节,第一个环节是我方诱敌深入时,后退的时机要把握好,既不能让敌人起疑心,又不能没到预定位置就让敌人追上,更不能被敌人包围。各军在到达决战地带之前,要巧妙地将大部队撤到外围,绝不能让日军也跟着来到外围,留下的少数兵力则继续吸引日军前行到达决战地带;第二个环节是长沙一定要坚守住,一直坚守到外围部队取得围歼日军的胜利。这两个环节,第一个当然取决于日军,他们上了钩,计划才能继续进行;第二个关键则在第10军,只有他们守住了长沙,外围部队才有围歼日军的机会。"

江逸涵问道:"新墙河现在战况如何?"

"战况激烈。日军在新墙河北岸集结了3个师团,于12月23日凌晨发起了进攻,守新墙河的是20军,20军隶属于川军,只有两个师的编制,装备和训练都比较差,而日军的3个师团全是装备优良的主力师团。以这两个师的兵力去阻击日军那3个师团,困难之大,不言而喻。"

"24日晚上12点,日军突破了20军在新墙河北岸的各防御阵地,渡过了新墙河,在25日上午同南岸守军展开了激战。20军为了完成拦阻、消耗日军的任务,为后面部队赢得时间,各团各营都坚守阵地,战斗打得很激烈。特别是在卫家桥阻敌的398团2营,营长王少奎领着官兵们浴血奋战,敌人出动了飞机、重炮进行轰炸,官兵们死战不退,一直坚持到傍晚,最后整营官兵全部壮烈牺牲。"

他停顿了一下,继续说道:"27集团军派58军前去配合第20军,58军也是拼死作战,还一度对日军发动了反攻。现在那里的战斗仍然很激烈,据27集团军报告,现在已经消耗了不少日军。"

"那么我军呢?"江逸涵听得激动起来,问道:"我们的具体任务是什么?"

"具体任务目前还没有,我军作为长沙外围部队先到株洲一带待命。部队后天出发,你们已经通知各部队做好准备工作了?"

孙翱麟说道:"按军座电话里的吩咐,已经通知下去了。"

张一鸣在接到会议通知后,江逸涵和孙翱麟二人便开始了全面的准备工作,而且张一鸣在会议结束后随即打电话回来告知出发时间,江孙二人昨天一直忙了一个通宵,但剩下的具体工作仍然很多,张一鸣整整忙碌了一天,中午也没有回家,临近晚饭时间,江逸涵说道:"军座回家去吧,我们留下来就行了。"

孙翱麟说道:"志坚兄也回去,令尊千里迢迢来看你,偏又赶上部队要开拔,你还是陪一陪老人家。反正剩下的事情也不多,我和税丰能够处理。"

江逸涵笑道:"那你不忙到深夜去了,当心孙太太有意见,一脚把你给踹到床底下去。"

孙翱麟笑道:"我们都老夫老妻了,哪有那么多意见,你这话说给军座听还可以。"

张一鸣也笑了:"那是不会的。"

孙翱麟说道:"不管怎么说,军座出去了几天,明天又要出发,还是早点回去陪陪夫人比较好,别让新娘子在家里望眼欲穿。"

张一鸣同意了,"好吧,那就有劳你们多辛苦了。"

他回到家,在花园里就听见客厅里留声机放着音乐,他走进去,白曼琳正坐在茶几旁,埋头写着什么,他悄悄走到留声机旁将它关掉。声音一停,她莫名其妙地抬头去看,看见是他,立刻跳了起来,对勤务兵说道:"小文,去跟刘嫂说一声,军长回来了,可以做菜了。"

她吩咐了勤务兵,又帮他把脱下的大氅和军帽挂到衣帽架上,笑吟吟地说道:"我猜你一定会回来吃晚饭,叫刘嫂准备了几个好菜,给你接风。"

他笑道:"想我了?"

"才不呢,我是想借此机会改善一下伙食。"

他大笑,坐到沙发上,身子往后一靠,双脚舒舒服服往茶几上一搁,她立即叫了起来:"当心!我的信!"

他赶紧放下脚,看着茶几上的信纸,问道:"你给谁写信呢?"

"我在给姨妈写信,大哥来信说,香港开战以后,音讯不通,也不知道二表姐一家现在怎么样,姨妈担心得不得了,整天茶不思饭不想,就守在收音机旁边听新闻,现在香港沦陷了,还不知道她会担心成什么样子。我想写封信去安慰一下。你去司令部开会,有没有听到香港方面的消息?"

"官方消息没有,私下的传言倒是很多。"

"都有什么传言?"

"什么传言都有,英军的,日军的,港督的……"

"日军占领香港以后,是不是照样烧杀抢掠?"

"有这种传言。"

她呆了呆,"那二表姐一家可怎么好?"

"我曾经警告过敏夫,日本会在近期内进攻香港,可惜他没有听我的。"

"我知道他是舍不得丢下家产,可是,他至少可以把表姐和孩子们先送走呀,现在可好,一家人都陷在那里了。"

他看她满脸焦虑,安慰道:"你也别太担心了,眼下这些都只是传言,并没有得到证实。"

"这还需要证实吗?日本人什么特性谁不知道。"

"你担心也没用,我想筱老先生在香港也是个有头有脸的人物,应该会有办法保护家人的安全。"

"但愿如此。"她问道:"听说新墙河又打起来了,我军也在作准备,是不是又要去湘北了?"

"是的,你也知道了?"

"丁香说的,医院正在做准备,她现在忙得很,昨天很晚才回来,中午也是吃过饭就走了。"

"医院准备得怎么样了?"

"她说已经准备得差不多了。部队什么时候出发?"

"明天,具体时间等铁路部门调度好了通知我们。"

"我也想去。"

"你就不要去了,仗打起来有多忙你也很清楚,你的身体刚刚好一点,还经不起那种劳累,还得休养一段时间。"

她一笑,"我知道你不会让我去,只是说说而已。"

"其实你不去也好,免得我为你担心。"

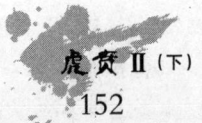

她娇嗔道："你真自私。"

"我自私？"他愕然道，"我担心你不对吗？"

"你把我留在家里，我什么都不知道，不更为你牵肠挂肚吗？"

"你放心，到了前线我尽量给你拍电报或者打电话。"

这时，刘嫂来说菜已经摆上了，两人进入餐厅，白曼琳打开酒柜，拿了一瓶红酒放到桌子上，朝他微微一笑。"喝一杯好吗？"

"好。"他拿过瓶子，拔掉软木塞，往两只玻璃杯里分别斟了一点，递了一杯给她，她接过去，举起杯子说道："鸣哥，我们干了这一杯。我祝你大获全胜，凯旋而归，我在家里恭候佳音。"

他跟她碰了杯，笑道："好的，也祝你健康。"

吃过饭，他提议到书房去坐，她问道："你今晚还要看书吗？"

"不，我们说说话，江逸涵送了我一包乌龙茶，味道还不错，你叫刘嫂泡一壶，我们边喝边聊。"

"好啊。"

她吩咐佣人把茶具放到书房去，点起火盆。火盆点燃后，她把电灯关了，望着盆中的火焰。"这样才好。"

两人围着火盆刚坐下，书房外传来勤务兵的声音，"军长，电话。"

张一鸣接完电话回来，白曼琳问道："谁打的？"

"孙翱麟，铁路方面已安排好火车了。"

"什么时候走？"

"明早六点。"

"这么快？"她突然打了个冷颤。"鸣哥，你把火拨一拨，我冷。"

张一鸣拿起火钳拨了拨，又加了一块木炭，火立刻熊熊地燃烧起来。

"还冷吗？"

"冷，不信你摸摸我的手。"

他抓住她的手，发觉她的手冷得像冰，便把她拉到腿上坐下，把她搂在怀里，双手捂住她的手温暖她。她的身子微微颤抖，呼吸声低沉而急促，眼睛里有两点火花在闪烁着，显然不仅仅是因为寒冷。

他知道她内心不平静，说道："你放心，这次作战，第9战区已作好充分准备，我们一定能胜。"

她没有开口，内心深处充满了担忧和不安。她清楚抗日战争是惨烈的，每一场会战不论输赢，都有几千几万人阵亡，军长师长牺牲早已不是什么稀罕事。她想起上一次战役他的军部被袭时那令人心悸的经历，心里非常担心，很想和他一起去。她费了很大的劲压下了这个念头，她知道他绝不会答应，他决定了的事情，即使是她也改变不了。

她紧紧靠在他怀里，喃喃地说："答应我，一定要当心。你现在不是你一个人的，你还是我的。"

"你别担心，我很快就会回来，估计也就半个多月，不会太久。"

第二天早上5点钟，张一鸣醒了，伸手一摸，身边空空如也，白曼琳已经不在了。他下床穿好军服，走到梳妆台前，对着镜子梳了梳头发，整理一下衣服，再扎上武装带，戴好手枪和佩剑。

门吱呀一声推开了，白曼琳走了进来，说道："你已经起来了，我还准备叫你呢。"

"你什么时候起床的？"

"还没到四点我就起来了。我已经给你泡了一壶热茶，刘嫂正在给你做早饭。"

"我不是说了叫你不要起来吗。"

"我睡不着。"

他坐到床边，弯下腰穿马靴，她走过来，蹲下身子帮他往上扯靴筒。他说道："我自己来。"

她抬起头，望着他微笑道："让我伺候一下即将出征的军人，不行吗？"

他依了她，满心里都是暖意，见她低着头，便伸出手去，轻轻抚摸着她的柔发。

替他穿好靴子，她站起身说道："我去看看刘嫂把饭做好了没有。"

他洗漱完毕，到衣帽架上取下帽子戴好，拿着军大衣走出卧室来到客厅，将大衣搭在椅子背上。白曼琳等他坐下，倒了一杯茶递给他，说道："你先喝杯热茶，饭马上就来。"

这时，赵义伟来了，白曼琳也倒了一杯热茶给他，又问他吃了早饭没有，他说道："吃了，我老婆一大早就起来给我煎了葱饼和荷包蛋。"

刘嫂把早饭端来了，张一鸣飞快地吃了两碗炒饭，喝了一碗汤，然后抬起手腕看了看表,站起身来把搭在椅子背上的大衣拿过来披在身上,对白曼琳说道:"我走了,你一切珍重。"

白曼琳的泪水不由自主地涌上了眼眶,竭力忍着不让它落下来,强笑道:"你多保重,祝你一切平安,胜利凯旋。"

他咔嗒一声立了个正,向她行了个军礼,转身往外走,白曼琳不由自主地跟了上去,他回身拦住她,说道:"早上外面很冷,你身子弱,禁不起,就不要出去了,我们就此别过。"

他走进了花园里,听到清晰的马蹄声渐渐远去,白曼琳还是忍不住追了出来。此时东方的天幕已经发白,晨光微曦中,只见张一鸣挺直了脊背,迈着坚定的步伐大踏步走着,已经到了大门口,她情不自禁地叫了声"鸣哥"。张一鸣回转身来,一句话也没有说,只望着她再次行了个礼,然后头也不回地迈出了大门。

她追了出去,他已经上了车,车子正在轰轰地发动,他回头看到她,向她挥了挥手,她也强笑着挥了挥,向他送去温柔的告别。

车子缓缓开动,渐行渐远,拐过街角之后便看不到了。

白曼琳那只挥舞着的手臂无力地垂了下来,眼里的泪水顺着脸颊悄然滑落,好一会儿仍像泥塑木雕一般呆呆地站在那里。丁香也出来了,见她站着一动也不动,脸上满是泪珠,神色凄然,心里为她感到难过,因为只有经历过战场的人才能真正体会到她心中有多担忧。

张一鸣的汽车在军部门口停住了,他下了车,脱下大衣递给赵义伟,然后迈开大步,精神抖擞地走进操场。冬天的凌晨极为寒冷,士兵们在凛冽的晨风中瑟瑟发抖,但没有一个人搓手取暖,也没有一个人跺脚,整个操场非常安静,连操场旁边那棵大树的树叶被寒风吹动所发出的瑟瑟响声都能清楚地听见。

张一鸣登上阅兵台,扫视了台下,各队士兵在长官的带领下,井然有序地站着,静等着他说话。他朗声说道:"弟兄们,可恨的日本人又来进攻长沙了,又想来屠杀我们的同胞,奸淫我们的姐妹,抢劫我们的家园,侵占我们的土地了。大家都很清楚,日本人的侵略,给我们的民族带来的是什么?是血腥的屠杀!是失去亲人的痛苦!是失去家园的流亡!是慢性的饥饿!日本人占领了我们大片的河山,掠夺了我们无穷的财富,可是他们还不满足,还在虎视眈眈地盯着我们这半壁河山。长沙是拱卫重庆的重要门户,如果失守,日本人就能够继续向西攻打贵州,攻打四川,直到占领重庆,占领整个中国,让我们亡国灭种。我们该怎么办?难道就像绵羊一样温顺地让日本人宰割吗?难道就眼睁睁看着自己的亲人被日本人残杀,任由自己的母亲、妻子、女儿、姐妹被日本人凌辱吗?不!决不!为了我们民族最后的生存空间,作为军人,我们必须勇敢地迎战,哪怕牺牲自己的性命也决不能胆怯畏缩。弟兄们,我相信你们都还记得,在第一次长沙会战中,我们是怎样打败敌人的,我们消灭了他们多少人,缴获了多少武器。第二次长沙会战,我们虽然开始失利,但凭着不屈不挠的意志,还是把敌人赶出了湘北,取得了最后的胜利。所以,我希望在未来的战斗中,你们要满怀信心,要藐视敌人,英勇作战,为了祖国的独立自由,为了我们民族的生存,我们一定要齐心协力,打败敌人,守住长沙!"

他的声音越来越激昂,最后,他握紧拳头,有力地挥动着:"弟兄们,为了我们的国家,为了我们的民族,为了我们的子孙后代不当日本人的奴隶,振作起精神,奋勇杀敌吧!"

他抖擞的精神,坚定有力的手势和充满激情的话语深深地打动了官兵们,鼓励起了他们满腔的斗志。117军的兵源主要来自西南,那些四川、湖南和贵州籍的战士,他们深深意识到哪怕只为了自己在后方的家人不受鬼子的侵害,他们也必须奋起抗敌,打败敌人。

队伍中有人振臂高呼起来:"杀死日本鬼子!不当亡国奴!"

会场的气氛顿时达到了高潮,官兵们纷纷喊道:"齐心协力,保卫我们的国家!"

"誓死保卫长沙!"

"如果不把鬼子赶出去,就绝不回家!"

寒风在猛烈地呼啸,使这些令人振奋的口号带着惊天地、泣鬼神的悲壮,响彻在操场上空!

第九篇 决胜长沙

第三十二章 雪夜奔袭

第 27 集团军在新墙河一线同日军激战四天后,薛岳下令迅速往南撤离。日军随即跟着南下,在汨罗江二线又同 37 军、99 军展开了战斗。12 月 27 日中午,日军在飞机大炮的掩护下,强行渡过了汨罗江。

日军渡过汨罗江后,37 军和 99 军在汨罗江以南继续顽强抵抗,阻挡日军南进步伐,战斗打得异常艰苦。中国守军的顽强令日军伤亡惨重,虽然动用了飞机大炮协助作战,仍然无法克服中方阵地。日军不敢再强攻,改变了战术,用一部分兵力继续攻击,牵制住 37 军和 99 军,主力部队则在夜间从中国守军的防卫空隙间穿过,到达了长沙市郊,与严阵以待的第 10 军交上了火。日军各部队陆续渡过捞刀河,分别从东、南、北三个方向扑来,试图包围长沙。见日军被"钓"到长沙城下,薛岳启动了他的"天炉"计划,一面严令第 10 军坚守长沙,一面命令第 9 战区其余部队迅速前往湘江东岸,从东、南、北三个方向对长沙形成半圆形包围圈,务必将日军牢牢围住,一举歼灭。

在株洲一带待命的张一鸣也接到了薛岳的命令，117军立即前往长沙东面的天马岭到长生渡一带地区。

为了表达与日寇誓死一战的决心，激励部队打好这一仗，薛岳不顾军委会下达的战区一级指挥部必须离前线五十公里以上的规定，命令参谋长率领战区司令部的大部分人员往南迁到耒阳，自己则带着少数作战参谋人员继续留在长沙指挥作战。并且下达命令：如果他战死，由罗卓英代理指挥，继续按原定计划歼敌。

张一鸣对薛岳此举非常敬佩，薛岳无疑向守城官兵表明了他的抗敌决心：我这个战区司令也在长沙，该怎样做你们看着办。同时也给外围各参战部队传达了这样一个信息：我的生死存亡，可就全看你们的了。

战争犹如一场极具危险性的赌局，不到最后关头，输赢难料，薛岳此举无疑是把他自己的生命也当做一个筹码押进了这场赌局，实在太过冒险。但张一鸣赞同这种做法，认为长官有时需要做出这样的冒险，长官不惧死亡，士兵才会奋不顾身、拼死战斗，他自己就常到一线鼓励将士，所以他敬佩薛岳，薛岳也欣赏他、器重他。

张一鸣在下达任务的同时，也传达了薛岳留在长沙、誓死歼敌的决心，好让官兵明白，此战司令官有必胜信心，其作战计划自然周密，他以薛岳的精神来调动大家的积极性，激励官兵们的战斗热情。

接到出发命令后，117军将士们背好行装、拿起武器，徒步向北出发，但气候非常恶劣，行军苦不堪言。

从会战开始，湘北一带就下起了小雨，气温逐渐下降，随后小雨变成了雨夹雪，天气寒冷刺骨。25日之后，更是一连几天下起了罕见的大雪，雪花漫天飞舞，土地银装素裹，成了一片白色世界，气温降到了零下5摄氏度，就连土生土长的湖南人都说从来没见过这么大的雪、经历过这么冷的天。此刻雪虽然停了，但气温并没有回升，官兵们冒着凌厉的寒风，向着目的地疾进。黑夜里视线不好，加上雪地滑溜，一不小心便要摔上一跤，队伍中不断有人失足滑倒，一边咒骂着日本人、咒骂着天气，一边爬起身，擦一擦身上的雪水继续前进。

夜色很快来临了，天气愈加寒冷，行军变得更加艰难，但天冷，一停下冻得人手脚发僵，走走还暖和些。

破烂泥泞的道路上,一辆吉普车在缓慢地颠簸前进,尽量和队伍的速度保持一致。张一鸣坐在车后座上,因为寒冷,他把军大衣的衣领竖了起来,遮住了半张脸。他侧着头,透过挡风玻璃看着窗外的队伍。借着车头的灯光,他看到他的队伍像一条长蛇似的弯弯曲曲地向前移动,一直延伸到远处黑魆魆的山岭中。与出发时整齐的步伐相比,官兵们此时的步子显得有些沉重了。

他打开手电筒,照了照腕上的手表,指针显示是深夜两点半,部队已经在雪地里急行军了整整十个小时,他清楚官兵现在已处在疲劳状态,但他不能下休息命令,他必须及时赶到预定地点,延误时间的后果将是付出更多的生命代价,他清楚有不少人是在做他们生命中的最后一次行军,战争就是这样残酷,他改变不了这个事实,他所做的只能是尽量减少伤亡。

汽车继续甲壳虫似的在挤满队伍的冰雪路上爬行,他觉得越来越冷,索性叫司机停车,自己下去步行。吉普车停了下来,他打开车门,一股冷冽的寒风随即灌了进来,风里带有一股原野的味道,还有一点新鲜的马粪味儿。他听到官兵们的脚踩在雪地上发出的嚓嚓声,还有战马踏出的有节奏的嘚嘚声,拉炮车和辎重马车的马儿疲惫的蹄声,汽车引擎哼出的突突声,在寂静的原野里汇成了一首独特的行军曲。

就在这时,远处隐隐约约传来了闷雷般的轰隆声,他仔细倾听,声音来自南方,应该就在长沙附近,他走上路旁的一个山坡,向着南边望去,在遥远的天际,闪烁着一片红光,像谁点燃了黑暗的夜幕。

赵义伟也过来了,看着天边的火光,说道:"这么远都听得到,看样子日本人的炮打得很猛,明天就是新年,狗东西在拼命了。"

"也不一定是日本人的炮。"张一鸣说道,"听说薛长官在岳麓山上设了炮兵阵地,全是进口榴弹炮,威力大得很。"

"军座,这么多敌人围攻长沙,第10军能守得住吗?"

"我相信他们守得住,第10军也是一支从战火中打出来的铁军,何况他们在上次长沙作战中伤亡惨重,军长李玉堂被撤职,因为新军长尚未到任,所以由李玉堂继续代任军长,这对第10军来说是莫大的耻辱,加之薛长官又在长沙未走,所以无论从哪一方面来说,第10军都会竭尽全力守卫长沙。"

冰雪道路滑溜难走,部队行军速度较慢,一直到第二天下午才到达目的地。张一鸣一面派出侦察兵查探敌情,一面命令各部队借此时机赶紧休息,养精蓄锐,等候九战区长官部下达攻击命令。

再说阿南惟几见日军到达长沙城下,对长沙北、东、南三面包围,这座梦想已久的城市已垂手可得,命令各路日军拼死强攻,试图把第10军一举消灭,占领长沙。但第10军的抵抗极为顽强,攻击长沙的各路日军部队伤亡都相当惨重,日军见强攻无效,恼怒之下,对中国守军阵地发射了大量的毒气弹、燃烧弹,同时出动飞机狂轰滥炸,第10军阵地全部被毁,伤亡极大,到后来连后勤人员也不得不加入作战。1月1日,在占绝对优势的火力掩护下,一部日军终于突进了长沙市区。已经夸下海口"要在长沙过新年"的阿南惟几得到报告,大为兴奋,立即报告给日军总部,声称第11军已经攻占长沙,日军总部随即发布新闻,对外宣布"英勇无敌的皇军攻克了长沙",消息传出,日本举国上下一片欢腾,以各种形式热烈庆祝,歌颂"皇军战无不胜的神威"。

而就在这一天,中国作为世界四大国之一签署了《联合国国家宣言》,中国军民四年半的艰苦抗战终于使自己的祖国在国际上获得了应有的地位。消息传来,举国振奋,9战区的官兵们兴奋之余,也清楚地意识到自己肩负的责任:现在全世界都在关注着长沙、关注着我们,我们必须打赢这一仗,让全世界看看中国男儿的本色。

阿南惟几满以为日军攻进长沙后,第10军会知难而退,退出长沙,但出乎他预料的是,第10军不但没有退出,反而与日军展开了更为激烈的巷战,日军只能与中国官兵进行逐街、逐屋的争夺战,每占领一个建筑物都要进行一番苦斗甚至残酷的肉搏战,战斗进行得异常艰难,付出的伤亡代价极大。日军苦战数日,却始终无法将第10军逐出城区,完成真正意义上的占领长沙。

就在日军猛烈进攻长沙的时候,九战区各部队则按薛岳的部署,陆续前往各预定地点集结,对进攻长沙之敌形成包围态势。此时的日军已经连续猛攻长沙四天,始终不能得逞,不仅伤亡惨重,疲惫不堪,而且和一、二次长沙会战一样,其后勤补给线屡遭打击,供应不济,长沙城下的日军已经快弹尽粮绝,只能靠有限的空中补给来维持,而两军呈混战状态,阵地相隔太近,日机有时会将物品误投到中方阵地,气得眼巴巴望着空中等候的日本官兵破口大骂。

既无法攻下长沙,而各种情报又显示9战区的中国各部队正在长沙周围运动,准备包围城下日军,日军腹背将同时受到中国军队的打击,处境不妙。眼看局势危急,第11军的参谋们一致要求阿南惟几赶快下令,让前线日军尽快设法撤离长沙,避免被包围。

阿南惟几已经发布日军攻陷长沙的新闻,心里明白放弃长沙,自己将颜面尽失,不仅在国内,在全世界都将成为笑柄。虽然不甘心,但为了避免全军覆灭的下场,他也顾不得丢脸了,接受了参谋们的请求,于1月3日晚上命令全军向汨罗江退却,同时命令外围支队开始南下接应撤退各部。

但是阿南一来不甘心就这样灰溜溜地撤退,让全世界看自己的笑话,二来为了掩饰其撤退意图,命令日军在撤退前对长沙进行一次猛烈的攻击,企图攻下长沙,把第10军彻底消灭后再走,以挽回一点面子。日军官兵也和阿南一样,不肯丢了"英勇的皇军"的面子,决心不惜一切代价完全攻克长沙。1月4日,各路日军在空军的配合下,向着长沙进行了奋力一搏,一些日本人甚至不顾严寒,脱掉上衣,赤着上身向前猛冲。但第10军官兵怎肯在这最后关头失掉长沙,他们咬紧牙关,拼命抵挡日军猛烈的进攻。

日军猛打了一天,所有的进攻均被第10军击退,不仅没有达到预想的目的,反而失去了撤退的最佳时机。到了晚上,日军发现9战区的外围主力部队已经接近长沙,赶紧趁夜向北突围。由于撤得仓皇,这一次日军连死尸都来不及焚烧、掩埋,只能丢弃在长沙城郊,而且各路日军撤退时都处于一种混乱无序的状态。

薛岳得知日军开始撤退后,立即命令南面的部队分头追击,东北方向的部队由北向南进行堵截,不许日军渡过汨罗江,争取把日军歼灭在捞刀河以北、汨罗江以南地区。

117军接到的命令是立即前往岳东镇、绵水河及磨石山以南一线,堵截由那里北撤的日军。

接到命令后,部队又开始向西北方向行军。

新25师的阵地位于仙鹤山、鲤鱼背、龙门山一线,部队经过六十多公里的行军,于1月5日深夜两点多钟到达了麒麟关,从那里,部队将分头前进。官兵们没有休息,立即开始赶往自己的防地。担当正面主阵地前卫的是512

团,其阵地在仙鹤山一带,1营在最前端的鹿子岭至娘娘庙,战线大概两公里长。

孙富贵带着官兵们继续行军,距离目的地六公里左右时,一名士兵带了两个人来,黑夜里看不清楚面目,只分辨出是两个男人,士兵指着其中一个说道:"报告营长,这两个人说他们是这里的人,有重要情况向你报告。"

孙富贵问道:"有什么重要情况?说吧!"

其中一人说道:"长官,今天晚上,不,现在已经是昨天晚上了,有一队鬼子兵到了我们潘家铺。你们再往前走,可能就会碰到鬼子了,长官可要提前做好准备。"

"你们两个都是潘家铺的人吗?"

"都是,我们还是亲兄弟。"

孙富贵问那人:"潘家铺大概来了多少鬼子?你们看清楚了没有?"

另外一个抢着回答了:"没看清楚,鬼子一来,谁还敢去看啊。大家伙儿都往外跑,我们也带着老婆孩子跟着跑出来,到姐夫家来躲。"

"你们从潘家铺出来以后,路上有没有看到其他鬼子?"

"没有看到。"

戚军拿出地图看了一下,说道:"潘家铺离我们这里不到二十里路,离娘娘庙还有30多里,不知道敌人的大部队是不是已经到了。"

孙富贵又问那个乡民:"除了潘家铺,这一带还有没有其他鬼子?"

"不清楚,反正我们没听说其他地方有鬼子。"

情报不准确,孙富贵不敢贸然采取行动,他下令部队停止前进,原地待命,同时派出几个搜索班前往潘家铺一带查探敌情。

"老乡,"孙富贵对那两个人说道,"你们跟我们一起去潘家铺行不行?你们熟悉那里的地形,可能帮得上忙。"

两人答应得很干脆:"行,长官,我们回去跟老婆孩子说一声,就跟你们一起走。"

仔细查探过后,搜索班回来报告,潘家铺的日军大约有一个中队,看样子只是路过在那里过夜,除此之外,鹿子岭到娘娘庙一带没有发现其他敌人。

戚军搓了搓手,问道:"营长,敌人不多,要不要干掉他们?"

孙富贵斩钉截铁地回答："当然要,不管这些鬼子是来干什么的,他们的大部队很可能就在后面。我们得先占领鹿子岭,决不能让鬼子从这里跑了。"

战场上,敌情瞬息万变,指挥员的应变指挥能力决定着双方的成败,孙富贵果断下达命令,攻打潘家铺,争取天亮前解决战斗。

两个老乡领着部队抄小路向潘家铺进发,孙富贵命令官兵们保持安静,不要惊动了敌人,一定要出其不意地攻击日本人。

4点钟左右,部队离潘家铺不到一公里了,孙富贵命令官兵们作好战斗准备。官兵们也知道进入了作战区域,放轻脚步,猫着腰,将枪端在手里,拉开枪栓,双眼警惕地盯着前方和左右黑糊糊的山野。

潘家铺是个小山村,位于一处半山坡上,官兵们到达山脚时,山坡上"叭"地响起了一声清脆的枪声,在深夜中极其响亮,是日军哨兵发现了他们。孙富贵试图打敌人一个措手不及的努力泡了汤。

走在前面的是2连,2连长丁若尘听到敌人的枪声,当机立断,命令2连摆开战斗队形,立即向村子发起冲锋。1排长马胜利一马当先,率领他的排沿着右侧山路朝山坡上冲去。

突然,敌人的一挺机枪开火了,子弹形成的火线劈开黑夜,顺着道路射下来,在战士们的头顶和身边呼啸,冲在前面的几名战士应声而倒,有一个惨叫着从山坡上滚下来,绊倒了后面的人。

由于天黑,官兵们看不清楚目标,黑暗中前进,也看不清楚脚下的障碍,夜里气温比白天更低,积雪的表面结了一层冰,极为滑溜,行进十分困难,一不小心就要摔跤,速度无法加快。敌人也同样因为夜黑看不清楚我方的活动情况,只能依靠火力封锁,特别是机枪火力,更是打得格外猛烈,压住了2连的冲锋,官兵们有的藏在树木、石头后面,有的趴在土坎下,有的蹲在沟里躲避,也有的在匍匐前进,试图接近机枪火力点,把它搞掉。

有几名战士分别从不同方向爬向机枪火力点。他们还没爬到一半,就接二连三被打死。日本人丝毫也不吝惜子弹,火网密得连只老鼠也休想钻过去。2连被日军的火力死死拦阻在山坡上,动弹不得。

后面的两个连赶上来了,孙富贵大声命令:"1连给我上,快,从那边上,3连火力掩护。"

1连官兵受命开始冲锋,把敌人的一部分火力吸引了过去,但敌人设在另一端的机枪也响了,3连拼命还击,压制敌人火力,丁若尘见状,立刻命令2连再次展开冲锋,他从一个土坎后爬起来,看见左前方有一人还趴着不动,冲过去在他屁股上踢了一脚,大声吼叫道:"快上!快!"

那人动也不动,显然已经阵亡,他也不敢停下来看是谁,继续往前猛冲,一面跑,一面高声大喊:"给我冲啊!快点儿冲!冲上去把那些狗杂种全干掉!"

孙富贵紧盯着战场,只见山坡上到处是模糊不清的人影,有的在快速跑动,有的在匍匐前进,哒哒哒的机关枪声不绝于耳,有敌人的,也有自己的。子弹的流光中,不断有人影被击中倒下,他心知自己的人伤亡一定不小。

他大喊道:"迫击炮,迫击炮干啥去了?怎么还不开炮?快给老子开炮!"

迫击炮响了,借着爆炸的火光,孙富贵看清楚从村口左右两侧草房的窗口中喷出来两串机枪火舌,两挺机枪打得很疯狂,密集的子弹形成了一道火网,挡住了2个连的去路。在机枪的扫射中,自己的人不断倒下,发出痛苦的惨叫。

丁若尘也看清楚了,命令1排派人上去打掉当面的机枪,同时也命令连里的火力实施掩护,马胜利大声命令3班长:"高大民,你带3班从右边绕过去,把那挺机枪搞掉!"

高大民接到命令,拿了6枚手榴弹插在腰间,对班里的战士说道:"不要带枪,带着累赘,多带点手榴弹就行,灵活点,看清楚地形再跑,一定要敲掉那个机枪火力点!"

战士们听从他的话,放下枪,只在腰间塞满手榴弹。高大民等大家准备好,说了声:"冲!"

他从隐蔽处冲出去,战士们也紧跟其后,敌人的机枪子弹嗖嗖地打过来,一名战士立即中弹倒下。高大民在雪地里一会儿跑、一会儿爬、一会儿滚,这样冲了一段路,冲到了一个坟头后面,那里离敌人的机枪不远了,他喘着粗气,看了看身后,只有副班长黄海涛跟了上来,其他人踪影全无,也不知道是否还活着。

等喘过气来,他低声对黄海涛说:"我们分开走,你从左面,我从右面,就看哪个运气好。完了咱俩要都活着,我请你喝酒。"

"好,你请了我再请你。"

"那就说定了,上。"

两人分头爬了出去,高大民沿着一块坡地边缘的土坎往前爬,此时敌人的机枪仍在狂吼,子弹不时地从他头上呼啸而过,他拼命压低身子,悄无声息地向前爬去,在雪地上留下了一条深深的沟渠。

终于到了目标附近,他找了一个地方隐蔽起来,估算了一下距离,然后从腰间拿出3枚手榴弹,将它们捆在一起。

黄海涛比高大民先到机枪附近,此时已经直起身子,扬手投出了一束手榴弹。手榴弹扔高了一点,掉到了房顶上,在上面爆炸了,稻草铺就的房顶顿时着火燃烧起来。日本机枪手愣了一下,枪声骤然停止,高大民趁敌人还没回过神来,断然拉开了手榴弹的引线,用百米速度冲向窗口。

敌人发现了他,手忙脚乱地开了枪,他立刻将手榴弹甩出去,手榴弹刚一出手,他的右肩就挨了一枪,顿时打了个趔趄,倒在地上,但他扔出的3颗手榴弹准确地飞进了窗口,轰然爆炸之后,敌人的机枪再也不响了。

机枪被炸掉了,2连官兵们从隐蔽处爬起来,又开始了冲锋,敌人则用步枪阻击。高大民怕引起敌人注意,不敢起身,拼命向一边爬去,他的右肩中弹,肩胛骨被打碎,疼痛难忍,根本使不上力,爬得极为缓慢。这时,有人爬了过来,奋力把他拖到安全地点,问道:"班长,你哪儿受伤了?觉得怎么样?"

来人是班里的战士易青云,他前进时不小心滚落到了一个陡坎下,所以落在了后面,这时上来正好救了班长。

高大民深深吸了两口气,忍痛答道:"我的肩膀挨了一枪。"

易青云摸出急救包撕开,手忙脚乱地给他包扎。等包扎好,易青云说道:"班长,我上去了,你自己小心。"

"等等,这个给你。"高大民从腰间摸出两颗手榴弹给他,自己留了一颗,以防万一。

易青云接过手榴弹,看了看前方鬼子的动向,然后弯着腰冲了出去。

1连也设法搞掉了另一挺机枪,毫不迟疑地开始冲锋。潘家铺的这支日军确实是个中队,隶属第6师团笠原联队,中队长小林健二眼看中国军队越逼越近,下令反冲锋。一小队一小队的鬼子兵狂叫着从村里冲出来,挺着刺刀凶狠地扑向中国官兵,呼喊声甚至盖过了枪炮声,双方就在山坡上拼杀、肉搏。孙富贵见双方混杂在了一起,命令3营停止射击,冲上去加入战斗。

第6师团是日军最强悍的师团之一,官兵都极为骄横、凶狠,战斗力极强,但这一次他们从新墙河南来,一路拼杀到长沙,又在长沙鏖战数日,本想攻下长沙后,在这个湖南中心城市好好休息一番,享受胜利果实,不想即将胜利在望的关键时候,接到的却是后撤的命令,一番辛苦不仅劳而无功,还得原路返回,路上又被中国军队连追带打,狼狈不堪。早已疲惫至极的日本官兵心里暗生抱怨,士气一落千丈。

与疲惫、愤懑、沮丧的日本官兵相比,中国官兵却士气旺盛、斗志昂扬,一番你死我活的肉搏战后,日军渐渐乏力,开始后退,1营官兵这下更是信心十足,越战越勇。小林健二已经发觉这支中国部队英勇善战,单兵素质良好,知道这不是一般的中国军队,害怕它的大部队就在附近,而自己的联队还远在后面没有跟上来,他不敢恋战,带着残兵匆忙逃离了潘家铺。

孙富贵下令2连留守,1连和3连继续追击日军,一股作气将敌人赶出鹿子岭。因为天黑,加上不明敌情,他命令两个连将敌人赶出鹿子岭后,不要再继续追击。

日军退走后,给部队报信的两兄弟领着孙富贵去自己家,孙富贵问清了两人的名字,哥哥叫李正福,弟弟叫李正财,李家世代都是这里的农户。到了李家,只见几间茅草屋子全都一片狼藉,屋子里的几个火堆还在熊熊燃烧,家里则空空如也,桌子板凳全被鬼子劈来当柴烧了,厨房里的坛坛罐罐更是被砸得稀烂,碗碟摔得满地都是,像遭了一场浩劫。

见了这番景象,两兄弟心痛不已,李正福当即破口大骂:"我日他娘的小鬼子,千刀万剐的畜生!"

李正财看了灶上的大铁锅,也骂道:"这些鬼子真是饿死鬼变的,把我老婆煮来明天早上一家人吃的红苕稀饭都给吃完了,早晓得我就在稀饭里洒耗子药,毒死他们。"

孙富贵听了他的话,道:"你们家的粮食被鬼子抢走没有?"

他摇头答道:"没有,我们的粮食都藏到山上去了,他们找不到。"

孙富贵突然明白过来,说道:"这些鬼子一定缺粮了,他们在找粮食。"

李正福说道:"他们找不到,乡里早通知各家各户把粮食藏起来了。"

戚军说道:"鬼子缺粮了,我们只要把他们困在这里,拖个十天八天,饿也得饿死他们。"

收复了潘家铺后,天色已经蒙蒙亮了,孙富贵下令立即在鹿子岭构筑防御阵地,准备迎击日军的大部队。

官兵们顶着凛冽的寒风,开始在白茫茫的雪地上挖工事。

第三十三章　全歼横川大队

当潘家铺的战斗已经打响时,张一鸣的吉普车还在路上颠簸。此刻他的心情正如波澜一般起伏不平,他忘不了第二次长沙会战时的一幕一幕,他的军部被袭,他被日军围追堵截,九死一生,狼狈不堪地逃脱险境。当时的情景,他现在回想起来依然觉得窝火,认为是有生以来的奇耻大辱。然而,他毕竟不是那种遭到挫折便一蹶不振的人,他不屈不挠的个性驱使着他要复仇,要雪耻。为了这个坚不可摧的信念,过去3个月来,他进行着各种努力,做着各种准备工作。现在,机会已经摆在了眼前,他所追求的目标正等着他去实现,他坚信自己能够实现。

清晨5点半的时候,张一鸣的小车终于开进了一座名叫新石的小镇,军指挥所就设在这里。

这个镇子坐落在一个小山沟里,冬天天亮得迟,此时镇里又没有一点灯火,看去黑糊糊的一片。车子刚开到镇外,从镇口的一棵大树后闪出几个黑影,随即一支手电筒亮了,亮光直射过来,照了一下,然后手电筒就关了,一个黑影走了过来。

赵义伟用枪对准他,大声问道:"是谁?"

"是赵副官吗?"这是隋明杰的声音,"我是警卫营的隋明杰。"

"司令部在哪儿?"

"往前直走,左面第九幢房子。"

张一鸣问道:"所有的部门都到齐了吗?"

"都到齐了,参谋长也到了,一切都已经安排好了。"

街道很窄,车子勉强可以开进去,黑暗中,只看到一些模糊的人影在街上来回跑动、行走,听到哨兵的喝问声和其他人回答的口令声、正在架设电话线的通讯兵之间的呼唤声。到了指挥部,车子正好停在大门的台阶旁,张一鸣下了车,凛冽的寒气顿时将他整个裹住,他情不自禁地打了个寒颤。坐了十来个小时的车,他浑身僵冷,双腿也酸麻了,他搓了搓手,稍稍活动了一下两腿,这才走进大门。

这是一个很大的四合院,院子里满是厚厚的积雪,雪白的地面已经踏出了几条小道,他顺着中间那条小道走去。

他走进作战室,地面已经被人们脚上带进来的冰雪弄得湿漉漉的,屋子的角落里用一堆木柴生了火,几扇窗户也牢牢关着,温度明显升高。一名警卫蹲在火堆旁边,正用一根木棍拨着火,试图让火燃得更旺些。

张一鸣走到火堆边坐下,伸出双手烤了烤,警卫倒了一杯热水给他,他一边喝,一边用水杯暖手,到了这会儿,他的身上才总算有了点热气。

屋子里很安静,没人说话,各人都在忙碌,可以听得见隔壁报务室里话务员们联络呼叫的声音,孙翱麟和一个参谋正将一张巨大的地图挂到墙上,通信排长卫杰在窗口小心翼翼地连接电话线。

连接好了,他走到桌子旁,拿起话筒,转动了几下电话机的摇柄,听了听话筒里的声音,说了句"好了,我听到你说话了",就把电话挂上了。

"电话接通啦?"张一鸣问道。

"通了,军长,你现在可以打电话了。"

说到这里,电话就叮铃铃地响,卫杰接了,对张一鸣说道:"军长,你的电话。"

张一鸣接过话筒,喂了一声,对方听到他的声音,说道:"军长,我是陈子宽,我有情况向你报告。"

"什么情况?"

"512团刚向我报告,其1营在鹿子岭附近的潘家铺遭遇日军,大概有一个中队。1营现在已经打跑了敌人,抢占了鹿子岭。据1营长孙富贵报告,敌人战斗力明显不如以前,也缺乏斗志。"

"他们属于哪一支部队,查出来了吗?"

"查出来了,属于第6师团。"

张一鸣眉毛一挑:"肯定吗?"

"肯定。孙富贵还说,这些鬼子到处找吃的,怕是缺粮了。"

"还有其他情况吗?"

"暂时没有了。"

"好,有新情况及时向我报告。"

放下电话,张一鸣走到地图前,看着地图思索了一会儿,他想日军苦战这么久,疲惫自然会导致战斗力减弱,撤退则让士兵灰心丧气,缺粮更使他们不愿久留,将这些因素综合起来判断,敌人不会强攻,一定会绕开仙鹤山,向西往岳东镇一带逃窜。

防守岳东镇一带的是105师,他对卫杰说道:"给我接105师师部,叫左师长接电话。"

张一鸣现在对105师寄予厚望,新25师和43师在第二次长沙会战中损失惨重,3个月的时间来不及彻底补充整训,实力大不如前,整个军现在就只有105师基本恢复了战斗力,而且左凌峰头上还顶着"留师察看处分"的帽子,一定迫切希望打个漂亮仗,摘掉这顶耻辱的帽子。

"军长,接通了,左师长在。"卫杰把话筒递给他。

张一鸣接过话筒,"凌峰吗?你师情况如何?"

"我已命令266团向燕子岗、268团向飞龙桥、267团向黄云洞急进,现在三个团都已经到达了指定位置,我还派出了搜索队向长沙方向搜索,侦察日军情况。"

"很好,你要密切注意东南方向,尤其是飞龙桥一带,第6师团的一个中队已经在鹿子岭出现,被新25师赶回去了,他们的大部队肯定就在后面,你要加强警戒,发现情况立刻向我报告。"

"是,军长。"

小林健二逃离鹿子岭后,向着来路仓皇后退,与自己的联队会合,把情况向联队长笠原仓夫大佐作汇报。

哨兵把他带到一间农家小屋里,里面光线极暗,正面的土墙上挂了一面肮脏破烂的日本旗,屋中间的方桌上,点着一盏油灯,铺着一张地图,笠原仓夫站在桌边,正低头看着地图。他的个子在日本人中算比较高的,身上的军服沾着已经干了的人血和泥浆,左臂缠着血迹斑斑的绷带,用一根带子吊在脖子上,头上也缠着绷带,乱蓬蓬的头发像杂草似的东一簇西一簇地从绷带缝里伸出,五官不难看,眼角已经有了皱纹,脸上的表情很复杂,有失败的沮丧、痛苦,也有试图作困兽之斗的凶暴、残忍。

笠原出生在九州的一个农家,家境贫穷。当他到城里读中学时,看见富人有漂亮的宅院,美丽的妻子,出入有汽车,衣饰华贵,无忧无虑,似乎有用不完的财富,不像自己食不果腹、衣衫褴褛。这种对比给了他强烈的刺激,决心要出人头地,成为一个有钱人。可是像他这种出身卑微的人要达到这个目标在别人眼里简直是痴心妄想,但他不这么看,他已经找到了自己的方向——到军队去寻求出路。这个念头是他的同学带给他的,那个同学在教室里炫耀一块价值不菲的白金怀表,声称是其在中日战争和日俄战争中建立功勋而成为将军的父亲从中国人那里得来的,笠原就在那一刻给自己树立了目标。

带着这种心理,他考入了军校,毕业之后,如愿地分到了第6师团,觉得成功的大门已对自己敞开。可惜事情并不像他想的那样简单,很长一段时间没有什么大的战事,他没有机会立功,崭露头角,获得升迁,光是一个小小的中尉,他就当了5年。看着那些军中有背景的同学升职迅速,而自己却如蜗牛一般爬行,心里又是愤懑,又是嫉妒。

1931年"九一八事变"爆发,但第6师团并未参战,笠原觉得自己运气太差。第二年12月,机会才终于来了,第6师团编入关东军,占领了奉天、长春,但并没有遇到什么激烈战斗,让他有些失望。直到1933年2月攻占热河的时候,在赤峰口、冷口等地遭到中国军队猛烈抵抗,优势装备的帝国军队竟被中国人的大刀砍退,颇为丢脸。不过这也给他创造了机会,他主动请缨,带了敢死队拼命冲锋,攻上中方阵地,得以立功,也从此改变了上锋对他的印象。9月,他随师团归国,这时他已不是以前那个穷军官了,他的包裹里装满了各种值钱的东西。战争给了他和其他日本官兵大肆搜刮财物的机会,他们像几百年前的祖先倭寇一样从中国人身上抢劫,或者破门而入,翻箱倒柜地搜索金银珠宝,古董玉器,钟表等各种值钱物品,甚至连寺庙里的香炉、铜佛都洗劫一空。

1937年卢沟桥事变爆发时,笠原已是少佐。8月1日,第6师团官兵再

次踏上了侵华的征程。进入华北后,该师团先后占领了涿洲、保定、正定,在师团长谷寿夫纵容下,一路上奸淫掳掠,杀人放火,光在保定、正定两地就杀害平民9000余人。笠原这一次又抢掠了不少财物,源源不断地寄回家里。

到了10月,在淞沪战场激战了两个月的中日两军陷入了胶着状态。为了扭转这一局面,尽快击溃中国军队主力,日军参谋本部将第6师团编入了新建第10军,从杭州湾登陆,包抄上海。

11月5日,乘军舰抵达杭州湾的第6师团在舰炮掩护下,从金山卫以西登陆,凭借优势火力,打退了中国军队的反击,强行渡过黄浦江,于8日切断了沪杭铁路。这一下日军对上海方面的中国军队便形成了包围态势,中方为免遭合围开始撤退,第6师团疯狂追击,领先于其他师团成为追击的急先锋。15日,第6师团占领昆山,已经杀人成性的官兵疯狂屠城,美丽的小城霎时尸横遍地、血流成河。

淞沪会战后,日本内阁并未下决心要扩大对华战争,因此日军参谋本部规定日军不得越过苏嘉线(即苏州至嘉兴一线),但被胜利冲昏头脑的第10军司令官柳川助之和第6师团师团长谷寿夫经过密谋后决心违抗参谋本部的命令,越过苏嘉线继续向南京追击,抢占头功。11月20日,第6师团抵达湖州,这时才向日军参谋本部汇报其图谋,参谋部的官员们得知后不禁大吃一惊。但此时木已成舟,只能接受事实,12月1日,日军统帅部发出了攻占南京的命令。

12月5日,第6师团的先头部队抵达南京外围阵地。10日打到了雨花台,守卫雨花台阵地的中国军队是第88师的262旅和164旅。第6师团的两个联队在飞机大炮坦克的轮番轰炸掩护下,凭借优势兵力和火力猛攻雨花台,向守军阵地反复冲锋,但一次次冲上山顶,又一次次被守军打了下去。双方血战了三天,付出的代价都非常巨大,到了12日,第6师团已经横尸数千,中方更为惨重,164旅连同旅长高致嵩在内全部壮烈殉国,262旅也几乎伤亡殆尽,仅剩一个特务连,旅长朱赤率领残部与蜂拥而上的日军展开激烈肉搏,最后全体为国捐躯。与此同时,第6师团的另一部也占领了中华门,南京沦陷。

第6师团进城后,早已杀人如麻、残暴成性的官兵已不满足于普通的强奸、抢掠、杀戮,而是像变态的恶魔一样,用各种正常人难以想象的方式杀人取乐,创造了震惊中外的南京大屠杀。

笠原带着胜利者的姿态,扬扬得意地走在南京街头,这座古老的都城此刻已经变成了腥风血雨的人间地狱,每条大街、每条小巷都充满了火光,充满了哭喊声,充满了血腥味,到处都是死尸,到处都是流淌的鲜血,到处都可以看到日军杀人、强奸的场面,可以听到中国人的求饶声、哀嚎声、惨叫声,然而他毫无怜悯之心,他已经和他的岛国同类一样完全丧失了作为人的最起码的本性。在他的眼里,这样的场面是极其壮观的,具有一种特别的残酷美,他对中国人凄厉的惨呼不但无动于衷,反而乐得哈哈大笑,甚至还亲自挥着战刀,扑向那些苦苦哀求的老人,吓得哆哆嗦嗦缩成一团的女人,还有惊恐地躲到母亲怀里、吓得近乎痴呆的小孩,面无人色的母亲紧紧护着孩子,拼命向他求饶。然而这一切更加刺激了他的兽性,令他变得越发凶暴和残忍,像嗅到了血腥的豺狼一样,他兴奋得狂性大发,举起了手中的刀,狠狠地劈下去,一刀又一刀,一次又一次,他的衣服被血染成了深红色,战刀的刀尖上滴着血,溅满血迹的脸上带着狰狞的笑容,活像一个地狱恶魔。

在侵占南京后仅仅8天时间内,第6师团就将其兽性充分展示,光在下关杀害的中国军民的尸体就堆积了1公里长、5米宽,血水染红了长江。

在满足杀戮欲望的时候,他也没有忘记抢劫,随着一包又一包的财物寄回去,笠原家已成为当地的富户了。

此后,笠原又随第6师团参加了徐州会战、武汉会战等一系列大型会战,几乎没吃过败仗,他的财富越敛越多,官阶也越升越高,已经当了大佐,就盼着早日佩上将星,实现少年时的梦想。但在第一次长沙会战中,第6师团损兵折将,他首次尝到了失败的滋味,第二次长沙会战虽然算是作了报复,毕竟没有拿下长沙,而且撤退时遭到中国军队连追带打,颇为狼狈,在中国和西方媒体的宣传下,俨然变成了以皇军失败而告终,使他感到气恼。所以在这次战斗中,他满心希望能够获得胜利,一举攻占长沙,说不定他的将星就在长沙城里等候着。

笠原压根儿没有料到,第三次南征长沙,战斗之艰难胜过了前两次。最初的时候,虽然气候酷寒,部队在雨雪中战斗、行军极为辛苦,但总算突破了中国守军一道又一道防线,包围了长沙,并攻入城区。但他没想到中国守军士气如此高昂,抵抗如此顽强,日军血战了三天,横尸无数,始终不能将第10军彻底歼灭,完全占领长沙。看着他的联队死伤惨重,而上司又在痛骂他是"笨蛋,蠢货,一头只会吃饭的猪",还威胁要撤了他的职,他气得咬牙切齿,恨不得即刻冲进长沙,把城里的中国人从各个隐蔽处揪出来,剥皮抽筋。

狂怒之下,他决定亲自率队冲锋,他举着战刀,狂喊着"天皇万岁",领着手下向着中国守军阵地猛冲,第10军的子弹像雨点一样飞来,他的周围不断有日本兵中弹倒下,发出痛苦的惨叫,他自己也被一枚迫击炮弹炸得昏死过去。

等他醒过来时,联队已经在撤退的路上,左右告诉他,撤退命令下得很紧急,来不及送他去医院,只能让联队的军医给他暂时处理一下。听说撤了,他感到极为沮丧,他的将军梦破了不说,现在部队所处的态势也非常不利,官兵已经极为疲劳,出现了抱怨情绪,而且部队受到大批轻重伤兵的拖累,行动迟缓,撤退途中一路遭到第9战区各部队的阻击、追打,极为狼狈。

见了笠原,小林健二向他汇报了自己在潘家铺遭到中方主力部队攻击的情况。一切如张一鸣所料,笠原认为既然毫无胜利可言,再跟中国人苦战不休已没有任何意义,他只想赶紧逃离这火热的天炉,回到新墙河北岸去。既然鹿子岭出现了中国军队,他便决定绕开仙鹤山过去。仔细看了地图,他发现岳东一带地势较平,没有制高点,即使遭到伏击,也利于展开反攻。

接到军长电话后,左凌峰立刻给游龙打电话,把张一鸣的话向他重复了一遍。飞龙桥是个小乡镇,以镇口一道石桥的名称来命名,石桥横跨一条小溪,当地人称为绵水溪,因为是冬季,溪水几近干涸,抄近道的人不用经过石桥,踩着水里的石头就可以过去了。

游龙根据师长的电话对自己的防线作了精密布署,为了弄清敌人的动向,他不仅在那些他认为敌人最有可能进行通过的地点安排了前哨,还按3人一组派出三组便衣搜索队分别前向东石铺、桃花山、牛马市等地侦察。当天上午11时左右,向东石铺方向侦察的队员回来报告说,大约一个大队的日军已沿着一条临时公路到达东石铺,村民正逃往山上的树林里躲避,敌人还在村里逐户搜索,看样子是在找粮食。

游龙判定,敌人一定还会沿着公路撤退,他当机立断,决定在飞龙桥10里处的落雁坡设伏,打一个漂亮的歼灭战。他命令2营沿公路旁边的山坡散开,躲藏在茂密的树林里,等待着即将到来的敌人,3营在2营的右侧,担任助攻,1营作为团的预备队原地待命。部署完毕,他就把在他的防御地段发现日军部队的消息通知师部。

位置在最前端的是2营3连,2排排长潘耀先战前才从中央军校毕业来部队,同排里的战士还不熟悉,又知道自己缺乏实战经验,所以并不轻易发号施令。他趴在一棵大桐树后,望着坡下的公路,公路上,工兵们正忙着埋地雷,公路下面的山沟里,一条小溪蜿蜒流淌,对面的山坡是一片竹林,还未融化完的积雪把竹梢压得极低,白雪和翠竹相映,美丽极了。除了西北风在呼啸,周围寂然无声,也看不到一个老百姓。

"景色真美,不是吗?"他低声对1班长朱义文说,一面使劲搓着手,天气太冷了,趴着不动,冻得两手僵硬,他怕到时连枪都拿不稳,没等朱义文开口,他又说道:"雪真好看,就是太冷了,让人受不了,你受得了吗?"

"还好。"朱义文回答说,"我受得了。我家乡冬天都要下雪,有一年下了暴雪,屋顶上的积雪厚极了,把我家的房子都压垮了一间,猪也冻死了一头。那一次县里冻死了不少牲畜,还冻死了几个人。"

"我的家乡不下雪,我是第一次看到这么大的雪。"

"排长是哪里人?"

"广东番禺。那里冬天一样阳光明媚,花草茂盛,我家旁边有一个果园,种着香蕉、芒果、木瓜,还有杨桃。果园后面有一条小河,河水很清澈,可以看到里面的鱼,我小时候常和我哥哥一起去抓鱼。"

他不再说了,眼望着前方,脸上带着点儿微笑,他的心已飞向南方那一块温暖的土地,眼睛里现出的是绿油油的山岭、金灿灿的稻田,鼻端也似乎闻到了果园的果香,他也想到了那条清澈见底的小河,河里满是游动的鱼虾。

"想家了?"

"是的,真想回去看看。"他点点头,"可是回不去了。"

"为什么?"

"番禺让日本人占了。你呢,你是哪里人?"

"湖南凤凰,沈从文的家乡,沈从文你知道吧?"

"知道,我看过他写的书。你什么时候参军的?"

"去年,那时我在怀化念中学,当时117军招兵的人就在我们学校对面的一块空地上作宣传,听说是117军在招兵,我们很多同学都去报名,有些人因为眼睛不好或者身体太差被淘汰,难过得当场就哭了。女中也有不少女生去报名,招兵的军官说只要男的不要女的,女生们不依,问他为什么只要男的不要女的,女的就不是中国人,就不能保家卫国吗?古时候还有花木兰、穆桂英等女英雄,现在男女平等,为什么还要歧视女性?七嘴八舌,叽叽喳喳,招兵的军官开始还辩解,可是被这么多女孩子围攻,寡不敌众,只得摇头苦笑,后来还是女中的校长给解的围。"朱义文想起当时的情景,仍觉得好笑。

潘耀先也笑了,"你家里还有什么人?"

"妈妈、哥哥和妹妹,还有一个姐姐,已经出嫁了。"

"你爹呢,不在了吗?"

"已经病死了。"

"我还好,爹妈都在,我家是个大家庭,家里有爷爷奶奶和5个兄弟姐妹,还有小叔小婶和3个堂弟堂妹。等赶走日本人后我请你去我家做客,番禺是个好地方,你会喜欢的,说不定你去了就不想走了。"

"不会的,不管什么地方也比不上我们凤凰,"朱义文摇摇头表示不同意,"那里风景优美,人民纯朴。像这样的冷天,我就待在家里,哪儿也不去,堂屋的火塘里烧着木头,暖和极了,我就坐在火旁看书,妈妈在旁边缝衣服。"

"在家真好啊,"潘耀先继续搓着手,说道:"这里太冷了。"

旁边有人嘘了一声,说道:"不要说话了,鬼子来了。"

潘耀先不说话了,向着敌人来的方向望去,果然远处的公路拐弯处出现了3个小黑点,很快这些黑点越来越多,越来越大,全是满载步兵的卡车,他数了数,一共有八辆。

2营长刘炳业也看见了,他立即对各连连长下达命令:"不要开枪,在地雷没有爆炸之前,谁也不准开枪!"

敌人的车队开过来了,越来越近,已经可以听到汽车马达隆隆的轰鸣声,看到架在车头上的歪把子机枪。

来的这支日军是笠原联队的横川大队,鬼子兵们在东石铺村里搜寻一阵,除了一点残羹剩饭、破衣烂衫,什么都没找到,恼怒之下,在村子里放了一把火,继续前进。

潘耀先第一次参加作战,尽管已经作好了各种准备工作,但是望着驶过来的卡车,依然紧张得牙关紧咬,一颗心怦怦直跳,不住地告诫自己:"镇静,千万别紧张!这没有什么,就当是参加演习。"

第一辆卡车终于进入了2营伏击圈,不知道已经有无数个黑洞洞的枪口在瞄准它,它丝毫没有放慢车速,继续向前驶来。2营官兵看着它逐渐靠近雷区,静等着即将到来的爆炸声。

在离雷区大约30米的地方,领头的那辆车突然停了下来,后面的几辆车也跟着停住不动了。从第一辆车的驾驶室里跳下来一个日本军官,他一面往前走,一面仔细打量着因冰雪融化而变得泥泞的路面。

刘炳业心里紧张了,难道敌人察觉到有埋伏?

他死死盯着日本军官的反应,只要发觉对方有什么异常,他就立即下令开枪。那日本军官边走边看,到离雷区还有几米的地方终于停住脚,又朝着山坡看了起来。

过了一会儿,日本军官转身退了回去,依然钻进了第一辆车的驾驶室。刘炳业松了口气,日本人还没发现中了埋伏。

那辆车的车轮又开始滚动,继续向前行驶,后面的也跟了上来,接二连三驶入雷区。伴随着一声爆炸,公路上扬起一片飞沙走石,将第一辆车完全掩住了,随后一股巨大的火焰冒了出来,卡车的油箱起火燃烧了,这时候又响起了一声爆炸,接着又是一声,紧跟在后面的两辆又触雷爆炸了,炸起的泥土和碎石像灰幕似的罩在公路上。只见一个个黑糊糊的人影拼命跳下车,连滚带爬地向后乱窜,后面的汽车全停下了,车上的日本人也在纷纷往下跳。

2营官兵开火了,噼噼叭叭的步枪声中夹着机枪哒哒哒哒的吼叫,然后迫击炮也响了,一枚炮弹正好落到敌人中间,效果惊人。

听到密集的枪炮声,一路被中国人堵截、追杀,早如惊弓之鸟的日本人大为恐慌,四处躲藏,有的躲到汽车后面,有的趴在地上。经过几分钟的混乱以后,日本人开始还击,但显然是漫无目的地盲目开火,敌人很快就调整过来,不像刚开始时那样混乱了,步兵散开在各自的隐蔽点射击,机枪和迫击炮也对着2营阵地开了火。

潘耀先端着枪,沉着地瞄准射击。他看到一个日本兵躲在一辆卡车车头后面射击,他对准他露出的半张脸,果断地扣动了扳机,那日本兵顿时往后一仰。这一枪成功,他打出了自信,紧张感消失了,他越打越顺手。

激战正酣,他听到身边的朱义文大声惨叫,声音凄厉,赶紧爬过去,只见朱义文满脸是血,一颗子弹击穿了他的钢盔,打破头骨钻进了他的脑部。他慌忙大声喊道:"卫生兵!卫生兵!这里有人受伤了!"

卫生兵迟迟没有过来,朱义文痛得大叫:"杀了我!求求你杀了我!"

潘耀先一面大喊卫生兵,一面紧紧握住他的手,不停地安慰他。"挺住,兄弟,挺住,没事的,你会好的。"

卫生兵终于过来了,一看伤势,立刻大喊担架过来,要快,一面给他简单包扎。他还在不住地喊叫:"杀了我!天啊,快杀了我!"

担架兵过来了,把他放上了担架,抬下阵地。潘耀先回到自己的位置上,继续作战。

战斗打得很激烈,日军大队长横川勇夫知道自己的部队暴露在公路上,只能被动挨打,下令强攻,突破中国军队的阻击。日军的机枪又开始拼命扫射,迫击炮兵也开了炮,一颗颗炮弹压向2营阵地。在火力掩护下,一队队鬼子兵从隐蔽处爬出来,向山坡上猛扑。2营官兵也猛烈还击,机枪和手榴弹狠狠朝冲上来的敌人招呼,很快就打乱了敌人的队形。敌人散乱之后,刘炳业下令反冲锋,官兵们爬起身,举着大刀,朝敌人狠命地冲杀过去。他们高声呐喊着,向日本人发动了潮水般的攻击。

双方拼杀在一起,展开肉搏,战斗变得极为残酷,喊杀声、刀枪碰击声四起,冰凉的刀光闪耀中,鲜血飞溅,头颅横飞,落在地上的钢盔顺着山坡骨碌碌乱滚。

3营也配合2营展开攻击,两个营的官兵同仇敌忾,奋勇拼搏,杀伤杀死了大量敌人。日本人死伤累累,再也支持不下去了,开始撤退,刘炳业见敌人想逃,下令追杀。日本人顺着公路逃了一段,还没甩掉身后的两个营,又迎头撞上了1营,原来游龙已命令1营迂回到日军后面,将其包围歼灭。日军不敢恋战,赶紧向附近的一座小山上逃去。2营3营紧追不放,日本人刚爬上山,他们也跟了上来,会同1营向日军包围攻击,双方再次展开激战。

左凌峰得到游龙报告后,又派了267团前往增援,决心把横川大队牢牢围在山上,将其全歼。

横川率领手下发动数次反击,试图打开一道缺口逃出包围圈,但每次都被血淋淋地打了回来,连一个中队长也被打死。一番困兽之斗过后,他向笠原发出了求救讯号。

笠原接到讯号后,亲自率队前往救援,左凌峰已得到侦察兵的报告,一边派266团前往阻击,一边向张一鸣汇报,张一鸣立即派43师快速赶过去,和266团在日军来路骆驼山一带设下包围圈,像一个口袋一样把日军紧紧装了进去。

笠原一开始还没怎么担心,镇静地组织日军向外突围,但几次突围都像撞在了坚硬的墙壁上,撞得头破血流,却连一条小缝都没撞开,心里有点发怵了,等到弄清楚当面的是117军时,这才感到大事不妙。

联队处在4个团的重围中,又孤立无援,恐慌之际,各队都在竭力突围,同中国军队展开了反复的肉搏战。一方拼命突围,另一方拼命包围,双方都使出了浑身的解数,所有的力量,战斗进行得极为激烈残酷。

292团3营的主防线在西北方向的一片松树林中,下午,3营营长魏庆魁正在树林边缘用望远镜查看敌情,突然看到有几名日军扛着迫击炮偷偷向右侧的一处山坳运动,山坳距离3营阵地大约五百米,他判断这一定是日军新开设的迫击炮阵地。他命令1连派一个班的人悄悄摸过去将它摧毁,1连长把这个任务交给了1排3班,并拨了一挺轻机枪给他们。3班长卢伟仔细查看了地形,确定好路线,领着大家从树林的南面绕过去。战士们小心翼翼地在滑溜的地上行走,避免因摔跤碰到树干,将树枝上的积雪摇下来,暴露目标。

离敌人迫击炮阵地约200米时,为了减小目标,卢伟命令兵分两路,他和副班长各带几个人从不同方向袭击敌人。

卢伟和几名战士弯着腰,悄悄靠近敌人,他们没有弄出一点响声,但不知怎么还是被日本人发现了。日军侧面的一挺机枪来了个点射,一名战士惨叫一声,倒在了地上。几个人刚扑倒在地,日军正面的机枪也响了,卢伟连滚带爬地向目的地飞奔,子弹在他头顶乱飞,打落的树叶、木片、树枝、树干纷纷落在他身上。他拼命跑到一个小山坡旁,不顾一切地滚下去,躲过了日军的机枪。此时他和其他的成员完全失去了联系,不知道他们是死是活。

看看身边已没有其他人,他只得独自一人继续朝目标前进。他四下看了看,好确定一下方向,却发现两个人正在他左前方的小山坡上,一个是班里的战士张国民,另一个是连里的机枪手刘洪涛,这使他又惊又喜,赶紧追上去,和他们会合在一起。

翻过小山就看到了那个小山坳,那里并排放了四门迫击炮,一个日本军官站在一旁,正指挥炮手朝着3营阵地发射炮弹。

三人悄悄下了山,伏在松树后,卢伟摸出二颗手榴弹,又向那两个战士分别做了手势,两人会意,张国民摸出了二颗手榴弹,刘洪涛则架好机枪,枪口对准了目标。准备完毕,卢伟低声喊道:"扔!"

四颗手榴弹接连飞出去,准确地落在了日军中,鬼子兵正忙于炮击,被这突如其来的攻击弄懵了,顿时乱作一团。没等他们反应过来,刘洪涛一个点射,将那鬼子军官打翻在地。这时,他们的右侧也响起了手榴弹和中正式步枪的声音,另一队战士及时赶到了。

日本炮兵慌了,纷纷退向对面的树林。卢伟大喊一声"上!"和张国民在火力掩护下,飞快地冲出树林,将手榴弹拉掉导火索,塞进迫击炮的炮筒里,将其全部炸毁。

做完这一切,他们赶紧往回跑,快到坡顶时,敌人增援的步兵赶来了,开始向他们追击,机枪、步枪子弹嗖嗖地飞过来,打在树干上,噗噗作响。张国民突然往前一栽,倒在地上,一颗子弹打中他的腰部,将他打成了重伤,卢伟赶紧弯下腰,把他背在背上,继续向前飞跑。

上了山顶,他们碰到了另一队战士,他们还有三个人,一个人和卢伟一起轮换着背张国民,另外两个和刘洪波殿后,飞快地撤回自己的阵地。

到了阵地,卢伟放下了已经昏迷的张国民,让人去喊卫生兵,自己去营部汇报。

从营部回来,他问卫生兵:"张国民呢?他怎么样了?"

卫生兵往旁边一指,说:"他死了。"

卢伟顺着他指的地方看去,不远处的一块平地上,并排放着六具尸体,他找到了张国民,他的身体蜷缩着,脸吓人的白,腰部的血将棉军装都浸透了。

他看到1班长带着1班和自己班的战士过来了,每人手里拿着一把铁锹,他问道:"要把他们埋了?"

1班长说:"连长命令我们先挖个浅坑,把他们暂时埋了,在坟头上做个标记,等仗打完了再重新好好安葬。"

卢伟也加入了掩埋行列,他和一名战士一起挖了一个土坑,然后将张国民的脸擦干净,脱下张的军装把他的头包起来,和那名战士把他抬起放进坑里。掩埋完毕,他砍了一根大的松树枝,用刺刀在松枝上深深地刻下张国民三个字,然后插在坟头,作为以后识别的记号。

再说横川大队被268团和267团围在小山上,左冲右突,横尸无数,始终冲不出包围圈。横川见伤亡过重,不敢再硬冲,只得改为坚守,死心塌地地等着救援。

游龙和叶博林见敌人龟缩在山上不肯出击,明白敌人是在固守待援。两人商量了一下,决定发起全面攻击,争取在敌人援军到来之前将其歼灭。制定好方案后,两人各自打电话通知自己的营长,命令他们做好出击准备,听到冲锋号响,立刻开始猛攻,不管付出多大的代价也必须往上冲,游龙对营长们的最后一句话很坚决,"有进无退,不惜牺牲,违令者杀。"又命令团迫击炮连,一听到冲锋号声,立刻快速发射,不要吝惜炮弹,一定要把敌人的火力压制住。两个团的官兵按团长的命令做好准备,静等冲锋号音。

冲锋号终于响了,随着雄壮的号声,两个团的迫击炮同时开始发射,炮弹直飞敌人阵地,在山头上盛开了一朵朵火花。战士们从隐蔽处爬起身,呐喊着直向山顶冲去。

残余的敌人仍然在做垂死的挣扎,由于弹药不足,横川命令手下收缩防线,节约子弹,一直等中国军靠近了工事,这才集中火力猛烈射击。密集的子弹像雨点般的打下来,压制得两个团的官兵连头都抬不起来。这时,两个团的轻重机枪也开始吼叫,向着敌人主要的火力点喷射出愤怒的火舌,敌人的枪声弱了一点,官兵们继续向前跃进。激战中,中方的一发迫击炮弹不偏不倚,恰好打在了日军的重机枪巢里,该机枪立刻没了声息。

官兵们大声叫好。敌人少了重机枪,步枪子弹也渐渐稀少,便开始投掷手榴弹,有些鬼子的手榴弹掷光了,甚至往下砸石头。

潘耀先也拿着一支上了刺刀的步枪,猫着腰往前冲锋,奔跑中,只听到头上当的一声,声音很大,好像是什么大的东西打在了钢盔上,然后又弹落下来,在他脚边骨碌碌乱滚,他低头一看,原来是一项日军的钢盔。大概一个鬼子慌乱中找不到砸的东西,把自己的钢盔都丢下来了。

官兵们终于冲到了日军阵地,一阵肉搏战后,日军抵挡不住,一步步后退,两个团步步紧逼,将他们压缩到山顶上,横川挥着战刀,领着残兵垂死挣扎。

胜利已经摆在眼前,将士们更加勇猛,无所顾忌地忘我搏杀。横川自知已经死到临头,决心鱼死网破。他握着战刀,躲在一个工事里,向冲进来的士兵猛砍,几名战士死在了他的战刀下,潘耀先愤怒了,拉开一枚手榴弹扔进去,将他炸得粉身碎骨。

横川一死,剩下的日军仍然负隅顽抗,中国官兵也不要他们投降,对于第6师团的鬼子,他们决不留情,决不宽恕,他们要的就是这些鬼子的命。

战斗结束了,一个士兵跑上山顶,将敌人的膏药旗拔起,扔在地上,将自己的军旗插上。军旗在浓浓的硝烟中飘扬,官兵们簇拥在军旗下欢呼着,呐喊着。他们终于如愿以偿:横川大队被全歼,无一漏网。

面对这个战果,许多人激动得热泪直流,他们总算为南京的死难同胞报了一点仇!为牺牲的袍泽报了一点仇!

第三十四章　狭路相逢

横川大队整队覆灭,给了笠原沉重的一击,自从入侵中国以来,他几时有过这样的败绩。但这时他根本顾不上考虑颜面问题,他只想赶紧挣脱罩在身上的大网,以免步横川大队的后尘。

到了这个时候,骄横惯了的笠原也不得不收敛起傲气,开始认真考虑突围方案。他和参谋们研究了一阵,决定集中兵力,强行向东北方向的野猪岭突围。

突围之前,笠原命令炮兵中队的山炮和各大队中队的迫击炮同时开火,猛轰东北方向的中方阵地,试图用火力掩护步兵杀出一条血路,突出包围圈。

防守野猪岭的是43师272团,团长是从新25师调过去的谭佩昕。刘捍中任43师师长后,现任军官大部分是从新25师调的,所以该师的管理模式、作战理念、战斗精神与新25师如出一辙,称得上是姐妹师。

看着蜂拥而来的日军,谭佩昕下令全团官兵:沉住气,把敌人放近了打。

日军越来越近了,272团阵地却一片沉寂,笠原拿着望远镜,紧张地看着,但什么也没有看到。突然,不知从哪里冒出来的山炮、迫击炮,呼啸着向他们开火了。

原来,笠原先前对272团的集中炮击已引起刘捍中注意,他判定日军一定是想从那里突围,所以一面调人过去协助272团,一面命令师直属炮营对冲锋日军展开炮击。

43师炮营营长鲁大为是43师的旧人,43师在第二次长沙会战中被日军包围,几乎全师覆灭,炮营也遭到毁灭性打击,他装成死人藏在一堆尸体中才躲过了日军的搜索。他活下来了,但他的炮全完了,炮手也全完了,整个炮营只剩下他孤零零的一个,他没有死里逃生的喜悦。

战后,炮营重新组建,新配的山炮是从美国进口的,威力大,准确性高,看着这些盼望已久的、崭新的山炮,鲁大为摸不清自己该哭还是该笑。

新的人从另外两个师调来了,当然也有新兵。抱着强烈的复仇心态,他要求部下不停地训练:搬炮弹,把炮弹装入炮膛,安装引信,测量距离,然后取出来,再装进去……他的要求非常严格,严格得近乎苛刻,部下已在私下抱怨,对此他不做任何解释,他知道战争会解释一切。

看着像蛆虫一样向前蠕动的日军,他大声发布着命令:"右转20度,距离500米,预备——"

炮手们已经调整好了距离,把炮弹送入了炮膛,合上炮闩,等着他的发射命令。

他把旗子猛地一挥,喊道:"开炮!"

炮弹从炮口喷出,在空中划着弧形弹道,带着长长的炫目光带,准确地落到目的地上,立刻腾起一团团火光。鲁大为从望远镜里清楚地看到一颗颗炮弹落到冲锋的队伍中,火焰接连腾起,在火焰中闪烁着炮弹爆炸的闪光,很像节日的烟花,烟花中,鬼子兵们有的被炸断了腿,有的被炸飞了胳膊,有的被爆炸的气浪高高地抛到空中,然后像断了线的风筝似的,轻飘飘地落在地上。

他的心里掠过一阵复仇的快感,接着发布命令:"没有修正,各炮继续发射。开炮!"

炮手们不停地发射,一门门山炮发出令日军心悸的怒吼声,炮口喷出火光,炮身向后倒坐。鲁大为不断地挥着旗子,大声喊叫着:"动作快点!快!给我狠狠地炸!炸死这些王八蛋!"

炮手们以最快的速度运作,搬炮弹、填炮弹、发射,然后就是令人满意的爆炸,炮弹弹无虚发,平时的辛苦这时充分得到了回报。各团的迫击炮也配合着从不同的方向发射,连同山炮的爆炸声一起在山间回荡。

被疲惫和失败情绪笼罩的日军早已没有当初南下时的那股斗志,精确的炮击让他们胆颤心惊,昔日不可一世的皇军如同热锅上的蚂蚁一般,四处乱窜。

堂堂的第6师团竟然出现畏缩不前的状态,笠原勃然大怒了,抽出战刀一挥,吼道:"冲!给我统统往前冲!谁敢停下,就是帝国的叛徒,一律执行战场纪律!"

在他的威逼下,一个个鬼子兵只得端着枪,冒着炮火继续往前冲锋。一些日军总算逃过炮击,冲上来了。谭佩昕清楚团里新兵较多,不敢把敌人放得过于靠近,当日军离前沿阵地有100米左右时,他高喊一声"打",立刻,已经沉寂了多时的机枪、步枪同时开火了。

他命令各机枪手:"扫射!不要给我节省子弹,密集扫射,一定要形成有效的火力网!"

又针对新兵喊道:"不要紧张,瞄准了打!"

看着不断倒地的敌人,他一边举着手枪射击,一面不停地大喊:"打!狠狠地打!第6师团的鬼子一个也不能放过!"

笠原也命令日军用机枪和迫击炮回击,掩护步兵冲锋,野猪岭一带到处是刺耳的枪声和炮弹手榴弹的爆炸声,子弹呼啸,弹片飞溅,火光闪闪。

战斗中,敌人的一颗迫击炮弹在谭佩昕附近爆炸了,他的背部和胳膊被弹片划破了好几处,受了一些轻伤,离他不远的一名机枪手却被炸倒在地,身上到处冒血,一条腿也被炸飞了。

他一面大喊卫生兵,一面疾冲过去,发现机枪手颈椎被炸断,已经阵亡,此时敌人发觉这边的机枪哑了,朝着这个方向冲了过来。他急忙将死者拖到一边,操起机枪,对着靠近的敌人突突突地扫射起来,一些老兵见情势危急,放下枪开始扔手榴弹,跑在前面的敌人纷纷倒地,没死的发出令人心悸的凄惨叫声。

日军不敢再冲了,在军官们的威胁下,又不敢掉头后退,只能像一群吓昏了头的野猪一般,四下找地方乱躲。

看着这一切,谭佩昕决定反冲锋。他呼地站了出来,挥着大刀喊道:"弟兄们,鬼子害怕了,冲上去杀啊!"

刹那间,中国守军发出雷鸣般的喊声"杀啊!",勇猛地从战壕里冲了出来,挥舞着大刀直奔敌人,刀片在阳光下发着一道道寒光。日军端着枪应战,双方的大刀和刺刀撞击着,发出刺耳的金属声。官兵们一边砍一边骂:"狗娘养的,赶快滚回你们东洋去!"

"小鬼子,老子送你上西天!"

阵地上到处刀光闪闪,有个会武术的士兵将大刀舞得呼呼生风,一口气竟然劈死了5个鬼子,鲜血溅得满身都是,仿佛成了一个血人。一番激烈的肉搏之后,日军越来越气馁,中国官兵们则越杀越勇,越杀气势越高,不停地追杀着日军。日军终于崩溃了,纷纷掉转头没命地往回逃,只恨爹娘少生了两条腿。官兵们不再追了,举枪射击,一直到日军跑出射程之外才停止。

鲁大为一直密切关注着战场,当敌人靠近272团前沿阵地时,因为害怕误伤自己人,他下令停止炮击。这时看到溃败的敌人和自己人拉开了距离,他赶紧命令炮手:"快!赶快开炮!好好欢送他们!"

炮兵们飞快地调整目标,开始发射,轰隆声中,奔跑的日军有的被炸得腾空飞起,有的被炸得缺胳膊少腿,哀嚎声不绝于耳。

272团官兵们见鬼子挨炸,高兴得欢呼起来:"炸得好!再来!"

"小鬼子,你们也有今天!"

"回去!赶快给我回去!"笠原看着联队进攻失败,不禁气急败坏,挥着战刀,冲着退回来的日军声嘶力竭地吼叫着,仿佛一个疯子一般。但是兵败如山倒,已经毫无斗志的日军根本不理会他的叫嚣,仍在不断溃退。笠原急了,举起战刀,怒气冲冲地迎上前,直冲向一个小队长,那小队长惊恐万状地看着他,他毫不犹豫地挥刀劈了过去。

"啊!"那小队长惨叫了一声,脑袋被劈开了。

看着这一幕,左右的日军都吓呆了,既不敢进,也不敢再退,看着笠原凶残的脸,有的双腿已经开始瑟瑟发抖。

笠原扫视了他的手下,似乎意识到了什么,突然回过身来,用指挥刀指着炮兵少佐内山一郎,狂叫着:"集中全部的火炮,给我实施密集轰炸。"

炮击开始后,笠原端着望远镜仔细观望,看着中方阵地升起的朵朵火花和滚滚浓烟,不时发出恶狠狠的声音:"炸,不停地给我炸!"

还没等步兵开始冲锋,他发现山炮的轰击密度明显减小,怒冲冲地对内山吼道:"怎么回事?出了什么问题?火力为什么减弱了?是不是炮出了故障?"

内山忧心忡忡地回答说:"报告联队长,我们的炮没有问题,是炮弹不够了。"

"八嘎!为什么不早说?"笠原眼里凶光四溢,瞪着内山足有一分钟之久,面部肌肉急剧抖动着。内山被他看得浑身发冷,一颗心怦怦乱跳。

不等内山回答,笠原挥着还有血迹的战刀,大声命令:"传我的命令,所有的步兵统统向一线发动总攻!"

一个个鬼子只得从各自的藏身之处爬出来,打起精神又开始了新一轮冲锋。

笠原还在声嘶力竭地狂叫:"听着,谁敢擅自停止进攻,杀无赦!"

日本兵们在他战刀的驱赶下,潮水般地涌了上来。

谭佩昕这次把敌人放得更近了,当一部分冲锋的日军躲过炮营的炮击,逼近阵地时,他命令:"准备好手榴弹,听我号令!"

他一直等到日军离阵地不到50米时才大喊一声"给我扔",无数颗手榴弹飞出去,像雨点般地落在了敌群中,轰隆声接连不断,日军当即倒下一大片,衣服碎片和血肉随着弹片在空中横飞。日军被炸得张皇失措,还没反应过来,机枪步枪又响了,一排排子弹扫过去,像割茅草一般,呼啦啦地割倒一大片。

谭佩昕不等敌人回过神,立即下令转入反攻。272团官兵士气正高,听到命令,抽出大刀就冲入敌阵,雪亮的大刀不停挥砍,刀光如片片银花在飞舞,砍得敌人非死即伤,杀得日军再次大败而逃。

看着跑回来的队伍,笠原气得暴跳如雷,瞪着一双鼠眼,吼道:"回去!继续进攻!"

"联队长,这样硬冲不行……"大队长矶谷平夫中佐过来说。

笠原瞪着矶谷,矶谷身上已受了好几处伤,浑身鲜血淋漓,脸色灰白,几乎快要站不稳了。

矶谷出身贵族,父亲是个大将,是陆军参谋本部里很有影响力的实权人物,所以笠原对这个部下不敢得罪,一向礼让三分,听了矶谷的话,他压住火气,问道:"怎么不行?"

"有勇无谋、只知道蛮干的武夫!"矶谷心里暗骂了一句,他向来瞧不起笠原,认为他是个贪婪、刻薄、粗鲁、愚蠢的乡巴佬。尽管蔑视对方,但对方毕竟是上司,他还是恭敬地回答:"联队长,目前我们弹尽粮绝,士兵们已经疲倦到了极点,而重庆军以逸待劳,士气旺盛,这样硬冲除了增加伤亡以外,根本没有什么效果,我们得向师团长汇报,请求援助。"

笠原已经别无他法,只得接受他的建议,向师团长汇报了联队的情况。2个小时之后,一架运输机出现了,看着机身上的膏药标记,日军欣喜若狂,挥着旗帜对着空中大叫:"在这里。"

一个中国士兵见状,灵机一动,脱掉外衣,把穿在里面的白褂子脱下来,用血在中间涂了个圆球,绑在枪尖上,对着日机乱晃,其他人见状也纷纷仿效,很快,中国阵地上也出现了无数"太阳旗"。

刘捍中走出了掩蔽部,看到阵地上到处挥舞的"太阳旗",不觉笑了:"这些机灵鬼。"

他抬头望着敌机,运输机在空中盘旋了几圈,开始往下扔包裹、麻袋、箱子,空中飘落下了一朵朵蒲公英似的伞花,有不少落在了43师阵地上。

日本人气得指着飞机大骂:"混蛋,往哪里扔!"

"可恶的飞行员,眼睛瞎了,连敌人都分不清了!"

中国官兵们捡起包裹、箱子打开,箱子里整齐地装着山炮的炮弹,麻袋里面是大米,包裹里面则是各种罐头还有饼干,战士们嘻笑道:"发洋财了!"

看到炮弹,刘捍中顿时眉毛一挑,脱口而出:"敌人缺弹药了!"

这时,耿秋林飞跑过来,边跑边嚷:"师座,敌人投下来的有炮弹,他们一定炮弹不够了！我们可不可以趁敌人还没准备好，抢先攻击？"

"我也是这么考虑。"刘捍中说道，"通知各团，准备出击！"

此时的日军正高高兴兴地收拾东西，两天来，他们的粮食吃光了，又抢掠不到足够的食物，一直处于半饥饿状态。飞机空投下了食品，他们来了精神，除了负责警戒的人以外，其他的都放下刀枪，忙着收拾、分发食品。一时间，日军阵地上犹如过节一样，一些人兴高采烈地说笑，一些人哼起日本小调，纷纷扰扰地好不热闹。

此时，刘捍中下令出击。接到命令，战士们毫不犹豫地冲出阵地，伴随着一声声惊天动地的喊杀声，直向敌人扑去。日本人没料到中国人会大规模主动出击，面对四面八方的攻击，顿时慌了神，手忙脚乱地抓起枪抵抗。官兵们已经知道日军弹药不济，都被一种胜利的渴望支配着，士气旺盛到了极点。炽热的战斗精神使他们冒着敌人的阻击，如决堤的洪水一般冲过去。日军被打了个措手不及，仓促之中组织不起有效的防御，43师官兵借着那股冲劲，一股作气冲进了敌人阵地，日军挺着刺刀迎了上来，43师官兵们挥刀猛劈狠砍，和日军厮杀起来。

双方正进行着你死我活的厮杀，十架日本97式轰炸机出现了。日军司令部派运输机运送粮食弹药之后，又派出轰炸机前来救应，试图陆空联合，帮助笠原联队杀出重围。但漫山遍野都是激烈的肉搏，中日双方完全混战成一团，日军飞行员驾着飞机在天上不停地盘旋，就是不知道该把炸弹往哪儿扔。

一番恶战之后，日军抵挡不住了，开始后退，43师步步紧逼，将日军压缩到了玉皇山一带，日军凭借山势，苦苦抵抗，这才稳住了脚跟。

笠原不甘心失败，将残余人员拼凑起来，准备向43师发动反扑，杀出一条血路突围。在飞机、大炮一阵狂轰之后，一群群鬼子兵就像一群快要输光了本钱的赌棍，凶狠地向外冲锋，仿佛在下最后的赌注。

"天皇万岁！"

"大日本帝国的勇士们，冲锋！"

日军清楚自己再无退路，狗急跳墙，鼓起精神嗷嗷叫喊着猛冲下来，靠着火力掩护，终于冲到了被炮火映红了半边天的中国军队阵地前沿，肉搏战又开始了。

43师官兵奋力拼搏,再次将日军杀了回去。只见玉皇山脚下,两国军人的尸体层层堆积着,血水沿着松软的黄土流淌着,像一条条殷红的小溪。

又一次突围失败,死伤惨重,日军已经极为疲劳,精神完全颓败下来,笠原自己也心力交瘁,不敢再冲了,向师团长神田发电报求援,神田回电说援军已经出发,要他一定坚守住。笠原松了口气,带着残部拼命阻挡43师的攻击,负隅顽抗,翘首盼望援军快速到来。

横川大队被全歼,首战告捷,已经极大地鼓舞了117军全军官兵,如今笠原联队又被牢牢包围,更让官兵们有了必胜的信念,他们紧紧地围住笠原联队,一步一步紧缩包围圈,一步一步向胜利的目标迈进。

作为军长,张一鸣现在更是热情高涨,信心十足。他密切关注着战场发展,他清楚笠原联队被围,第6师团一定会派人救援,而且他估计第6师团的总部应该就在附近,他派了好几支搜索队出去,从不同方向搜寻其他日军,特别是第6师团总部的位置,抗战以来,他已经打死了日军的联队长、旅团长,如果能再添加一个师团长,尤其是国人切齿痛恨的第6师团的师团长,将给他的抗战生涯或者也可以说是军事生涯写上辉煌的一笔。

正如他所料,第6师团长神田正种确实就在附近,正亲自带领一个联队和师团直属部队,赶往玉皇山一带援救笠原联队。

一支搜索小分队发现了这路日军,但没有侦察到第6师团总部也在,小分队迅速向张一鸣报告。张一鸣从日军前进方向判断,认为应该是赶去增援玉皇山日军,当即命令新25师立即前往分支岭阻击,那里是日军的必经之地。于是两支军队如同赛跑一样,从不同的方向朝着同一个交叉点飞奔。

由于受大量伤兵和辎重的拖累,日军速度缓慢,为了争取时间,尽快解救被困部队,神田命令随同的高仓联队先行,放弃伤兵和辎重,轻装急行军前进,他带师团部、直属部队、辎重以及伤员随后跟进。高仓联队没有了负累,速度加快,而师团部行动却更慢了,很快就被远远甩在了后面。

神田没有料到新25师正在斜插过来,准备将分支岭的道路切断,阻截他们,高仓联队速度太快,新25师慢了一步,没能将它截住,却恰好撞到神田所率的队伍,把它与高仓联队切断了。

狭路相逢,双方立即摆开架势战斗起来。陈子宽发现日军人数并不多,不愿仅仅打一场阻击战,而是展开攻势向日军包抄过去。神田与作战部队断开了,哪敢恋战,率部且战且退。陈子宽命令514团留在分支岭,512团和513团继续追击。神田一直退到双丰镇,见新25师越追越近,不敢再退,匆忙下令构筑起工事在此坚守。

在分支岭打扫战场的514团战士从一个打死的日军军官身上搜出了一本日记,交到团长手里,514团原团长叶遂勋已升为副师长,现任团长是尚志杰,尚志杰虽然不懂日语,但日本文字是根据汉字创造的,许多日本字根本就是原封不动的汉字,他勉强弄明白了一些内容,赶紧向师长报告。

此时新25师已经赶到双丰镇,对镇子展开了攻势,日军躲在临时工事和民房内阻击。展开了一次攻击之后,陈子宽察觉对方没有大部队,便将小镇包围起来。

接到尚志杰的报告,陈子宽兴奋之际,一面命令两个团加紧攻势,一面向军长作了汇报,张一鸣闻讯大喜,他命令陈子宽继续攻击双丰镇,不要放跑了一个鬼子,尽量活捉神田,又命令已全歼横川大队的105师266、267团立刻赶往分支岭,如果高仓联队回援双丰的师团总部就阻击它,如果不回援就追上去尾击,514团待两个团赶到后,则前往双丰镇参加战斗。

他清楚第6师团师团部被围,各部日军一定会全力驰援,单凭117军一军之力难以全面阻敌,所以布置完毕,他便向薛岳作了汇报,薛岳听了也是大为高兴,随即调兵遣将,封住通往双丰镇的各条道路,命令各部队届时一定要不惜一切代价挡住救援日军,以保证对第6师团师团部的围歼成功。

得到薛岳通知后,张一鸣立刻打电话给陈子宽:"子宽,现在薛司令长官已调友军封住双丰镇的外围道路,切断敌人的外援,你们只管大胆进攻,拿下双丰镇。"

陈子宽立刻把营以上军官叫到师部,满怀激情地说道:"我把诸位叫来,是有一个重要消息非通知你们不可,因为被我们包围在镇子里的敌人是第6师团师团部,而且敌人的师团长很可能也在里面!现在薛司令长官已调友军封锁了双丰镇与外界的道路,敌人没有援军,我们只管放手狠狠地打!"

说到这里,陈子宽将右手捏成了一个拳头,用力作了一个往下砸的动作,继续说道:"诸位,这个第6师团,东北、华北、淞沪、南京战场它都参加了,到处侵占我国土,杀害我同胞,抢劫我财富,南京大屠杀更不用说了,可以说无恶不作。所以不管是出于国仇,还是家恨,我们都不能放过它!"

此言一出，军官们全都为之动容，师部轰地一声顿时炸了锅，惊喜、憎恨、厌恶、激动交织在一起，犹如火山岩浆一样从每个人的胸口喷涌出来："好极了！终于网住了一条大鱼！"

"第6师团也有今天！"

"一定要将他们全部消灭，一个也不能漏掉！"

"对，第6师团的鬼子我们只要死的，不要活的！"

"不行，其他的只要死的，但这个师团长要活捉！"

"大家安静一下，听我说。"陈子宽握紧拳头，用力挥着，激昂地大声说道："能够歼灭第6师团师团部，这是多少部队梦寐以求的机会，今天却让我们新25师得到了，这是我们的光荣。我们绝不能放过这个机会，一定要拿出我们新25师不怕牺牲、不畏强暴的精神，用猛虎般的威力去打败敌人，为南京大屠杀的死难同胞报仇！为所有死在第6师团屠刀下的同胞报仇！"

"我还有一句话要跟大家说清楚！"他不等大家表态，继续说道，"此战事关重大，全中国的老百姓可都在看着我们，等着我们胜利的捷报！所以我把丑话说在前头，此战谁敢违抗军令，畏敌不前，我决不轻饶！"

众军官齐声说道："请师长放心！我们一定全力作战，不拿下双丰，誓不为人！"

"打进双丰，活捉神田！"

第三十五章　围攻

新石是个大乡，土地肥沃，良田众多，果树成林，一条宽阔的古驿道和民国以后修筑的一条简易公路通过境内直达长沙，对农产品的流通极为有利，一直就是个富庶之地，这里的人们衣食无忧地生活着。可是一、二次长沙会战，日本军队南进和后撤都途经这里，自此一切都变了，有的人家亲人被残杀，有的人家房屋被烧毁，有的人家财宝被洗劫，不少家庭变得一无所有，往夕幸福宁静的生活似乎从此难以复返了。

这次长沙会战一爆发，乡里就通知各家各户把粮食、财物该藏的藏，该埋的埋了，避免资敌。日军南下时虽然没有经过金石，但人们并没有因此而放下心，不断打听各处的消息。117军进驻金石后，他们又喜又忧，喜的是日

军已被打败,正在往北逃窜,忧的是这里又要打仗,不知道自己的家园这一次会不会毁于战火。

乡里有一个刘姓大族,族长刘志铭为人正直、仗义,深得族人敬重,也是一乡之望。117军到达金石的当天上午,他就把族里的人召集到了祠堂里,族人还以为他要把大家组织起来,做好防备日军的工作,没想到他却说了如下的话。

"我今天把大伙儿找来,是想跟你们商量一件事。你们听说了吗,日本鬼子在长沙吃了败仗了,正夹着尾巴往回跑呢。国军今天一大早就到金石来了,我估计国军要在这里打日本鬼子。我想大伙儿没有一个不希望国军打胜仗,狠狠揍小鬼子的。我们当老百姓的,能够帮国军做点什么呢?打仗我们是帮不上忙,干点别的总还可以,我想了,我们凑些猪肉呀、蔬菜呀什么的去慰劳国军将士,大伙儿看怎么样,同不同意?"

"同意。"

"我没有意见。"

"就按族长说的办。"

大家纷纷表示赞成,因为生活在这块土地上的人们,谁不对日本人恨之入骨呢?在他们看来,他们的土地、家园,他们祖祖辈辈生活的地方,他们辛勤创造的财富,他们宁静安谧的生活,都让这些从遥远的岛屿渡海而来的强盗给破坏了。野蛮无人性的日本人不仅抢劫了许多人的财富,还烧毁他们的房子,奸淫他们的妻女,残忍地屠杀他们的亲人,不少人家因此家破人亡,一无所有。他们已经意识到只要日本人占领这里,他们连基本的生存权利都将不复存在。

"既然大家都同意,那就这样定了。至于每家愿意拿出什么,你们自己看着办,条件好的,出一头猪两头猪全凭你们自家商量,条件差的,捉一只鸡或者挑一担菜来,也是你们的心意。我是族长,我带个头,我家出三头猪。"

"我出两头猪。"最先响应的是刘永生,第二次长沙会战时,他15岁的女儿被鬼子兵轮奸后,又用刺刀捅了几刀,虽然活了下来,但纯洁的少女经受不起羞辱、痛楚和恐惧的强烈刺激,变成了精神病患者,至今一见到陌生男人就尖叫着四处躲藏,所以他对日本人恨入骨髓,把家里仅有的两头猪全献了出来。

有人紧跟着说:"我出一头猪。"

"我也出一头猪。"

"我出两只鸡。"

不仅刘姓族人踊跃献猪献菜,附近一些乡民听说后,也跟着加入进来,一共筹集了大大小小50多头猪,80多只鸡鸭,200来担蔬菜。大家一直忙碌到深夜才把猪和鸡鸭宰杀完毕,天一亮就送到了镇上。

除了刘姓族人,乡里另一个老人也召集了自己村里的一些青壮年,赶着马车、抬着自做的担架、挑着箩筐来了,想帮着运送伤兵、粮食和弹药。

张一鸣得到报告非常感动,尽管繁忙,他还是抽了一点时间接见了这些乡民,由衷地向他们表示谢意:"乡亲们,感谢你们对我部官兵的厚爱,我们当军人的,能得到你们这样热情的支持,精神上所得到的鼓舞是无比巨大的,我们一定努力杀敌,以此回报你们的关爱。"

他命令把这些东西分发到各部队的时候,一定要说明是老乡自发送来的犒劳品,以激起将士们的自豪感和荣誉感,提高他们的战斗热情。

战斗的顺利,老乡的热情,使张一鸣信心十足,当他得到第6师团部被包围的报告后,心猛烈地跳动起来,这可是他梦寐以求的机会啊,歼灭掉第6师团部,不仅可以一雪上次失败的耻辱,而且在目前日军在南亚攻城略地,势如破竹,盟军处处失利的情况下,这样的胜利也许能够让世界对中国军队刮目相看,甚至还能注意到张一鸣这个名字。

他现在踌躇满志,一切都在朝他期望的方向发展,他相信自己会如愿以偿的。他不愿意在司令部坐等报告,把作战安排就绪,他对江逸涵说:"志坚兄,我到双丰去督战,这里交给你。"

江逸涵清楚双丰这一仗的分量,没有劝阻他:"好,军座放心去,有什么情况我会及时向你报告。"

张一鸣走出司令部,今天的天气晴好,阳光照在人身上,暖洋洋的极舒服。他的吉普车就停在门口的大槐树下,几个穿着破旧棉衣棉裤的老乡围在车子周围,好奇地看着,向司机包大宽询问车子的问题,他得意地解说,还按了几声喇叭给他们听。

张一鸣上了车,车子离开小镇往双丰方向开去,警卫们骑马跟在后面。由于天气晴朗,积雪融化,公路变得泥泞不堪,包大宽放慢车速,小心翼翼地绕过一个个水坑。汽车沿着深深的车辙往前走了大约一个钟头,一路上不断遇到往前线运输弹药和往后方抢送伤员的卡车、马车,拖泥带水地来来往往。

到了一段极为破烂的路段,前面停着一辆卡车,2个士兵和3个乡民正在奋力推车。张一鸣站起身,大声问道:"车怎么了?"

有人回答:"后轮陷在烂泥坑里了。"

吉普车开过时,张一鸣看见卡车的前面用一辆马车拖着,车夫甩着鞭子使劲吆喝,满身大汗的马儿喘着粗气,拼命往前挣扎,满载弹药的卡车轰轰地吼叫着,车轮向后甩出一团团烂泥,但始终爬不出泥坑。

见此情景,张一鸣下令:"大宽,去把马车换下来,其他人全部下去帮着推车。"

吉普车换下了马车,张一鸣脱掉大衣,和手下一起加入了推车行列,包大宽开足马力,军民齐心协力,终于把卡车弄出了泥坑。

弄出了卡车,张一鸣重新坐上吉普车,继续前行,前方的爆炸声越来越响,已经可以分辨出是炸弹的声音。

包大宽问道:"军长,好像有敌机,还要往前开吗?"

张一鸣毫不犹豫地回答:"继续开。"

车子往前走了几里路,包大宽隐约听见左侧有飞机马达声,扭头一看,可不正是一架轰炸机正朝这边飞来,他赶紧一踩油门,车子像炮弹似的直往前冲。那架轰炸机果然是冲着他们来的,伴随着一阵怪叫声,猛地俯冲下来,同时扔下了一颗炸弹,炸弹偏了一点,落在了左前方路边的水沟里,炸起的污水和淤泥四处飞溅。

包大宽急踩刹车,众人忙低下头,冲到半空的污水和淤泥落下来,洒了大家一身。

包大宽继续飞快地往前冲,见那飞机在转弯,大概还要再来炸一次,他心里紧张,顾不得躲避水凼和泥坑,一股脑地朝前猛冲,差点弄翻了车子。

张一鸣开口了:"大宽,放松点,我虽然不怕死,可也不想被你摔死。"

包大宽听军长声音很沉着,稍稍镇静了一些,眼看右前方出现了一片树林,急忙将方向盘往右一打,汽车穿过一片蔬菜地直往树林冲过去。

日机又向这边冲过来了,这时从林子里传出了火炮望空的射击声,日机不敢低飞了,炸弹都没顾得上扔,慌忙拉起机头往上窜。

车子进入树林,在林子里穿行一段后停住了。张一鸣下了车,看了看四周,林子里静悄悄的,不见一个人影儿,只看到很多炸倒的树木和炸弹坑。他继续朝前走,终于在一棵冬青树旁发现了一门火炮,上面盖着树枝,旁边站着几个炮兵,头上也用树枝作着伪装,如果不是走近了,根本看不出来这里是炮兵阵地。

随着一阵窸窸窣窣的声音,从树丛里钻出来一个人,说道:"军长还好吗?"

来人是新25师炮营营长赵昌北,前营长杨明举已升为军炮团团长,张一鸣对他说道:"我很好,看起来敌人对这里炸得很厉害嘛。"

"敌人这是胡乱轰炸,想让我们隐蔽在树林里的炮开火,摸清我们的位置,把我们炸掉,我没有上当,这次为了军长才开的火。"

"你们的位置暴露了,要马上转移。"

"我已经下了转移命令。"

张一鸣又向他问清楚了师指挥所的方位,然后离开炮兵阵地,继续向东北方向走了3里多,便遇到一个岗哨,张一鸣叫他带路去师指挥所,他领着他们进入一个灌木丛,拨开灌木,里面竟是一个地洞的入口,这个伪装极为巧妙,如果不是有人带路,谁也别想找得到。张一鸣弯腰钻进去,进入一个地下掩体,掩体挖得很深,顶部盖着大圆木,中间用炮弹箱叠成的桌子上点着油灯,墙角交叉着电话线,还烧着一堆木柴,所以掩体里面虽然潮湿,但并不阴冷。

陈子宽和吕德贤以及参谋长唐文煊都在,正围坐在桌子周围讨论着什么,见他来了,忙站起身,唐文煊请军长坐他的木桩,自己把墙角的子弹箱拖过来坐。

张一鸣询问目前的战况,陈子宽答道:"敌人打得很凶,简直就是亡命,飞机轰炸也非常厉害,不仅架次多,炸得相当猛烈,而且还丢了燃烧弹。我只能命令各部队在飞机来轰炸时马上隐蔽起来,飞机一走再开始冲锋,这样一步一步往前推进,所以进展相当缓慢。虽然到现在我还没有得到确切情报可以证实神田就在这里,但从这两点来分析,我认为他很有可能在。"

张一鸣点了点头,"你分析得不错,现在从各处赶来救援的日军,特别是第6师团的,像疯了一样,在外围和我们的各个友军打得很激烈,我敢断定神田就在双丰,我们一定要抓紧时间,尽快拿下镇子,结束战斗,以免夜长梦多。"

"军座,目前各团都在拼命向镇子推进。现在外围的小鬼子正在顽抗,打得很凶,也很亡命。"

张一鸣听了,对吕德贤说:"走,我们去看一看。"

吕德贤陪同他到前沿阵地去视察,走到一座小山上,从那里已经看得到双丰镇,镇子上空还弥漫着厚重的黑烟。他举起望远镜观察了一下,这座小镇位于一处平坦的开阔地,四面八方都是无遮无挡的稻田,对进攻非常不利。日本人在镇子外围挖了一道道简易战壕,在关键的路口设置了鹿砦和机枪阵地,已做好在此坚守的准备。自己的部队正从几个方向对敌人发起进攻,光听枪炮声就知道战斗进行得异常激烈。

张一鸣放下望远镜,对吕德贤说道:"神田这只老狐狸,还真会挑地方。"

吕德贤答道:"就算他是狐狸我们也要把他揪出来。"

"千万不要掉以轻心,这可不是普通的狐狸,而是一只老奸巨猾的狐狸。"

他来到镇子西面,负责镇西攻势的是512团。到了团指挥所,团长谢昭正拿着话筒在那里大声吼着:"你怎么还在原地不动?……我知道你们的伤亡很大,但是小鬼子也好不到哪里去。……你的脑袋是花岗岩做的吗?一点都不开窍!打了几次都不行,你就不能想想别的办法吗?……你一定要拿下那个阵地,只要你拿下了,我给你请头功!"

他放下话筒,回头看到军长,忙站起来,张一鸣说道:"你说一下你们的进展情况。"

"我团目前已经打到了敌人在镇外的最后一道防线,只要扫清了外围的鬼子,我们就可以直接进攻镇子了。"

"什么时候拿下这道防线?"

谢昭说道:"我已经组织了三次冲锋,小鬼子的火力太猛,没有成功。"

张一鸣没有再问,走到一条残破的战壕里,悄悄地用望远镜仔细观察对面的日军。此时双方激战正酣,到处都是硝烟,双方阵地之间满是身穿灰色和黄色军服的尸体。512团官兵正与日军进行着激烈的攻防战。由于地势平坦空阔,攻击的官兵们只能利用田埂、树木、坟墓以及各种凸起的物体,不断变换着位置,一面躲避敌人的枪弹,一面向前冲锋。不时有人被击中倒下,许多人身上已经挂了彩,但除了重伤员,其余的依然前赴后继地前进,谁也不肯退缩。

他又仔细查看日军的阵地,日军躲在壕沟和一个个临时掩体里,拼命地进行着阻击,特别是几个重机枪掩体,无情地吐着火舌,形成了有效的火网。神田在双丰的人马虽然不多,但绝大部分是师团的直属部队,不仅装备精良,而且都经过严格训练,这些人对国家、对这个师团都绝对忠诚,比一般的鬼子兵更加凶悍顽强,加上辎重部队又跟在一起,弹药也比较充足,所以新25师各团都打得异常艰难。

看完,张一鸣放下望远镜,对谢昭说道:"命令部队,立刻停止攻击!"

"是!"谢昭转身对一个参谋说道:"通知全团,立刻停止攻击!"

张一鸣又对谢昭说道:"命令各部队原地待命,抓紧时间休息,各部队长官注意加强警戒,防止敌人反扑。"

谢昭不知道军长要干什么,但他要在这里坐镇指挥,对512团来说自然有利无弊,自己也减轻不少压力,立即答应:"是!"然后一一通知各营长。

张一鸣回到团指挥所,拨通军炮兵团的电话,找到杨明举,命令他:"我是张一鸣,你马上给我调两门炮到512团来,越快越好。"

"是!军长。"

一个小时之后,军炮兵团魏明翰少校满头大汗地一路跑进了指挥所,喘着气说道:"报告军长!军炮兵团奉命将两门火炮带到!"

张一鸣站起身就往外走:"好!你跟我来。"

张一鸣领他来到战壕里,拿着望远镜将对面重新看了一遍,然后递给他,一边用手指将那几个重机枪阵地逐一指给他看,一边说道:"看到那几挺重机枪没有?那,那,那,还有那,看到了吗?"

魏明翰接过望远镜,顺着军长手指的方向望去,张一鸣的望远镜是十二倍的,不仅将日军的重机枪掩体清晰地呈现在眼前,连露出来的枪眼都看得清清楚楚。

看完后,魏明翰把望远镜还给军长。张一鸣问道:"都看清楚了吗?"

"都看清楚了。"

"这些都是敌人主要的火力支撑点,对我步兵进攻阻碍很大。你要把这些火力点给我全部打掉,为步兵扫清障碍!"

"是!"

张一鸣又对谢昭说:"你命令迫击炮连配合轰炸,步兵做好准备,等炮兵轰炸完后,立即开始进攻,一定要拿下这最后一道防线!明白了吗?"

"明白!"

魏明翰仔细查看了一下地形,找好最佳炮位,带领炮兵们把两门火炮使劲推过去。把炮放置好,炮手们按他的命令将炮口对准目标,做好发射准备。

一切准备就绪,魏明翰又将两门炮仔细再检查了一遍,觉得没有任何纰漏,这才向张一鸣汇报:"报告军长,炮团准备完毕,就等军长下命令了。"

张一鸣听了,扭头问谢昭:"你那里怎么样?都准备好了吗?"

"都准备好了,弟兄们休息了这么久,劲头都足得很,就等着进攻命令了。"

"好!"张一鸣立刻命令魏明翰:"开炮!"

"是!"魏明翰将手中的旗子一挥,大声喊道:"开炮!"

炮手们应声发射,两门炮同时发出怒吼,不一会儿,日军阵地上就冒起了两团火花,炮兵们又飞快地调整炮位,对准下一个目标。负责填弹的人,拼命地来回奔跑,以最快的速度搬运、填充炮弹。512团的迫击炮也朝着日军阵地不断发射,炮弹的轰隆声中,日军的那几个火力点一个接一个地消失了。

张一鸣一直用望远镜观看着轰炸情况,当他看到他要求打掉的日军火力点全被炸上了天时,立刻下令:"停止炮击,步兵冲锋!"

炮击停止了,谢昭亲自率领部下,拼命地向还在冒着硝烟的日军阵地冲去。

突然,日军阵地上又突突突地响起了重机枪的声音,冲在前面的一些战士应声而倒。原来那个重机枪掩体虽然挨了炸,机枪手并没有被炸死,只是震昏了,醒来之后,发现机枪虽然有损伤,但还能使用,于是又操起枪,疯狂地射击起来。

冲锋在前面的战士猝不及防,不少人倒在枪口下。这个重机枪阵地正扼守着要冲,眼看前面的纷纷倒下,后面的战士不敢硬冲,只能各自寻找藏身之处卧倒躲避,攻击一时无法继续进行。

"奶奶的!"孙富贵蹲在一个坟头后面,四下张望,见 3 连长欧阳如海就躲在离自己不远的一个弹坑里,便大声喊道:"欧阳!"

欧阳如海飞快地爬了过来,"营长,你叫我?"

"那个火力点把我们的路封死了,你马上派人把那挺重机枪给我搞了!"

"是!"

欧阳爬回去,接连派了几名士兵出去炸掉该火力点,但他们都从隐蔽处爬出不远就被打死。日军的火网密得连只苍蝇也飞不过去,他们根本不在乎子弹。

欧阳心下焦急,仔细查看了地形之后,爬到他连里的士兵范宣魁的身边,在他背上拍了拍,说道:"你去把那个火力点干掉,多带几颗手榴弹,顺着那个水沟过去,一直绕到那个土坎后面,再冲过那棵树,就是旁边有个死鬼子的那棵,冲过去滚进那个弹坑。然后找好机会,对准它赏它几颗手榴弹,完了你就立大功了。"

"嗯,我晓得了。"

"去吧,小心一点儿!"

范宣魁没有动,张了张嘴巴,似乎想说什么,犹豫了一下,却没有说出来。

"你想说什么?你是不是还有什么事情要交代?有的话快说。"

范宣魁从上衣口袋里摸出一个长条形的小布包,打开来,里面包着一个中国已婚妇女用来插发髻用的银簪子,这个簪子大而厚重,尾部还吊着一个莲花形的坠子,做工非常精美。

"连长,"他把簪子重新包好,递给欧阳,说道,"这是我从一个打死的鬼子身上得到的,想带回家给我老婆,她就有漂亮簪子可以戴,不用戴木头的了。我要是死了,你把它交给我表弟,他叫佟祥元,是营长的勤务兵,你跟他说,回家的时候记得把这个东西带回去给他表嫂。"

欧阳接过小布包,觉得这小小的物件竟像火炭一般烫手,他嘶哑着嗓子说:"你去吧,我暂时替你保管,你老婆的东西你自己回去交给她!"

"连长,那我去了。你放心好了,我一定会把那个火力点打掉。"

范宣魁说完,抓了几颗手榴弹插在腰间,看了看前方,然后飞快地爬出去,按照连长指给他的路线顺利地接近了那个重机枪掩体。等他从弹坑里爬出来,快冲到掩体的时候,射击孔里冒出了火光,他立刻倒在了地上。

欧阳用拳头狠狠地捶着地,大声咒骂,还没骂完,只见他又仰起上身,将手榴弹甩向掩体,刚一出手,敌人的机枪又响了,他的身子抖了一下,扑在地上再也不动了。

那颗手榴弹直飞进掩体,轰隆一声之后,机枪沉寂了。

谢昭一看炸掉了重机枪,立刻下令全团重新发起冲锋。

欧阳如海的眼睛里充满了复仇的怒火,大吼一声:"弟兄们,冲啊!"

他跳起身,拔腿又冲进了滚滚硝烟之中。官兵们冒着敌人的枪弹,不顾一切地往前冲,终于突破了敌人的火力封锁,一直杀到了日军阵地前。

欧阳冲到日军阵地附近,一连投了 2 颗手榴弹之后,趁着硝烟一股作气冲过去,纵身跳入战壕。双脚刚一着地,只觉得软绵绵地差点摔倒。他低头一看,原来踩到了一具日军尸体上,尸体的头血肉模糊,是被手榴弹炸的。

中国军人纷纷跳进了战壕里,与日本人拼搏、扭打,双方混战在一起。说不清战斗持续了多久,日军终于后退了,撤进了镇子。

欧阳如海找到了范宣魁,他还头朝下趴在那里,欧阳跪下一条腿,把他的身体翻过来。他的脸被机枪子弹打中了,完全变了形,看上去极为恐怖,让人不忍目睹。欧阳的眼睛一下就湿润了,他忍住泪,拿了一块毛巾盖在他的脸上。

他在一个壕沟里找到了佟祥元,后者蹲在一个日本军官的尸体旁,正在把玩着一把手枪。他在他身边蹲下,伸手在他背上拍了拍。

佟祥元扭头见是他,举起手里的枪扬了扬,笑道:"欧阳连长,你看看这枪,怎么样?"

欧阳没回答,反问了他一句:"范宣魁是你表哥吧?"

"是。"佟祥元见他神色不对,预感到不好,脸上的笑容消失了,问道:"他怎么啦?"

"他牺牲了,去炸鬼子重机枪阵地的时候牺牲的。"欧阳将一个小布包递给他:"这里面是一个银簪子,是他杀鬼子得的,他要我交给你,你将来带回去给他媳妇。"

佟祥元呆呆地瞪视着他，什么话也说不出来。欧阳看他这个样子，心里也不好受，把小包塞进他手里，安慰了他几句，然后走了。

佟祥元拿着小包看了几秒钟，这才蹲在地上，悲悲切切地哭了起来。正在哭得伤心，有人在他屁股上踢了一脚，然后听见孙富贵骂骂咧咧的声音："难怪老子喊你半天都不答应，原来像个娘们一样地在这里哭，你看看你这个熊样，真给老子丢人。"

佟祥元用手抹了一把脸上的泪水，说道："营长，我表哥牺牲了。"

"你是说范宣魁死了？"

"死了。"佟祥元的泪水又忍不住流了出来。"他当兵的时候媳妇才过门没几天，人家等了他两年，你叫我回去怎么跟她说。"

"有什么法子呢，打仗总要死人的。"孙富贵的声调降低了很多，"不要哭了，你再哭他也不会活。"

他拍了拍佟祥元的肩膀，走开了，他最怕看别人伤心落泪。

神田决心夺回失去的阵地，向阿南请求空中支援，半个小时之后，从云层中钻出来十多架重型轰炸机，直向阵地扑来。杀气腾腾的日军飞行员知道中国军队没有对空武器，大胆地低空轰炸，就像一群讨厌的黑头苍蝇，在上空不停地飞舞，炸弹好像下冰雹一样落在中国军队的阵地上。

轰炸过后，日军发起了反扑，一队队鬼子兵在指挥官的驱赶下，拼命地呼喊着"天皇万岁！""帝国必胜！"从镇子里冲了出来。

512团官兵奋力还击，日军疯狂冲锋，前面的倒下了，后面的仍然踩着同伴的尸体往前冲。这一天余下的时间，512团打退了日军的多次反扑，镇口尸体堆积如山。

第三十六章　野兽的覆灭

"冲啊！"

"冲啊！"

在双丰镇南面，513团官兵呐喊着，奋勇向前冲击，喊声震撼着整个南面阵地。

日本人还击了，神田身边虽然没有炮兵部队，没有榴弹炮、山炮等重炮，

但他的卫队和直属部队所配备的迫击炮、轻重机枪和掷弹筒极多,火力仍然强大。迫击炮像响雷似的接连爆炸,机枪子弹也射得又快又准,如风暴似的掠地而来,不断有人中弹倒下,发出痛苦的惨叫。

已升成2营长的杨帆也在冲锋,他正沿着一条水田旁边的田坎快速奔跑着,几乎听得到子弹从他身边掠过的声音。突然,他像被什么东西拦腰猛打了一下,站立不稳,跌倒在水田里。

他仰面躺着,水几乎没过了他半个身体。在他的左面倒着一具尸体,尸体周围泛着一片血水。他知道自己得马上起来,不能在这里等着再挨一枪。

黄明辉正在穿越一块水田,他拼命往右前方冲,那里有一个土丘可以隐蔽。水很浅,刚刚漫过脚背,脚下松软的烂泥使他跑得跌跌撞撞,东倒西歪。不断有子弹打在他的脚旁,溅起一朵朵水花。他的脚终于踏上了坚实的地面,没有被敌人打中,连皮都没碰破,真是菩萨保佑!他飞快地冲到那个土丘后面,一下子扑倒在地,一连串的机枪子弹嗖嗖地从上面飞过,显然这里是安全的。

他往左右看了看,看到杨帆在离自己十来米的地方中弹倒下。

他快速爬出去,然后站起身一口气冲到杨帆身边,把他扶起来,想将他背上。杨帆抓住他的胳膊就跑,他不能让他背,这个时候多停一下两人都会被打死。杨帆只感到右腰火辣辣地疼,跑得摇摇晃晃,黄明辉半扶半拖,带着他往那个土丘飞跑。

他们终于躲到了土丘后面,杨帆掀起衣服查看伤口,这才发现他的腰部被机枪子弹连皮带肉深深地铲掉了一大块,但没有伤及内脏,他放了心。

裹好伤口,他仍然卧倒在土丘后边,悄悄观察前面的情况。这一次他看清楚了,在一丛茂密的灌木丛里隐藏着一挺机枪,机枪打得很疯狂,一连串的火舌从灌木丛中射出来,把奔跑中的士兵一个个射倒,他腰上的伤说不定就是它留下来的。

就在他观察的时候,子弹仍然不时从他的头顶上飞过,嗖嗖作响,敌人打得很快,他连换子弹的间隙都没能听出来。

日军的疯狂射击让许多人倒下了,剩下的人只能藏身在各自的隐蔽点,一动也不能动。

他看到2连1排长苏致明趴在离自己大概50米远的一株被炸断横倒在

地的橘子树后面,扭头对黄明辉说道:"快,去把苏排长找来!"

黄明辉观察了一下地形,然后就地一滚,滚到一条半人高的土坎下,爬起来猫着腰飞快地向橘子树跑去。

"营长,"苏致明很快连滚带爬地过来了,"你找我?"

杨帆问道:"看到那个机枪阵地没有?"

"看到了,我正在考虑怎么打掉他。"

"好,这个任务就交给你。你派人从左翼迂回过去,打掉敌人的机枪阵地。我们3营能不能冲过去,就看你们的了。"

苏致明点了点头,回答得很干脆:"营长放心,我们1排绝不会拖全营后腿。"

杨帆又命令1连从右翼向敌人开火,自己则带领2连和机枪班在正面对着敌人阵地猛打,把号兵集中起来一起吹冲锋号,然后派出一个排佯装冲锋,把敌人的火力吸引过来,以配合左翼的攻击。

苏致明爬到3班长马水生身边,这是一个外表精瘦的老兵,战斗经验丰富,头脑也很灵活。苏致明把敌人的机枪阵地指给他看,说道:"你马上带着你的人从左面绕过去把它干掉。"

"是!"

马水生点点头,反复研究了一番地形,然后带着班里的战士从左面绕向机枪阵地。

这时,杨帆下令了:"开火!"

立即,正面的2连和机枪班集中火力,向着日军阵地倾泻过去,1连也随即开始射击。然后嘹亮的冲锋号响了,担任佯攻的那一个排的战士开始行动。

杨帆双眼紧盯着机枪阵地,他的衣服后背湿透了,贴在背上像背了一块冰,冷得他直打哆嗦,连疼痛都减弱了。终于,那挺机枪不再喷出火舌,枪声也听不到了,他下达了进攻命令。官兵们爬起身,呐喊着开始冲锋。

黄明辉低下头,从胸前的口袋里掏出一个小小的铜观音,这是他入伍前,他母亲特地到观音庙去求的。他听从母亲的话,每次冲锋前,他都要对着铜观音祷告一下:"求菩萨保佑我平安无事,多杀鬼子!"

祷告完毕,他紧握步枪跳了出去,向前飞跑。杨帆忍着痛,也跟着一起

冲锋,一面督促落在后面的人:"快点儿冲啊!别磨磨蹭蹭地像个小脚老太太,快冲上去!"

但是几分钟后,那挺机枪又响了,子弹呼啸而来,不断有人中弹倒下。黄明辉躲避不及,腹部也中了一弹,倒在地上。在他附近的老兵刘家琦急忙卧倒,飞快地爬到他身边,将他拖到一个弹坑里。黄明辉用手捂着肚子,表情显得很痛苦,牙齿紧紧咬着没有呻吟,一张脸憋得通红。刘家琦拿出他的急救包,用力拉开他死死按着伤口的手,鲜血马上涌了出来,刘家琦赶忙将纱布塞进伤口里,痛得他不住惨叫,刘家琦大喊道:"卫生兵!卫生兵快来!有人重伤!"

他扯着喉咙喊了一阵,始终不见卫生兵的人影儿,眼看鲜血渗透纱布继续往外冒,他不敢再耽误,背起黄明辉,爬出弹坑拼命往回跑,跑了十几米,一颗迫击炮弹在离他们不远的地方爆炸了,他只觉得脑袋里轰地一声,然后什么都不知道了。

当他清醒后,他发现自己已经被救了下来,正和连里的几个伤员躺在一起,他想爬起来,这一动,觉得左腿剧痛,才发现左腿受伤了,上面裹着绷带。

好一会儿,他才想起自己受伤的原因,忍痛坐起来,看了看左右的伤员,没有发现黄明辉,便大喊道:"卫生兵!"

卫生兵飞跑过来:"有事吗?"

"黄班长呢?"

"牺牲了。"

看到那挺又开始射击的机枪,苏致远急了,正想再派人过去,只见灌木丛里冒起一团手榴弹爆炸的火花,紧接着又是一团,机枪顿时哑了,看来3班的战士终于把它炸了。杨帆率领全营,在机枪的掩护下,再次向日军阵地冲去。

炸毁机枪的正是3班长马水生和另外一名战士,马水生在一个坟头后躲了一会儿,见灌木丛里毫无动静,便冲进那个机枪阵地里,一进去就踩上了一堆滚动的东西,差点摔倒,这才发现里面全是成堆的子弹壳。那挺机枪已经被炸得变形散架,成了一堆废铁。机枪旁边还倒着2具血肉模糊的日军尸体。

经过一番苦斗,日军终于后退,撤到下一道防线,513团趁势向前推进了

200米。

到了中午，大战后照例会出现短暂的宁静时间。513团官兵们有的坐，有的蹲，正在吃午饭，团长尚志杰也蹲在一条没有水的沟渠里埋头吃着，只听有人说："军长来了。"

他抬起头，见张一鸣一行人顺着沟渠过来了，赶紧迎上去："军长来了，吃饭了吗？"

"还没有。你们的伙食怎么样？弟兄们吃得饱吗？"

"今天伙食好，有红烧肉，有炖的牛肉汤，量也足，弟兄们能吃饱。军长要不要在这里吃？刚炖好的牛肉汤，喝了暖和。"

"行，我还真想喝口热汤了。"

尚志杰叫一个士兵去通知伙夫再送些饭菜过来，然后拿了一筒饼干出来请他们吃："军座，副师长，请吃饼干，这是日本饼干，味道还不错，日本飞机空投的时候，有些就落在了我们阵地前面，弟兄们出去抢了几箱回来。除了饼干还有罐头，罐头是海鱼肉，腥味重得很，不好吃。"

"有炮弹吗？"

"有，炮弹、药品都有，可惜炮弹的型号不对，用不上。"

伙夫把饭菜送来了，一盆馒头，一盆萝卜炖牛肉和几个罐头。尚志杰已经吃过了，便用他的搪瓷碗舀了一碗牛肉汤给军长。张一鸣接过去喝了一口，汤里没有香菜，盐也放少了，味道并不怎么好，但是热乎乎的，在这样冰冷的天气里喝起来感觉倒也不错。

他一边吃，一边听尚志杰向他汇报战况，513团目前已摧毁日军第一道防御阵地，目前正向第二道防御阵地进攻。

"这些鬼子武器好，火力猛，枪法又准，比我们以前遇到过的鬼子更亡命。"

"这是第6师团的直属部队，战斗力肯定比一般的鬼子强。"张一鸣说道，"你们不要硬冲，可以采取分组交替掩护，逐次跃进的方法，减少伤亡。"

饭后，刚刚平静得连对方阵地上有人咳嗽都听得见的镇子四周，立即又枪炮声大起，浓浓的硝烟遮住了镇子上方的天空，阴暗如黄昏。513团官兵们端着上了刺刀的步枪，按张一鸣所说的战术，对敌人的最后一道防线发起了攻势。

第6师团的临时指挥所是一个小四合院。院子里空荡荡的,屋子的主人似乎把能带走的东西都带走了。鸡笼是空的,簸箕是空的,箩筐是空的,一副沉重的大石磨上还留着没打扫干净的玉米粉的痕迹,可是日本人把每一处角落都翻过了,却连一粒玉米也没有找到。院子当中有棵桃树,叶子几乎掉光了,只剩下光秃秃、枯黄的树枝在风中抖动着,看着令人感到寒冷,有说不出的凄凉。

第6师团长神田正种此刻正站在院子中央,仰头看着桃树树梢上剩下的那一片叶子,听着四面八方传来的枪炮声,有的地方距离已经很近,他感到他就像那一片摇摇欲坠的叶子。

他实在无法使自己放松,1月2日以前,他率领师团一路南下,所向披靡,中国人节节败退,长沙指日可待,他的心情舒畅,已经想象到天皇嘉奖的圣谕、同僚的嫉妒、亲友的祝贺和国人的欢呼。可是2日以后,一切都变了。

2日下午,他率领师团刚抵达长沙郊外,立足未稳,就遭到来自岳麓山上的重炮轰击,中国的炮手们肯定把长沙周围的距离准确地测量过,弹无虚发,这突如其来的炮击给师团造成了巨大的损失,连他这个师团长都差点命丧当场。

3日凌晨,他命令师团主力运动到长沙北郊进攻,遭到中国守军猛烈反击,伤亡达到七百多人。恼怒之下,他下令部队强攻,他手下的官兵发起了一次又一次的猛烈冲锋,但由于湘北道路被中国人严重破坏,加上师团南下时进展太快,他的重型武器没能及时跟上来,形不成绝对火力优势来掩护步兵攻击,而守军的阻击也极为顽强,双方的战斗陷入僵持状态。

就在他拼命进攻时,中国第9战区的部队却从几个方向对长沙的日军发起了向心攻击,实施合围。司令官阿南惟几匆忙下令后撤,面对已在眼前的长沙城,他虽然心有不甘,也不得不撤退。

撤退路上,中国军队好像无处不在,师团不断遭到前面拦截,后面尾追,侧面打击。除了正规部队的围追堵截,还时不时地遭到说不清是兵是民的人的袭击,山丘上、树林里、农舍后,冷不丁地就有人打冷枪,步枪、土枪、猎枪、鸟铳五花八门,他的手下一旦落单就再也回不来了,即使找到也肯定是一具尸体。一路上风声鹤唳,部队撤得比南进时更加艰难。

作战参谋有贺贞男少佐拿着水杯,走到墙角一个巨大的水缸边,弯腰把水杯伸进去舀水,有贺个子矮小,水缸里水又剩下不到一半,他只能踮起脚去舀,上半身几乎埋进了缸里。

突然,随着院外一声震耳欲聋的巨响,脚下的地也跟着剧烈摇晃起来,有贺没有防备,身子一抖,扑通一声栽进了缸里,露在外面的双腿拼命乱蹬。

旁边的人看见了,赶快跑过去,抓住他的两只脚把他拖出来,他站稳身子,甩了甩头上的水,又用手把脸上的水抹掉。他的上身全湿透了,衣服还在往下滴水,冷得直打哆嗦。其他人见了,想笑又不敢,咬着牙拼命忍住。

神田好像根本没有注意到刚才发生的事,仍然一动不动地站着,过了一会儿,他猛地转过身,走向屋子。

他刚走进屋子,又是一声巨响,这一次距离更近了,震得他差一点摔倒,赶紧扶着桌子,骂道:"八嘎!"

他定了定神,走到窗前,推开窗户向外望去,只见声音最响的方向,天都被火光映红了。

参谋长山之内一郎大佐进来了,脸色忧虑沉重,急急忙忙地走到神田身边,说道:"师团长阁下,我得到报告,今村将军的旅团和古贤九藏的骑兵联队,都受到支那军队拦击,暂时无法赶到。目前,他们正在对重庆军发动猛烈进攻!"

"高仓联队呢,他们到达哪里了?"

"还被重庆军拦在分支岭,没有前进一步。"

"蠢货、笨猪!"神田气冲冲地骂了一句,继续问道:"其他师团派来的救援部队呢?"

"还没有他们的消息。"

"都是些混蛋,平时吹嘘自己打支那人如何如何厉害,关键时候连影子都见不着。命令电台继续呼叫,尽快与他们联系上。等等,"山之刚刚转身要走,神田叫住他,然后走到地图前,认真看了看,冷笑道:"很明显,支那军队是想把我们围在这里全部吃掉,哼,他们还没有那么锋利的牙!"

他又冷笑了几声,这才说:"山之君,你马上给阿南司令官发个电报,把我们目前的情况向他报告,并请他加派空中支援。再给今村致电,命令他加快进攻,不惜一切代价突破敌人防线,尽快赶到!"

山之说道:"是! 我马上去发。"

"等等,"他刚想转身出去,又被神田叫住了:"古贤那里你也给他发一封,叫他快点,他的骑兵难道还要落在步兵后面吗?如果不行,就让他下马去当步兵。"

"是!"

山之匆匆出去了,神田回到地图前,继续看着,越看越感到惶恐不安。地图上,小镇、村庄、道路、山丘、河流一目了然,中日双方的攻守态势、兵力分布情况也用红蓝铅笔标注得十分清楚,光凭这张地图就可以将双方的种种事态看得明明白白。而目前的态势表明他的处境已危险万分,而援军全被拦在外围无法靠拢,看来中国人这次是决心不惜血本来对付他。

他现在也没有别的办法,只能命令部下继续坚守,等待周围的日军赶来增援。他亲自到各阵地查看,给部下打气,阿南也按他的请求派出大量飞机前来救应,在强大的空中支援下,他守住了镇子没让中国人攻进,但援兵迟迟不到,他咬牙硬挺,总算熬过了这漫长的一天。

这一天对张一鸣来说同样压力巨大,薛岳不断发电报来询问进展情况,现在外围的日军攻击也很凶猛,薛岳要求他尽快拿下双丰,以免夜长梦多。

天已经黑尽了,枪声渐渐稀落下来,激战了一天,中日双方的各个部队都深感疲惫,开始轮换着休息了。

新25师指挥部内,张一鸣依然没有休息,他伏身在桌子上,手提马灯,正在聚精会神地审视地图。棱角分明的脸庞显示着自信,犀利的目光仿佛要将地图射穿。他仔细观看着地图,思考着日方下一步可能采取的行动,查看着己方有没有可能成为敌人攻击目标的薄弱之处。

看了一阵,他问一旁的陈子宽:"子宽,如果把你换到神田的位置,部队被压缩到镇子里,兵力单薄而且伤亡又大,援兵迟迟不到,面对这样的局面,你现在会考虑怎样做?"

陈子宽心里已经判断神田可能会在夜间有突围行动。听到军长问他,毫不迟疑地回答:"趁夜突围。"

张一鸣点点头,"这就是了,你能想到的,神田未必想不到,所以我们今晚要格外警惕,千万不能麻痹大意。"

陈子宽明白军长心里已经有谱,问道:"依军座之见,神田会从哪里突围?"

"敌人只能采取两种方式:第一,正面佯攻,由侧后突围;其二,等到深夜3、4点钟左右,人最困倦的时候,集中兵力以突袭的方式突围。不管敌人采取哪一种方式,我们都要做好应对准备。"他将手中的红铅笔指向了地图,"你看,他应该会从东北方向经蒲家塘突围,向今村的旅团靠拢。"

"我明白了,军长,我这就去安排。"

正如张一鸣所料,他的对手也是夜不能寐,对着地图苦苦思索,和他想的一样,神田决定将人员分成两队,一队向西面发起突击,他带另一队向东北方向突围,向离得最近、实力最强的今村会合。

神田的企图是一箭双雕。一队日军先在西面偷袭,把中国守军的注意力吸引过去,掩护他率另一队向东突围,然后设法杀开一条血路,经太阳山向北逃窜;他则做好东面突围的一切准备,等西面打响后,趁中国守军不备,打开前往蒲家塘的生路。

夜里3点半的时候,美马则彦少佐带领一支小部队,趁夜向西面而来。这正是夜最深的时刻,白日里充斥的杀机仿佛都被这茫茫黑夜抹去了,连风都停止了呼啸,一切变得那么安静,仿佛连天地都睡着了一般。对于这样的寂静,孙富贵更加警惕,他四处巡视,察看情况,来到机枪阵地时,他蹲在机枪手祁长白身边,轻声问道:"伙计,你这边怎么样?"

"还没发现什么情况。"祁长白是个老兵,是一营仅存的元老之一。他个子不大,浓密的头发里夹杂着不少白发,从后面看去很像个小老头。他不过22岁,但兵龄却有6年,心理状态非常稳定,即使周围炮火连天、子弹呼啸,他也能置若罔闻,沉着射击。他的动作敏捷,枪法也极准,他最好的战果是一天内干掉了一个小队的日本兵,没留一个活口。他是东北人,9·18之后随双亲流亡到关内,过着颠沛流离、饥寒交迫的生活,亲眼看到因饥饿的母亲没有奶水,襁褓之中的小妹妹被活活饿死,所以他非常痛恨日本人,杀起鬼子兵来眼都不会眨一下。

"小心一点,这个时候鬼子最有可能偷袭。"

"你放心好了,营长。那些狗崽子敢来偷袭的话,我的机枪可不是吃素的。"

他拿起水壶拧开盖子,顿时一股酒香扑鼻而来,他问孙富贵:"营长,要

不要来一口,天气太冷了,手僵得很,不听使唤。"

孙富贵接过水壶,凑到嘴边喝了一大口,一股热辣辣的火线从喉咙一直烧到胃里,烧得很舒服。祁长白突然伏下身子,把耳朵贴在地上,过了几秒钟,他抬起身,压低声音说:"营长,他们真的来了。"

孙富贵抬起头,睁大眼睛仔细搜寻对面,只见朦胧的夜色里,一些黑糊糊的人影正在悄无声息地朝这边运动。

他把酒壶还给祁长白,低声下达命令:"通知各连,敌人上来了,打起精神,准备战斗。"

命令迅速传达下去,昏昏沉沉、直想打瞌睡的战士们立刻清醒了,迅速做好战斗准备。孙富贵知道夜里大家看不清楚目标,不能像白天那样把敌人放近了打,一旦等日军冲到面前再打就来不及了,尽管黑暗中远距离射击命中率不高,但他还是远远地就下令了。

"开火!"

听到命令,官兵们立即开火,祁长白朝着一个个黑影拼命射击,机关枪射出的子弹像闪亮的曳光弹,在黑影上消失,他边打边喊:"来吧,想死的就来!"

孙富贵也睁大眼睛,朝着目标瞄准射击,黑暗中,那些可恶的影子在不断晃动,很难瞄准,而天气太冷,手冻得十分僵硬,扣扳机时一点都不灵活,他一边打,一边咒骂,骂天气,骂日本人。

美马发现中国军队有防备,偷袭已无可能,下令退回去,用迫击炮轰炸之后再冲锋。很快,日军的迫击炮响了起来,炮弹闪着绚丽的光焰落到512团的阵地上。轰炸过后,照例有片刻的宁静,然后"天皇万岁"的喊叫声响了起来,在夜幕下的旷野里回荡,仿佛有无数头野兽在同时咆哮。

谢昭发现敌人并不多,决定以攻对攻,他命令1营和2营相互配合,各派出一个连,分别从左、右运动,向敌人的两翼发起进攻。各营各连从不同方向对日军发起攻击,黑夜中只见弹雨纷飞,像满天穿梭的流星。

这一招果然奏效,512团打了一个漂亮的防守反击战。

西面的战斗打响后,神田借着黑夜的掩护,带着余下人员,抬着伤兵,悄悄摸向通往蒲家塘的小道,他得到的侦察报告显示这一带是中国守军的接合部,守备薄弱。但是,他毕竟不是只会蛮干的一介武夫,考虑到他的对手是张一鸣,此君作战方式灵活多变,而且善于夜战,未必不会想到这一点。为了保险,他派出一支小部队先行出发,探明虚实。

张一鸣确实是故意将他放过去,等他们到了鸡冠山狭窄的山谷,再将其歼灭。此刻两边的山岭上已经预先埋下了伏兵,213团以及214团的一个营按照陈子宽的命令,赶到鸡冠山埋伏候敌。日军先头部队来时,新25师伏击部队早已作好准备,静候它的来临。日军进入山谷,遭到伏击部队居高临下的密集射击,当即倒下一片,日军处在山谷中,毫无还手余地,只得仓皇溃退。

神田的谨慎救了他,听到前面山谷里枪声密集,知道中了埋伏,张一鸣正张开了大网等着他,突围已经无望,下令立刻退回镇子。

神田偷鸡不成倒蚀一把米,这一仗他损失了近一百人,而且全是精锐。张一鸣只损失了20多人,收获了六十多支步枪和一挺轻机枪。

与此同时,被围在玉皇山的笠原因救援无望,也决定突围,但笠原缺乏神田缜密的头脑,不考虑他的对手善于夜战,决定在凌晨出击,而左凌峰不等天亮就抢先出手了。

在发动夜袭之前,左凌峰先派出董云鹏的3连,在当地乡民的带领下,从玉皇山左侧一条隐蔽而且陡峭的小路悄悄插上去,奇袭敌人。

那条羊肠小道隐藏在茂密的灌木丛里,不是本地人根本看不出来。官兵们跟着那个乡民,七弯八拐地向上爬,夜幕下犹如走迷宫一般。到了山腰,上面一块突出的岩石上站着一个哨兵,董云鹏立即发出停止前进的信号,并派出尖兵负责干掉哨兵。尖兵悄悄摸上去,趁哨兵不备将其刺杀,官兵们又继续攀登。

快到山顶时,董云鹏远远地发现前面有一架机枪侧面的轮廓,黑暗中,他勉强看清机枪的后面趴着两个人影,他正在想怎样搞掉机枪。突然,一个意想不到的情况发生了,从左前方的灌木丛里传出了他听不懂的喝问声和拉枪栓的声音。

他知道碰上了日本哨兵,当机立断,立刻摸出手榴弹拉掉引线,朝那挺机枪扔过去。另外一名战士也朝着日本哨兵藏身之处甩了一颗手榴弹,哨兵被炸飞了。

大家飞快地往上冲,只听到山顶上日本人哇啦哇啦地惊叫,大概是在叫嚷中国军队上山了。

他们冲上山顶,只见人影乱纷纷地晃动,有的忙着躲避,有的开始用步枪射击,几名战士倒下了。

"快打!"董云鹏高声喊道,"给我狠狠地打!"

冲在前面的步枪手们立即开枪,机枪手此刻也跟上来了,一阵猛打,日本兵们没有料到左侧会遭到攻击,仓促之中队伍一片混乱,被打得毫无还手之力。

黑夜里喊声不断,有日本军官哇啦哇啦地吼叫,也有中国士兵兴奋的声音:"我打死了一个东洋官!"

"到那边去,那边有一个!"

"快!不要让他们跑了!"

日军被这突如其来的袭击打得昏头转向,一边胡乱射击,一边往山神庙方向退却,3连官兵步步紧逼。

左凌峰听到山上战斗打响,立即下令部队展开进攻,争取天亮前拿下山头。

庙宇一带正是联队指挥部及其驻地。3连的突袭将笠原从睡梦中惊醒,他匆忙爬起来,抓起枪就往外跑。

在门口,他与急冲冲跑进来的士兵撞个满怀,他站稳身子,问道:"出什么事了?"

"报告联队长,敌人的尖兵上来了。"

笠原感到十分惊讶,想不通敌人通过什么方法,竟打到山顶上来了。

一阵激战后,日军几个大队被分割包围,完全孤立。105师官兵们面对眼前的胜局,更加斗志昂扬。日军躲在各种隐蔽物后,作着最后的顽抗,各个山坡上都进行着激烈的战斗,甚至展开了白刃格斗。

268团最先冲上山顶,和3营官兵一起,把山顶上的残余日军牢牢地围在了山神庙。又是一番激烈战斗之后,官兵们冲破日军阻击,突进了庙里。在一尊山神像后,他们发现了笠原。

笠原已经打光了子弹,本想剖腹自杀,但看到游龙之后,他改了主意,决定要拉个垫背的。他抛下手枪,拔出战刀,用半生不熟的中国话对游龙说:"我,你,决斗,胆量有?"

游龙把手枪插回枪套,抽出大刀,说道:"我乐意奉陪。"

笠原一双带着凶光的眼睛瞪了游龙几秒,然后发出一声嚎叫,举起战刀冲过去,闪电般地对着游龙的脑袋猛砍下去,游龙迅速举起大刀挡住了它。两人互相砍杀着,时退时攻,两把刀不时闪着死亡的寒光。

笠原意识到对手精通刀术,不断变换使出新的招数。游龙从容应对,以精湛的刀法一次次化解了对手的进攻。笠原越发疯狂,像疯子似的发起了凶狠的进攻,他一刀又一刀地猛砍着,游龙刀来刀挡,沉着应战。

笠原砍杀一阵后,力道转弱,游龙反守为攻。笠原孤注一掷了,他举起刀,用尽全身力气给游龙最后一击。游龙见他来势凶猛,不敢硬挡,敏捷地闪开,趁他立足未稳,反手一刀,笠原躲避不及,刀尖划过了他的脖子。

笠原捂住脖子,目瞪口呆地望着游龙,鲜血不停地从手指缝里喷涌而出,中国官兵们兴奋地喧嚷起来。

过了一会儿,笠原向前一扑,倒在了地上,他再也不能作恶了。

"我们胜利了!胜利了!"

欣喜若狂的欢呼声,在阵地上足足飘荡了一个多小时。

第三十七章 最后的决战

克服敌人的现有手段和意志力,就可以打垮敌人。
——普鲁士著名军事理论家克劳塞维茨

天色破晓,又一个漫漫长夜过去了,天空正在逐渐褪去一身浓重的黑衣,预备换上白日的银装。而此时,在双丰镇的日军第六师团司令部的一间民房内,还点着一盏灯,昏黄的灯光在神田的脸上闪烁着。他的脸色沉重,眼神焦灼,眉头紧锁,嘴巴牢牢地闭着,显得郁郁不乐、焦虑不安。

他清楚眼下情况非常不妙,他的士兵们鏖战多日,已经极端疲惫,加上没有充足的粮食供给,物资匮乏,士兵们处于饥寒交迫之中,夜里突围的失败,让他们的情绪更低落到了谷底。而中国人则有备无患,不仅占尽天时地利人和的优势,在粮食的配给上也显然比自己充盈,斗志极为旺盛。

他焦虑不安地在屋子里转了几圈,来到墙上那面写着"武运长久"的军旗下,恭恭敬敬地跪在地上,双手合十,默默地祷告,祈祷完毕,又虔诚地拜伏到地,过了好一会儿才慢慢地站起身来。

随着衣裙的窸窣声,慰安妇大岛由纪子进来了,她只有18岁,长相秀丽,颇像神田在国内的一个相好艺伎,所以神田一直把她带在身边。她走到神田身旁,轻声说道:"将军阁下,您一夜没睡,不去休息一会儿吗?"

神田没有回答,走到窗边,推开窗户往外看。天空中还挂着一钩晓月,已经失去了光芒,变得若隐若现,东方则露出了一点霞光。他默默地看了一会儿,转身迈出门,走入庭院中。

在院子里站了一会儿,他拔腿朝门口走去,师团高级副官村上植男少佐机警地跟了上来。他走出大门,顺着街道往前走。这时突然刮起了大风,狂风卷着碎纸片、落叶、砂砾在街上、院落中横冲直撞,风声狂野得像野兽的怒吼。

走出50米远就是临时野战医院,所有的伤兵都集中在这里,有的躺在担架上,有的躺在地上,密密麻麻地一个挨着一个,几乎插不进脚。他们得不到足够的医疗,足够的食物,在冰冷的寒风中痛苦地哀叫、呻吟,许多重伤员奄奄待毙,有的已经咽下了最后一口气,成了直挺挺躺着的尸体。

看着这一切,神田心如刀绞,倒不是为了这些死去的或者将死的人。在他的心目中,战争就代表着残忍和凶暴,代表着流血和伤亡,人的死伤都是战争的必然结果,就算哪一天自己战死了也用不着大惊小怪。他遗憾的是这次进攻长沙并没有收到胜利战果,收获的只是失败的耻辱、痛苦。堂堂的第6师团竟然遭到这样严重的失败,他的军事实力、个人威望都会因此降到低谷,这是他难以接受又不得不接受的事实。

"呱呱",一户人家屋顶的烟囱上突然传来乌鸦刺耳的叫声。日本人比较迷信,神田这个时候听到乌鸦的叫声,觉得是不祥之兆,心里更为沉重,跟在他身边的村上也觉得不吉利,骂道:"讨厌的东西,鬼叫什么!"

他一边骂,一边拔出手枪对着乌鸦放了一枪,子弹没有击中,打在烟囱上,碎石四溅。乌鸦受了惊吓,大叫着,飞快地扑腾着翅膀飞走了。

神田见了,更觉不祥,嘴唇轻轻禽动着,看起来像是在颤抖。"我的一世英名难道就这样完了吗?"

在镇子里巡视一圈,他走到镇外,这时风停止了,战场上异常的宁静,这种宁静让他感到不安。他来到最前沿的一个机枪阵地,悄悄往对面的中方阵地仔细查看,对面静悄悄的毫无动静,什么也看不到,但他清楚有无数枪口对着这里。

查看了一阵,对手下鼓励了一番,此时东方已现出了一抹霞光。他又转回到司令部,厨子把早饭送来了,正端着木托盘站在桌子旁,由纪子双手捧起一个冒着热气的大碗往桌子上放。他看了一眼,碗里有肉骨头,有萝卜,有白菜,整个一碗杂烩汤。托盘里还有一碗肉,肉丝看上去很粗,没有淋调料,干巴巴的一点也激不起人的食欲,他问道:"这是什么肉?"

厨子回答说:"是马肉。"

"这么说,这些骨头也是马骨头了?"

"是的,师团长阁下,是马骨头。我把能够找到的各种蔬菜都加进去,煮了一锅汤。"

神田皱了皱眉:"我不喜欢吃马肉,有鱼吗?"

"没有。"

"为什么不去捉一点?"

厨子为难地说:"师团长阁下,这里的池塘都在敌人的射程内,没有办法捕捉。"

"就没有其他的了?"

"只有罐头了,还是特意给您留的,要开一罐吗?"

"算了,那还不如吃这个。"吃了太多的罐头,听到这两个字他都倒胃口。

天色越来越亮了,整个大地虽然还是一片宁静,但117军炮团、新25师炮营和各团迫击炮连的炮手们早已起来了,正在对自己的炮做着最后的检查工作。

指挥部里,张一鸣坐在桌子旁,看着腕上的手表,手表的时针和分针已经指在了6点59分上,秒针正在一秒一秒地向着60走去。秒针刚一指到60,他马上拿起电话,摇通了炮团,命令团长杨明举:"攻击开始!"

"是!"放下电话,杨明举大声命令:"发射!"

听到命令,早已做好准备的炮兵们立即发射,一颗颗炮弹怒吼着,划破长空飞向日军阵地,然后新25师炮营和迫击炮连的炮也响了,炮弹接连在镇子里和日军的阵地上爆炸,刚才还宁静的大地顷刻间轰隆声四起,火光照亮了天空。

张一鸣拿起望远镜看着,只见一颗颗复仇的炮弹准确地落在敌人阵地上,爆炸中不断有人体或者残肢、枪支飞起。其余的日军像无头苍蝇一般,拼命地东躲西藏。他的心里涌起难以言喻的快感:"打得好!小鬼子也有今天!"

轰炸开始的时候,神田和由纪子还在吃早饭,他刚舀了一口汤放进嘴里还没咽下去,一发山炮炮弹正好落在屋子后面,猛烈的爆炸使他嘴里的汤差点呛了出来。

"啊!"由纪子吓得尖叫一声,本能地扑到神田怀里,抖作了一团。神田一把推开她,迅速站起身走到墙边,取下钢盔戴好,急匆匆地向外走去。

刚走到门口,一颗炮弹正好落在院子里,爆炸的气浪一下子把他推了回来,差点倒在地上。由纪子大声惊叫,飞快地钻到桌子下面躲避。神田站稳身子,掏出手帕抹了抹满脸的尘土,狠狠地骂了句:"八嘎!"

村上急冲冲地跑了进来,焦急地问道:"师团长阁下!您没有事吧?"

"村上君,"神田拍着身上的尘土,说道,"你这么慌慌张张地干什么?军人要有军人的样子,无论怎样也要沉着冷静!"

"是!师团长阁下!"

在炮团阵地,杨明举还在不停地挥着手里的旗帜,声嘶力竭地喊着:"发射!"

实际上,在隆隆的炮声中,炮兵们根本听不见他的声音,只能根据他手里的旗帜所发出的信号继续往下发射。每个人都以最快的速度开炮,填炮手一发炮弹刚填进去,马上转身飞快地跑去搬下一发,不久就热得汗流浃背。有的人干脆脱掉外面的军装,只穿一件小褂,继续不停地搬运、装填炮弹。

忙碌的炮兵们来不及说什么,但观看炮击的步兵们却兴奋得大喊:"炸得好!再来!"

"好!就这样炸!让鬼子免费坐飞机!"

"炮兵弟兄们,瞄准点,最好把神田那狗杂种炸死了!"

"不,不要把他炸死了,炸个半死就行!我们要抓活的!"

官兵们笑着、喊着、欢呼着,有的兴奋得连眼睛都湿润了。围攻日军的师团长,他们自抗战以来,几时有过这样辉煌的战绩?

轰炸结束了,张一鸣下令:"步兵全部冲锋!活捉神田!捉住神田者,晋升一级,赏金10万!"

阵地沸腾起来。

"活捉神田!"

随着那一声声惊天动地的喊杀声,中国官兵们从各隐蔽点跳出来,由四面八方向镇子猛扑。

512团1营,孙富贵大喊:"弟兄们,冲上去宰掉那些日本猪!我请大家喝酒吃肉!"

一名士兵接口说道:"营长,俺可不吃这种肉!"

孙富贵呸了一口:"老子说的是真正的猪肉!"

想要捉住日军师团长的急切心理使每个人精神高涨,在这种激情支配下,官兵们冲劲十足,犹如决堤的洪水一泻千里,一直冲上敌阵,挥着大刀向敌人猛劈狠砍,日军也挺着刺刀和战士们厮杀起来。

第6师团司令部,山之内一郎急冲冲地进来,对神田说道:"师团长,重庆军开始向我发起全面进攻!"

"我知道了!"神田面无表情,"目前情况怎么样?"

"重庆军攻势很猛,各部队都在告急!"

"援军都到哪里了?"

"离我们最近的今村旅团也在5公里外。"

"一群蠢猪!"神田气冲冲地骂了一句,又说:"给今村发电,叫他加快速度!命令各部坚守,一定要坚持住!"

时间一小时一小时地过去,神田感觉枪炮声越来越近,同时桌上的电话也响个不停。"报告师团长,敌人已突破我最后一道防线!"

"报告师团长,碾房已落入敌手,绵贯小队长和士兵全体玉碎!"

"报告师团长,我重机枪阵地失守!"

"报告师团长……"

"混账东西!"坏消息接连不断,神田自从带兵以来,何曾受过如此沉重的打击。他像笼中的困兽一般,焦急不安地盼着援军的到来。

中午,孙富贵率领1营首先冲进了小镇,日军躲在民房、小巷和各种可以利用的掩体后,拼命射击,不时投出手榴弹,甚至亡命地肉搏,进行着顽强的

抵抗。1营一步一步艰难地向前推进,进度缓慢。

得到中国人已经突进小镇的消息,神田觉得心脏猛跳,血液直冲头顶,顿时头晕目眩,身子摇晃了一下,不由自主地坐到了地上。

"师团长阁下!"他身边的人惊慌地围了过来,见他双眼紧闭,脸色苍白,额头冒着虚汗,赶紧把他扶起来,山之叫道:"村上君,快去叫军医。"

"我没事,不要叫军医。"神田睁开眼睛,制止了村上,有气无力地说道:"诸君不必担心,我不过是因为没有休息好,疲劳过度,一时有点头晕,坐一会儿就好了。"

听了他的话,众人心中稍稍安定了些,把他扶到一把竹椅上,让他靠着休息。

正好这个时候,一个少尉军官急匆匆地跑了进来,他的头上缠着浸染血迹的肮脏绷带,遮住了他的一只眼睛和半边脸。另外的一只眼睛里布满了血丝,露出的半张脸上满是紧张和慌乱的表情。他边跑边嚷:"报告师团长!支那人打进来了!"

又是一个坏消息,神田两眼瞪视着他,一句话也没有说。

村上见神田这副模样,立刻冲到那少尉面前,飞起一脚向他踢去,大骂道:"混蛋!你乱嚷什么?"

那少尉"哎哟"一声,被他踢翻在地,急忙挣扎着爬起来,那一只独眼吃惊地盯着村上,不明白自己哪里说错了。

村上还在大骂:"你这个混蛋!竟敢胡说八道,扰乱军心,你知不知道这是什么罪?"

"你这是干什么?"神田厉声喝住村上,"他有什么罪?都什么时候了?还在说这种话!"

他定了定神,又问那少尉:"你继续说,把情况说清楚。"

"是!师团长,支那兵现在已从西面突进,他们人多势众,我们用尽了该用的办法,实在无能为力了。"

"万俵人呢?"

"万俵少佐正带着剩下的人和支那兵巷战。他已经负伤,要我转告师团长阁下,他就要为帝国尽忠了,不能再保卫师团长,请阁下多多保重!"

"我知道啦。你回去吧。告诉万俵君,不必担心,援兵就要到了。"

神田自己也不相信这些话,战败的阴影笼罩着他。他定了定神,头脑里思索着可能的办法,他必须想出有效的措施对付敌人,拖延时间。

突然,他想到了张一鸣,这个强有力的对手,能给他这么长的时间吗?他倒吸了一口冷气。

到了下午,炮弹逐渐向司令部周围集中,流弹击在墙壁上的声音也越来越频繁。神田命令师团部的人包括非战斗人员全部拿起武器,做好死守司令部的战斗准备。

他背着手,在屋子里来回踱步,苦苦思谋良策,山下挥了挥手,示意屋子里的人出去,让师团长静下心来思考。

神田在屋子里转了几圈,终于停住脚,"山下君,我们不能等援军了,再等下去只能坐以待毙。"

"阁下的意思是强行突围?"

"是的,你马上给阿南司令官发电报,请他派飞机支援。"

"那,重伤员怎么办?"山之忧心忡忡地问道。

神田沉默了一会儿,说道:"让他们进入靖国神社吧!"

山之看着他,没有再说,神田冷冷地说道:"事到如今,只能这样了。你去安排吧!"

没过多久,执行这个命令的高桥上尉带着一个小队来到了伤兵医院,把伤兵们集中到院子里,他站到一个石碾上,向着伤兵们说道:"师团长命令,为天皇、为帝国尽忠的时刻来到了,只要还能走路的都要去参加战斗,直到流尽最后一滴血!"

还能动的伤兵们都嚷着要去参加战斗,他们知道留下来的会有什么样的命运,去战斗或许还有一线生机,求生的欲望使他们顾不得伤痛,纷纷叫道:"我要去,给我枪吧!"

"枪吗,"高桥说道,"我这里没有。你们自己去找武器,找到什么是什么。快点儿行动吧。赶快了!"

能走路的伤兵都挣扎着走了,剩下的因为断了腿或者伤势过重,动弹不得,只能眼睁睁地看着,许多人的脸上表现出一种被遗弃的痛苦、凄惨和无奈。

"诸君,很对不起,"高桥冲着剩下的伤兵深深鞠了一躬,"眼下的情况不利,实在没有法子,只好送诸君上路了。"

一个断腿的伤兵全身是血,络腮胡子上都溅着血,左眼戴着眼罩,活像一个凶神恶煞的海盗。他大声嚷道:"来吧,说这些干什么。不就是死吗?我们是帝国军人,应该为帝国尽忠。"

但更多的人则是沉默,露出临死前悲伤、冷漠的表情,他们并不想死,但不能不死。

高桥跳下石碾,向大龟少尉低声吩咐道:"开始吧,要赶快了。"

大龟面无表情地点了点头,然后端着上了刺刀的步枪走到第一个伤兵跟前,认出他是自己的同学三云敬介,觉得有点儿下不了手,但见高桥紧盯着自己,只得向他鞠了一躬:"三云君,真是对不起了。"

三云脸色惨白,说道:"告诉我的家人,我是战死的。"

大龟点点头,三云不再说话,闭上了眼睛。大龟对准他的左胸捅了一刀。

凄厉的惨叫声惊动了栖息在一棵梧桐树上的一只寒鸦,寒鸦扑腾着翅膀,发出刺耳的鸣叫声,令人感到毛骨悚然。

日本人把自己的伤兵一个接一个地用刺刀捅死。有的伤兵没有一刀致命,痛得大声惨呼,还得重新补上一刀,场面惨绝人寰,正常人看了都会为之作呕。

一小时后,大批九七式轰炸机飞临小镇上空,疯狂地俯冲投弹、扫射。见有了空中支援,神田随即下达命令,向东北方向突围,以便向今村旅团靠拢。

日军攻击方向是513团防守的阵地,战况非常激烈,鬼子的飞机一个波次接一个波次地进行扫射轰炸,几乎一刻也没有停过。513团官兵们顶着头上日机疯狂的袭击,竭尽全力阻挡地面亡命的日军,但日机轰炸太厉害,该团伤亡惨重,连2营营长也被炸弹炸中,当场阵亡,尚志杰派团副去2营督战,团副刚到就被日军飞机的机关枪子弹打成重伤,昏厥过去。

日军数次攻击,全被打了回去。眼见夕阳西下,神田重新调整战术,决定在天色的掩护下,孤注一掷进行最后一搏,生死在此一举。

日机照例又是一番轰炸,结束后,官兵们迅速从掩体中出来,准备再次迎击地面上的敌人。

不一会儿,官兵们看到迷蒙的硝烟中,一群灰色的人影正朝自己阵地而来,纷纷端枪瞄准,准备等他们再靠近一点就射击。

对面传来了喊叫声:"不要打,不要打,我们是老百姓。"声音里还夹着女人的尖叫声。

一些士兵听了,急忙说道:"别开枪!自己人。"

他们走近了。官兵们看清楚这些人都穿着老百姓的衣服,走在前面的竟然是十来个年轻妇女,他们直起身子走着,似乎根本不懂得隐蔽。

官兵们没有开枪,他们清楚老百姓当中肯定混着日本人,但都不知道该怎么办。

这些人越来越近,已经进入了机枪、步枪的有效射程,官兵们紧盯着人群的动静,扣着扳机的手心出了汗,紧张得呼吸都急促起来。

尚志杰举起望远镜仔细查看人群,等他们再近一些,他终于看清这些人虽然穿着老百姓的衣裤,但并非有老有少,全部都是清一色的青年人,身材敦实,不像一般中国人那么面黄肌瘦,而且很多人脚上穿的不是布鞋、草鞋,而是皮鞋,他立即下命令:"打!这是敌人的伪装!"

晚了!

这些全是日本的敢死队员,他们穿着从民房里搜集来的衣服,衣服里面挂满手榴弹,腰上还绑着炸药。在接近中方阵地后,他们突然向前猛冲,并朝阵地投掷手榴弹。一颗颗手榴弹飞过来,在官兵们中间爆炸。

官兵们懵了,好一会才醒悟过来,眼看鬼子已接近阵地,赶紧开枪射击,跑在前面的日本人纷纷倒下。

那些女人也在往这边跑,官兵们以为她们是被日军掳掠来的中国妇女,没有冲她们射击,机枪手更不敢扫射,大声喊道:"趴下!快趴下!"

她们仍在跑,一个善良的士兵爬出战壕,好心地拉住一个女人,试图将她带到安全地带,不想她竟然拉响了一枚手榴弹,两人同时被炸飞,而另外几个女人也开始向中国守军扔手榴弹。

尚志杰看得两眼几乎冒出火来,疯了似的大喊:"这是日本女人,快打!把这些王八蛋统统杀光!杀光!"

官兵们恨得咬牙切齿,各种武器拼命往前打,机枪手也不再顾忌,开始扫射。

但为时太晚,一些日军敢死队员已经冲过来了,这些人都是经验丰富的老兵,他们训练有素,凶悍亡命,一面扔手榴弹,一面不顾一切地往前硬冲,一旦冲进了中方阵地里,便拉响炸药,与中国军人同归于尽。遇到强火力点阻击时,就前仆后继地向着目标冲过去,直到将火力点炸飞。

张一鸣接到日军突击513团的报告后,立刻爬到一座小山顶上,拿起望远镜查看战况。

他看到了日军敢死队员的疯狂攻击,随后而来的是全副武装的日军,端着步枪轻机枪,边跑边打,有的甚至赤膊上阵,冒着严寒猛冲。与此同时,天上的日本轰炸机也在不停地盘旋、轰炸,甚至在日军敢死队已经冲上中方阵地的情况下,仍然继续投弹,以帮助地面部队打开通道,杀出一条生路。

而513团在敌人强大的空中支援下,在敢死队当活炸弹的自杀式攻击下,伤亡巨大,力量明显减弱,阵地已经岌岌可危。

他明白了神田的企图,立即命令512团和514团各派两个营前往支援。

他身旁的警卫突然叫了一声"小心",随即将他按到地上。他听到日机从他头上掠过的声音和炸弹的尖啸声,然后就是一声巨响,小山震动起来,溅起的泥土和山石哗哗打在他身上。

他支起身,将身上的泥土抖落,然后摸出手帕擦掉望远镜上的灰尘,继续观察。这时看到的景象让他惊讶不已。

在日军战斗部队后面出现了一大群伤兵,身上都缠着血污的绷带,有的断了胳膊,有的被打瞎了一只眼睛,都跟跟跄跄地向前跑。有枪的端着枪,没有枪的则握着一颗手榴弹,或抓着一把刺刀,或拿着一把菜刀,有一个竟然拿着一根扁担作武器。

他看到自己的火炮和迫击炮对着狂奔的队伍猛轰,把日本兵炸得血肉横飞,轻重机枪也拼命射击,打得日军一排排地倒下。但是日本人根本就不要命,前面倒下了,后面继续冲击,张一鸣从未见过如此亡命的冲锋,不管炮弹、子弹还是手榴弹都无法阻挡他们前进,甚至连伤兵也挣扎着、互相搀扶着往前爬。

一个日本军官举着一面膏药旗,正挥舞着指挥部下冲锋,一颗子弹飞来,正中他的左胸,他向后一仰,直挺挺地倒地死了。另外一个捡起旗帜,仍然不要命地往前跑。

那股疯狂冲锋的人流，终于冲上了中国守军阵地。日本人端着上了刺刀的步枪，同中国官兵肉搏，阵地上响起一片喊杀声。

天黑尽了，战斗进行得越发残酷，日本人知道这是他们最后的机会了，抱着不能突围便战死的心态，作鱼死网破的搏斗。

趁着双方混战之机，村上带着警卫保护神田和几个高官开始悄悄突围。为了不引人注目，神田丢弃了钢盔，脱掉了外衣，一路上不断地往灌木丛、沟渠里钻，躲躲闪闪地向外逃窜。这一小队人还是被中国官兵发现了，一些警卫留下拼死血战，掩护神田一行逃跑。

神田狼狈不堪地向前逃窜，后面的枪声、喊杀声渐渐远了。一行人稍稍松了口气，静悄悄地继续往东走。走了一阵，黑夜里突然听到有人用中国话问道："谁？"

一行人以为碰到了中国哨兵，全都不敢作声。神田心里暗叹："看来我今天得死在这里了！"

过了一会儿，对方改用了日语："是日本人吗？"

听到纯正的九州口音，神田大喜过望，回答说："你是第6师团的？"

对方说是，神田这才表明身份。对面很快跑来一个人，说他是今村旅团的渡边上尉。原来，今村久攻无果，便派了一个小队，轻装从一些偏僻无路的地方穿插进去，试图从后面袭扰阻击他的中国军队，造成混乱。该小队好不容易才穿过那些满是荆棘蒿草的地方，却迷失了方向，不想歪打正着，倒接应了神田。该小队赶紧护送着神田沿原路返回，逃出了包围圈。

此刻，两军还在战斗，日军大部分被消灭，已成强弩之末，剩下的东躲西藏，试图通过黑夜逃脱，先前进攻时的气势已荡然无存。中国官兵带着强烈的复仇心，向逃窜的敌人穷追不舍，以求全歼。

第十篇

泪水欢歌

第三十八章　辉煌的胜利

残月西沉,太阳冉冉升起,阳光洒向大地,洒向那一片夜里曾经血腥厮杀过的战场。

到处都是激战后的痕迹,残破的壕沟,炸坏的掩体,颓败的农舍,遍地的弹坑,底朝天的汽车。到处都是炮弹弹片,子弹壳,破损的枪支。到处都是尸体,人的,骡马的,有的是被炮火撕裂,有的是被子弹洞穿,有的是被大刀砍翻,以各种方式横陈着,已经了无生机。

深冬的阳光照着凝结的血块,残缺的尸体,毁坏的武器,烤焦的树木,凄惨的寒风吹动着破烂肮脏的旗帜、衣服碎片,一匹空鞍的战马守在死尸旁,哀声嘶鸣,一片战争的残酷和凄凉。

激战后的中国官兵虽然疲惫,但都非常兴奋,他们顾不得休息,忙着清埋尸体,打扫战场。他们最想找到的就是神田。

一名战士看到一具血污狼藉的鬼子军官死尸仰面倒在地上,手里还握着一把手枪,便想过去拿那把枪。他走到尸体面前,刚弯下腰,那具死尸突然活了过来,对着他就是一枪,他立刻中弹倒下。

附近的战士们大骂着"狗日的装死!"一阵乱枪把那鬼子军官打得稀烂。

孙富贵也带着手下清查镇子,当他来到曾经作为日军伤兵医院的民房时,看到了院子里堆着一大堆木柴,柴堆周围横七竖八地放着日军伤兵尸体,还没来得及放上去焚烧。

看到尸体堆,他的心里没有丝毫的怜悯,反而掠过一丝快意。恶有恶报,血债血偿!这些死人,活着的时候杀了那么多中国人,把首都南京变成屠场,把成千上万的村庄化为一片焦土,使无数平民妻离子散,无家可归。他们把少女奸杀,把老人剖腹,把婴儿用刺刀挑死,把无数人的生活变成了难以承受的噩梦。他们在中国的土地上犯下了弥天大罪,死亡完全是他们咎由自取,不值得怜悯。

他满不在乎地翻了几具军官的尸体,企图找一把战刀,有些日本军官出自武士家庭,带来的战刀是祖传下来的,精美而锋利,他一直想弄一把作为纪念品。佟祥元也在翻弄着尸体,想找点值钱的东西,特别是手表、戒指或者日本人护身用的小金佛之类,他认为日本人抢了中国人那么多东西,他拿点回来天经地义。

翻了一阵,佟祥元突然吃惊地"咦"了一声,说道:"怪了,这次小鬼子怎么连死人的耳朵和手指都没有割就逃跑了?"

按照日军的习惯,必须将战死者的尸体焚烧,骨灰运回国内,如果战况紧急,实在来不及烧尸,也要从死尸上割下一只耳朵或者一个手指,记上姓名职务,带回国交给死者亲属。可是现在躺着的这些尸体,绝大多数的耳朵和手指竟然完好无损,少部分缺失的,也不过是被子弹或者炮弹片打断、削掉,并非割掉的。

"有啥好奇怪的?"孙富贵头也不抬地说,"这说明小鬼子被我们打得屁滚尿流,夹着尾巴逃跑,就怕跑慢了被我们送到阎王殿去报到,根本就顾不上割了。"

他不可怜他们,只觉得他们死得还太少。

凌晨时,张一鸣得到情报,一直在外围拼命攻击的各路日军,都于下半夜悄悄撤走。这一场包围战,中方以胜利告终。他现在只想尽快找到神田,

活要见人,死要见尸。

他来到硝烟未尽的战场,询问打扫战场的士兵们是否找到了神田,得到的回答都是没有找到。

他又来到日军进行自杀式冲锋的地方,其惨烈程度超过了他的想象。到处都倒着穿黄军装的鬼子尸体,成片成堆。有的尸体上满是机枪弹孔,有的被中国军队的炮火炸得缺胳膊少腿……到处是残肢烂肉,到处是血迹,完全找不到一处干净地方,在一些低洼处,汇集的血水凝成巨大的血池,连拂过的寒风都带着一股浓重的血腥味,人在其中,宛如进入了一片大型的屠宰场。

他看到了那些穿着中国老百姓衣服的敌尸,其中有几具女尸,看上去都非常年轻,长长的头发表明她们不是女兵,那么应该是日本军妓了。他不禁想到,如果说日本男人的疯狂是受了"武士道"精神的教育,相信战死之后灵魂会飞到东京的靖国神社里,成为国民心目中的军神,享受大和民族世世代代虔诚的膜拜和崇敬的香火,是极其荣耀的事情,但是这些日本女人是为了什么呢?靖国神社里永远不会有她们的位置,她们在军中的身份决定了日本军方不会为她们歌功颂德,她们的家人恐怕也对她们在军队的事情讳莫如深,不会自豪地四处传扬。那么是什么使她们甘愿为了这场于她们毫无益处的战争献出肉体之后,还要献出生命?

他想,有空的时候,一定要找些资料,好好研究一下日本国民的特性。

他又来到镇子,看到镇里大部分民房已经倒塌,只剩下断垣残壁,有的被烧焦了,有的被烟熏黑了,有的仍在冒烟,一些士兵和民夫在忙着扑灭余火,小镇几乎变成了废墟遗址。

在日军伤兵医院,他也见到了那一大堆尸体。负责处理尸体的军官向他汇报:"军长,这些鬼子都是被刺刀捅死的,是他们自己人干的。"

张一鸣爱看史书,清楚在人类历史上,一个民族对另一个民族的屠杀或者同一个民族之间的杀戮并不是什么新鲜事,但屠杀自己并肩作战的战友就是许多民族难以办到的了。他虽然对死尸早已麻木,但看到日本人对自己袍泽的残忍,还是感到一阵作呕。

一个传令兵带着一个少年来见他:"报告军长,这个小老乡杀死了两个鬼子,还活捉一个。"

张一鸣打量了一下少年,这是个普通的农家子弟,大概15岁左右,黑黑瘦瘦的,穿一身破旧的黑布棉袄,如果不是衣物上面还沾着不少血迹,很难让人相信他杀死了两个武装的敌人。

张一鸣饶有兴趣地问道:"你是怎么干的?"

少年举起一把砍柴刀晃了晃,得意地回答:"用它砍的,我躲在山上,只要看到有单个的鬼子,我就藏在路边的灌木丛里面,等鬼子路过从后面砍。我这刀锋利得很,只要一刀就砍死了。"

"那个俘虏呢,怎么抓住的?"

"他是个伤兵,躲在竹林子里面,看到我,就给我一个金戒指,意思是要我带路。"少年嘿嘿直笑,"我就把他带到老总这边来了。东洋鬼子真是蠢得很。"

张一鸣也笑了,拍了拍少年的肩膀,说道:"不是鬼子蠢,是你勇敢。"

少年得到他的夸奖,反倒不好意思起来,搔了搔头,说道:"我恨鬼子。"

张一鸣记下了少年的名字和住址,并告诉少年,他会嘉奖他,还要通知地方政府给予奖励。少年很高兴,也不回去,跟着几个士兵扑灭余火去了。

战场打扫完了,神田仍然毫无踪影,张一鸣明白神田可能已经逃掉了,漏走了这条大鱼,他心里非常懊恼。

因为日军尸体太多,张一鸣让地方政府出动民工帮忙,将这些尸体集中起来,挖了一个巨大的土坑掩埋,并在坑旁立一块石碑,刻上"倭人坑"三个字作为标记。

此时,残余日军还在往北仓皇撤退,一路上不断遭到第9战区各部队的阻击、追击、侧击,撤退速度极为迟缓。从长沙到汨罗江不过70公里,日军足足走了8天,直到12日才到达该地。在这8天里,湘北地区完全成了烧烤侵略军的大熔炉。

当中国军队满怀胜利豪情追杀日军的时候,在南亚的盟军却连吃败仗,美国、英国和荷兰军队在日军的进攻下不断败退:1941年12月25日,驻守香港的英军向日军投降,1942年1月2日,美军防守的菲律宾首府马尼拉沦陷,1月11日,英军防守的马来亚首府吉隆坡被日军占领,同一天,荷兰军队防守的东印度群岛的婆罗洲落入敌手。日军如秋风扫落叶一般,将这些世界强国接连赶出了他们的殖民地。

也在 1 月 11 日这一天,中共创办的《新华日报》上发表了一篇社论,题为《论长沙保卫战与目前军事任务》,社论这样写道:"我三湘健儿,我神鹰队伍,在此次长沙保卫战中,誓死保卫家乡,有效打退敌人,这表明反法西斯战争的东方战场上,有伟大的中华民族的抗日生力军的决心,有实力,不让敌人在太平洋上得逞的时候,同时进攻中国。它配合了友邦作战,使盟军在香港陷落,马尼拉失守,马来亚危急之际,有着中国战场上的胜利,以鼓舞友邦,以打击敌人。同时并与今日反法西斯战争的欧洲战场上,有着伟大的苏联军民的主力军胜利的打击希特勒匪军,鼓舞全世界反法西斯的斗争遥相呼应。所以此次长沙之捷,是有着国际意义的。"

一直到 1 月 15 日,狼狈不堪的日军残余部队才终于全部撤退到新墙河北岸,依据原有的阵地固守。紧追不舍的中国各军一直追到新墙河以南,甚至有一支部队越过了新墙河追击。

第三次长沙会战以中国军队全胜告终,消息一经传出,不仅中国沸腾了,也惊动了全球。自太平洋战争爆发以来,日军在南亚势如破竹,整个反法西斯战线处在一片黑暗之中。第三次长沙会战的胜利犹如黑沉沉的天空中突然闪现的一颗亮星,璀璨夺目,自然成了各国新闻媒体的焦点。会战才刚结束,中外记者就争先恐后地赶到长沙进行采访。

记者招待会上,第 9 战区司令官薛岳将军自豪地向中外记者公布了此次会战的战果:击毙日军联队长 5 人,大队长 5 人,俘虏 139 人,日军一共被击毙 33941 人,重伤 23003 人,共计伤亡 56944 人,国军伤亡人员大致各占一半,共计 28116 人。

1:2,这是自抗战以来,中国军队最为辉煌的战果,而这一战果恰好是西方列强在南亚各战场被日军打得丢盔弃甲、落荒而逃的时候,两相比较,这一战果是何等的光彩夺目?

参加完记者招待会,记者们又前往鏖战后的各个战场采访,采访意气风发的中国官兵,采访垂头丧气的日军俘虏,用手中的摄影机或者相机拍下成堆的日军尸体和如山的战利品。

滴滴答答的电波不断飞往各国,媒体争相报道,纷纷对该战发表评论。

英国《泰晤士报》发表评论指出:"12 月 7 日以来,同盟国唯一决定性之胜利,系华军之长沙大捷……际此远东阴云密布中,惟长沙上空之云彩,确见光耀夺目。"

纽约《先驱论坛报》的社论,更是给了中国军队极高的评价:"华军之胜利,即为同盟国之胜利,并使民主集团认识此次之胜利,为最合时机,且确信全球抵抗侵略之战争,为一不可分性之整个战争,湘北之大捷,其重要性最低限度可媲美英军在阿比西尼亚之胜利。"

美国著名远东问题专家斐教授也评论道:"长沙三次大捷,华军之援缅,及太平洋战事爆发以来华军几次发动有利于同盟国之反攻,已使敌人对东南亚之压迫,大为减少。竟至压倒了因香港马尼拉失守所引起的忧虑情绪。"

在日本方面,情形截然相反,虽然对下层百姓作了新闻封锁,但对天皇和统帅部的责问,沮丧的十一军将领们对于这次会战的失败,不得不作出一番辩解:"重庆军节节败退,我军是完全跳入重庆军事先设置的陷阱而进行作战的","作战始终是在极为困难的情况下进行的"。

但是,他们也承认:"这次作战,动摇了一部分官兵的必胜信念。"而且给了第9战区司令官薛岳将军"长沙之虎"的称号。

随着媒体的报道,世界轰动了,对中国的抗战刮目相看,美国高层人物也对此给予了极高的评价。西南太平洋美军总司令魏非罗上将给蒋介石的电文中这样说道:"确信吾等通力合作,将证日本侵略之终败与吾等共同目标之胜利。"

美军陆军总参谋长马歇尔将军在发给蒋介石的贺电中说:"对于阁下之部队在长沙周围策动抵抗日军时,其精神与有效之动态,表示庆贺。"

连罗斯福总统也给蒋介石发来了贺电:"中国军队对贵国遭受野蛮侵略所进行的英勇抵抗已经赢得美国和一切热爱自由民族的最高赞赏。"

看到一封封祝贺电文,蒋介石露出了难得的笑容,对左右说道:"此次长沙会战,实为'七七'事变以来最确实而得意之作。"

早在珍珠港事变后的12月底,美国和英国就已经在酝酿成立中国战区,由于中国在反法西斯战争中所起到的重要作用,罗斯福建议由蒋介石出任中国战区统帅,指挥中国及东南亚地区的盟军。1942年1月2日,美英通过了罗斯福的建议,5日,蒋介石在重庆上任。

对这一职位,蒋介石高兴之余,也不能不认为在长沙的胜利起到了关键性的作用。

第三次长沙会战大捷是珍珠港事变以来,盟国在亚洲战区中唯一的胜利。由此,薛岳不仅得到了蒋介石颁发给他的中国的最高荣誉——青天白日勋章,而且还得到了罗斯福总统授予他的美国独立勋章。

而张一鸣因117军全歼一个日军联队,并沉重打击了第6师团师团部,让其元气大伤,也获得了一枚青天白日勋章。

第三十九章　泪与笑

这一天上午,阳光明媚。祁阳城里锣鼓喧天,热闹非凡,最繁华的大街上用松枝和鲜花扎起了一座巨大的牌坊,上面贴着"欢迎我军将士凯旋"8个红色大字,另外,各种庆贺胜利的标语处处可见,国旗、彩旗满街飘扬。街道两旁人山人海,拥挤得水泄不通,噼噼啪啪的爆竹声不时响起,整个祁阳城沉浸在一片欢乐的气氛中。

"他们什么时候到啊?"

"快了,听说已经到城门口了。"

"能够看到张军长吗?我走了几十里路来城里,就想看他长什么样。"

"听说他长得很高大,是个威风凛凛的大汉,就像关公一样。"

"不对,我的一个朋友见过他,说他长得好看,又文质彬彬的,骑一匹白马,很像常山赵子龙。"

"你也是听人家说,没有亲眼看到呀。"

"你不也一样?"

"哎,不要争了,是什么样子一会儿不就看到了?"

人们热烈地谈论着,不时地踮起脚尖向通往城门的方向望去,每个人脸上都带着喜悦的笑容。终于,城门方向传来了爆竹声和军乐声,同时有人在喊:"来了,来了,他们来了!"

"快!快点鞭炮!"

鞭炮更激烈地响了起来,浓浓的烟雾和火药味笼罩了市区。随着鞭炮声、鼓乐声和人们的欢呼声,最先来的是军乐队,乐手们排成方队,吹着庄严的军乐,整齐地走了过来。

跟在军乐队后面的是一辆敞篷吉普车,张一鸣端端正正地坐在吉普车上,英俊的脸上不再是冷峻和严肃的表情,而是带着胜利者志得意满的笑容,显得意气风发、潇洒不凡,一些情窦初开的少女见了,心湖里不免荡起了层层涟漪。

随着众人热烈的欢呼声、掌声,从人群里出来了一个十二三岁的女童子军,捧着一束鲜花走到车旁,对他行了一个童子军礼,将花束献给他,他站起身还了一个军礼,然后弯腰接过花。人群再次爆发出热烈的掌声,他又环顾着向人群敬了一个礼。

随后,步兵们抬着重机枪,扛着步枪,迈着整齐的步伐过来了,脸上都带着胜利的骄傲,自豪地望着激动的人群,精神抖擞地走着,在青石板上踏出了清晰的脚步声。

人群再次爆发出热烈的欢呼声,更多的是妇女的声音,她们朝着队伍中的丈夫、儿子或者恋人拼命招手、尖叫。一些官兵也朝着两边的人群张望,寻找自己的亲友。

张一鸣向着人群挥手、敬礼的时候,目光也在飞快地扫视着,试图从攒动的人头中找到那张熟悉、亲切的脸——他妻子的脸。作战紧张的时候,他来不及想她,但从返程的那一刻起,他就不断地想到她,想到她的笑脸,她柔和的声音,她望着他时那深情的眼神,更多的是,他把她拥在怀里的感觉。

人群中,许多年轻女子踮着脚尖,伸着脖子观望,脸上都是兴奋的笑容,但没有一个是他的妻子。不过不要紧,用不了多长时间,他们就可以重聚了。他能想象得出她欢笑着迎接他的场景,脸上泛起了微笑。

一个八十多岁、在湖南德高望重的老人拄着拐杖,在一个青年的搀扶下,颤颤巍巍地迎了上来,身后跟着一些地方名流。张一鸣立即命令停车,自己推门下去。

老人拱了拱手,说道:"将军年少英武、战功卓著,堪比当年霍嫖姚啊。"

张一鸣还了礼,说道:"老先生过奖了,张某岂敢与霍嫖姚相提并论。"

"老朽所说乃肺腑之言,此次长沙之战,将军大败敌军,几乎活捉敌酋,试问何人不知,谁人不晓?"

其他人也纷纷附和:"是呀,将军的战功,那是家喻户晓。"

"我们对张将军都敬仰得很!"

张一鸣说道:"这是我全体将士拼命的结果,岂是张某一人的功劳。"

老人点头称赞:"将军居功不傲,令人钦佩!"

周围的人听了,也都热烈地拍起掌来。

随后,官方和民间代表也纷纷前来祝贺,表达敬意。张一鸣作了简短的发言,以示感谢。随后,记者们也围了过来,争先恐后地采访他,只见镁光灯不停地闪烁。

一切终于结束,他乘车返家,车拐过街角,他发现妻子和丁香正站在门口等候,白曼琳身穿浅黄色海勃绒大衣,显得温柔妩媚。

车子停下了,他开门出来,白曼琳已迎了上来,他目不转睛地看着她,她的眼睛里含着亮晶晶的泪水,正笑盈盈地注视着他。

他握住了她的手,她的手由于激动而微微颤抖。

最初的时候,白曼琳连话都说不出来,所有欢迎他的话全忘到了九霄云外。自从她的夫君出征后,这半个多月来,她无时无刻不在思念着他,一想起二次长沙会战他的军部被袭,那如履薄冰的惊险令她心惊肉跳,生怕他会在战斗中有什么闪失。她也难得出门了,就在家里等着他的电报或者电话,一听到电话铃响她就飞奔过去,但多数是其他军官太太打来的,问她有没有军长的消息,想借此知道部队的情况。战争就是这样,前线有多少个战士在冲锋陷阵,后方就有多少个家庭处在担惊受怕之中。

没日没夜地期盼,她终于盼来了他的信,内容很短,字迹也非常潦草,可以想象是仓促写就,上面写道:"曼琳吾妻,余出征已逾十日,对余妻之思念,历久弥深。此次作战,至今一切皆顺,今已将倭第六师团司令部围困,可谓天佑余报二战长沙之仇也。倭兵抵抗甚为顽固,余亲往一线指挥,志在全歼,虽身处险境,念及余妻此刻必于上帝前为余之安全及胜利祈祷,余勇气信心倍增,此战余必大获全胜,余妻不日可得捷报也。"

她一边祈祷,一边急切地期盼着,一直等到捷报传来,她的一颗心才算落了地,自此,她就天天盼着时间快些过去,她的夫君早点回家。每天,她总想找点事情做,好打发时光,但无济于事,她做什么都心不在焉,因为她的心已经飞向了湘北,想着她的夫君现在是否已经踏上了归途。多少次,她听到外面有汽车行驶的声音或者马蹄声,便飞奔到院子里,仔细倾听,直到声音从门口过去了,才怏怏地转回去。等待煎熬着她,折磨得她睡不安稳,食不甘味,她感到日子过得慢极了,似乎时间故意与她过不去。

如今,他终于回来了,而且毫发无伤,她激动得又是泪,又是笑。

两人携手走进客厅,张一鸣脱下军大衣,丁香接过去挂到衣帽架上,然后识趣地退了出去。房里没有别人,白曼琳转向他,脸上带着喜不自胜的笑容,投入了他的怀里,张一鸣紧紧抱着她,抚摸着她柔软的头发。此时此刻,在温馨的家里,在娇媚可爱的妻子身边,他才真正彻底放松下来。在这一刻,他所追求的杀敌的快意、战斗的胜利、长官的嘉奖,甚至国人敬仰的巨大荣耀,似乎都变得微不足道了。他觉得他所有的艰辛、所有的疲惫,已经在这甜蜜的笑容和深情的拥抱里,得到了无限的安慰。

他由衷地感慨:"回家真好啊!"

接下来的日子他很想好好休息几天,放松一下,但是根本办不到,前来采访的记者络绎不绝,亲友、熟人、老同学的祝贺电话一个接一个,电报也像雪片似的飞来,政府、民间的劳军团更是接连不断。一所流亡大学的学生们步行了十天,赶来为官兵们表演文艺节目,并送上许多女学生写的慰问信。官兵们非常感动,纷纷拿出缴获的日军战利品回赠他们,有些士兵实在找不到回报的东西,只得将一些子弹壳仔细擦亮,送给他们做纪念。

一直持续到2月下旬,各种慰劳活动才逐渐结束。而此时从国外又不断传来令人欣喜的消息,第三次长沙会战的胜利使西方国家加大了对中国的援助。

3月,张一鸣收到了白少飞的一封信,得到了详尽的消息。白少飞在信中写道:

自珍珠港事变以来,日本的南方军犹如一股热带飓风,横扫英法美荷在南亚的据点与要塞,英法美荷节节败退,反法西斯的战争由此处于最黑暗的氛围之中。而当各种失利败退的新闻报道充斥于报刊、广播的时候,中国的第三次长沙会战却以辉煌的胜利出现在各大报纸的头版头条上,让沮丧的人们顿时精神为之一振,这种强烈的反差自然会让西方人重新审视中国的抗战。因为西方国家在自己的军队连吃败仗、丧城失地之后,这才真正知道了他们昔日不屑一顾的那些"日本猴子"的战斗实力和战斗精神,真正知道了贫弱的中国能够孤独地对抗日本如此之久,其坚韧不拔的民族性实在令人赞叹。

所以,当英国首相丘吉尔在渥太华发表演说,谈到中国的抗战时,他作出了如下的评论:"诸君如忆及日军之活跃,即知中国抵抗敌人至五年之久,并予敌人以打击,为如何不可思议之事。"

英国掌玺大臣阿特里则在下院发表演讲时这样说道:"长沙一役的胜利,为中国军队未来胜利的征兆。"

第三次长沙会战的胜利是自太平洋战争爆发后盟军的第一次重大军事胜利,也是盟国在亚洲战区中唯一的胜利,其意义实属重大。这次胜利使西方国家改变了对中国的看法,认识到中国军队的作战能力和作战意志并不如他们以前所想的那样差,并不是可以不加考虑的。相反,他们认识到在世界反法西斯联盟中,中国是一支不可忽视的生力军。如果能够给予中国更多的援助,中国军队将会有更大的作为,就如美国记者福尔门在一篇报道中指出的那样:"中国第三次长沙大捷,证明了两个原则,那就是中国军队的配备,若能与日军相等,他们即可很轻易地击败日军。"

至此,中国对抗战的付出终于赢得了世界的认可。

既然意识到了这一点,西方国家决定加快加大对中国的援助。2月7日,美国国会参众两院在最短时间内通过法案,一致同意给予中国5亿美元信用贷款。此后英国政府也宣布贷给中国5000万英镑,以作为法币的平准基金。

这些事情标志着美英等西方国家由原来中日战争的观望者,变成了同一条战壕里的战友,而中国也成为抵抗法西斯轴心的主要盟国,中国的国际地位也由此得到空前提高。

作为外交官,回首抗战以来的外交工作,不免感慨万千。抗战初期,我们奔波于各国寻求帮助,受尽冷遇,其中的屈辱、苦涩、辛酸,非处身其中,不能体会。到如今中国已获得大国地位,受盟国另眼相看,态度与往日相比已如天壤之别,虽然得益于国际形势之变化,但又何尝不是我们自身奋斗的结果……

看完信,张一鸣内心也是波澜起伏,难以平静。

从卢沟桥的枪声响起,中日战争正式打响以来,已经过去了近5个年头。5年来,中国军队同凶残的敌人展开了一次又一次血流成河的大型会战,淞沪会战、南京保卫战、徐州会战、武汉会战、南昌会战、随枣会战……，从东到西，由北向南，一批又一批中国军人穿着草鞋甚至赤着脚，背着大刀，扛着足以当烧火棍用的老式步枪，唱着"把我们的血肉筑成我们新的长城"，昂首挺胸地走上战场，义无反顾地用自己的血肉之躯去阻挡日军飞机、坦克、大炮的进攻，一群又一群地倒在敌人的现代化装备下，上百万的中国军人为自己的祖国洒尽了热血。

可是，那么多的生命拼进去了，血也几乎流成了海，还是无法阻挡侵略者的脚步，战火像瘟疫一样在这片古老的国土上蔓延，由沿海向内陆伸展，沦陷的土地越来越多，家破人亡、流离失所的人也越来越多。一群群挑着太阳旗子、矮小、罗圈腿的海盗凶狠地一路攻城略地，紧随着海盗脚步而来的是血腥、死亡、恐怖、饥饿、疾病、灾难……

5年了，对于中国人来说，祖国，这个养育了自己的母亲，由于日本侵略者在她的身体上残忍地烧杀淫掠、肆意宰割，像吸血鬼一样疯狂地吮吸她的鲜血，她已经变得枯槁憔悴，虚弱不堪，在日本恶魔的肆虐下苦苦挣扎、反抗，期盼着国际的公理，期盼着人类的正义，可是，公理、正义都在哪里？

如今，中国终于有了共同抗敌的盟友，当然，把大家绑在一起的，有正义，有公理，更多的却是利益。战争没有结束，仗还得打下去，但不管怎样，中国已不再孤独。

他坚信，无论胜利还有多远，但胜利终将属于中华这个坚韧不屈的民族，和平、幸福终将降临到这一片多灾多难的土地上。

他祈祷那一天早日到来。

重庆出版集团社科出版公司
部分新书目录

系列名	书名	内容简介	定价	计划出版时间
铁血军事	终极狙杀	一场绑架案,引发一连串惊心动魄的谋杀!究竟谁是改变他们命运的黑手?一部完美爱情与福尔摩斯探案精髓相结合的军警力作!	28元	2010年10月
	虎贲Ⅱ（上下册）	1939年,升任117军军长的张一鸣率领全军将士在第三次长沙会战中痛歼日军,为第三次长沙会战大获全胜立下卓越功勋。	45元	2010年10月
	鹰隼突击队	他们与日寇浴血台儿庄,参加武汉会战,巧用计谋,深入敌穴救出被俘的中将军长,杀死日军司令长官;他们以自己年轻的生命为代价,谱写了一曲曲抗日壮歌。	28元	2010年11月
	军锋	1943年,八路军胶东军区血魂团团长唐汉带领突击纵队,与日本鬼子展开艰苦卓绝的战斗。并对日军53旅团长吉川致命一击,彻底粉碎了日军的扫荡行动……	29.8元	2010年12月
	血战台儿庄	重现抗日疆场的男儿豪情!	29.8元	2010年12月
	上高会战	1941年3月14日,日军合围上高,国民党上高县县长为我中共特别地下党员,在其带领下,江西各地我党党员纷纷参战。会战结束后,昔日抗日的朋友变成敌人,英雄们纷纷倒在暗枪下……身份暴露的我党数名党员最终被礼送出境。	45元	2011年2月
文化探秘	南明宝藏	本书简述的是江远辰依据先人的一本探险笔记,来到缅甸北部丛林寻访最早套在长颈族脖子上的铜环。结果被扯入一件涉及流亡缅甸的南明贵族去向的迷案中……	26元	2010年11月
	藏地天书	香巴拉王国到底在哪里?香巴拉王究系何人?本书以写实风格撰述作者一段真实的西藏考古探险经历,娓娓展开一部神秘王朝兴衰的历史画卷……	待定	待定
	大敦煌	在敦煌研究院考古研究所工作的秦昀某天接到院里通知,需要陪同一位匿名学者夜访藏经洞。秦昀先遭到学者警告,后又因为一篇相关论文被研究院开除,还差点被不明身份的人蓄意谋杀。此时一神秘人留下字条,声称可以帮助秦昀解答关于藏经洞秘密的疑问,于是秦昀按照神秘人指示,踏上了探秘之途……	待定	待定

续表

	通天之塔	"轴心时代","寒武纪大爆发",达尔文生物进化论漏洞百出;通古斯大爆炸、火鹰巢、圆石阵……无数令人瞠目结舌的事实背后,隐藏着怎样的秘密?一部可与《藏地密码》相媲美的长篇巨著!	待定	待定
	驼皮地图	一张神秘的驼皮地图,一条长达千里的黄金隧道,热带丛林深处的失落之都,黄金隧道尽头的迷失之城……历史、野史、阴谋、人性……欢迎来到印加古城——黄金城……	待定	待定
	黑喇嘛	本文描述了北洋军阀派遣为了追求财富和爱情铤而走险的何原进入黑戈壁探访黑喇嘛的下落,却发现自己落入了一个巨大的圈套,拨开迷雾,逐渐发现间谍的诡计,又接连出现了未知之谜……	待定	待定
	契丹锈	契丹民族在历史长河中创造了极为辉煌和灿烂的文化,可是千年之后,华夏56个民族里已不再有契丹……她去了哪里?本文以小说的形式探索契丹文化之谜,情节曲折生动,令人手不释卷。	待定	待定
	起辇谷	为了探寻起辇谷——成吉思汗陵的秘密,为了揭开数起凶杀案的真相,刑警队长卢俊航一行人踏上了旅途,谁料阴谋正在向他们逼近……	待定	待定
恐怖悬疑	蛊室	已上市,请见原书。	28元	2010年9月
	马帮诡事	一处野象自杀的深渊和一条神秘的马道,一队蜀身毒道上的马帮和一座湮灭已久的古城遗址,一段诡谲无比的故事……	待定	待定
	黑灵镇	为了找到失去的记忆,也为了寻找失踪的爱人,她开始接近那座诡异黑暗的黑灵镇,却不料,更大的阴谋却在背后向她伸出了魔掌……	待定	待定
	自杀旅行社	你是否对世界绝望,觉得生不如死?你是否有过"死也甘愿"的梦想?这是一个关于用生命换取愿望的奇异旅行社的故事,想好了吗?那么,现在就马上出发吧!	待定	待定
	蝴蝶谷（暂定）	十个好朋友被困蝴蝶谷,各种怪事层出不穷,似乎是闹鬼,又似乎是人为。死亡与背叛随时都在进行,最终究竟是谁出卖了朋友?最终的真相令人扼腕。	待定	待定
	守灵人与相墓手札	"殡葬执事人"、"相墓之术"和一幅《帝葬山图》……作为帝王陵墓的"守灵人",沐林枫该如何是好?	待定	待定

更多精彩,敬请期待!